Das Buch

Der erfolgreiche Prozeßanwalt John Emmerson gehört zur britischen Oberschicht und lebt mit seiner Frau und seinem erwachsenen Sohn Laurie auf einem großen Landsitz. Laurie soll demnächst Val, die Tochter des Richters Wilcox, heiraten, mit dem die Emmersons seit Jahren befreundet sind. Eine schöne, heile Welt – hinter deren Kulissen aber nicht alles so harmonisch ist, wie es auf den ersten Blick scheint. Johns Ehefrau hat sich bereits vor einiger Zeit kalt und abweisend von ihm zurückgezogen, und Laurie scheint nur seine Mutter zu lieben.

Nachdem John einen Schwächeanfall erlitten hat, lernt er die junge, mittellose Cissie kennen, die mit ihrem kleinen Sohn Pat in einer winzigen Wohnung über Johns Kanzlei wohnt. Zwischen den beiden oberflächlich gesehen so unterschiedlichen Menschen entsteht bald eine tiefe Freundschaft, ja sogar eine platonische Liebe. Durch ein Fläschchen Dior-Parfum, das John für Cissie kauft, wird ihr unschuldiges Verhältnis schließlich bekannt. Während es zwischen Vater und Sohn zu einer verhängnisvollen Konfrontation kommt, gerät der kleine Pat unverschuldet in Schwierigkeiten – und Richter Wilcox sieht eine Möglichkeit, Cissie aus der Stadt zu vertreiben und den schönen Schein der befreundeten Familie wiederherzustellen …

Die Autorin

Catherine Cookson stammt aus dem englischen Tyne, das sie als junges Mädchen verließ. Sie heiratete einen Lehrer, begann zu schreiben und wurde schnell eine lokal beliebte, später international geliebte Autorin. 1993 wurde ihr der Titel einer »Dame of the British Empire« verliehen.

Im Wilhelm Heyne Verlag erschienen bereits ihre folgenden Bücher: Die Frauen von Bramble House (01/8892), *Das ertrotzte Glück* (01/9089), *Fast ein Engel* (01/9398), *Das Glück zeigt Risse* (01/9534), *Es ist nie zu spät* (01/9619), *Ein Freund fürs Leben* (01/9879), *Goldener Schatten* (01/9967), *Die Chronik* (01/10031), *Der Himmel so hoch* (01/10093), *Erbin aus Leidenschaft* (01/10292), *Ein schwerer Weg* (01/10369), *Die Straße der Hoffnung* (01/10520), *Eine eigenwillige Lady* (01/10572).

CATHERINE COOKSON

DER EINSAME MANN

Roman

Aus dem Englischen
von Lydia L. Dewiel

WILHELM HEYNE VERLAG
MÜNCHEN

HEYNE ALLGEMEINE REIHE
Nr. 01/10633

Titel der Originalausgabe
THE UNBAITED TRAP

Besuchen Sie uns im Internet:
http://www.heyne.de

Umwelthinweis:
Das Buch wurde auf chlor- und säurefreiem
Papier gedruckt.

Der Titel erschien bereits in der Heyne Tip Reihe mit der
Band-Nr. 23/126.

Printed in Danmark 1998
Umschlagillustration: Enno Kleinert, München
Umschlaggestaltung: Atelier Ingrid Schütz, München
Satz: Buch-Werkstatt GmbH, Bad Aibling
Druck und Bindung: Nørhaven, Viborg

ISBN 3-453-13706-X

TEIL I

Dinner um acht

1. Das Dach

John Emmerson verlangsamte das Tempo, als er mit seinem Wagen das Ende der Straße erreichte. Obwohl es erst sechs Uhr abends und Beginn des Monats November war, schien der Frost nicht fern. Er wußte aus Erfahrung, daß die Straße beim Handley's Place naß sein würde. Auf irgendeinem Feld in der Nähe war die Quelle, die ständig die Straße überschwemmte, und man konnte nichts dagegen tun. Im letzten Jahr war er zweimal auf derselben Stelle ins Schleudern gekommen, ebenfalls Anfang November, und er wollte nicht, daß das heute noch einmal passierte. Nicht mit seiner neuen Errungenschaft, die erst eine Woche alt war. Er fuhr schon lange Rover und hatte die Modelle oft gewechselt. Doch diesmal war eine Art von Begeisterung in ihm hochgestiegen, ein Zustand – so hatte er immer geglaubt –, der nur anderen Männern und der Jugend vorbehalten war. Dieser Rover 2000 hatte irgend etwas in ihm in Schwingung gebracht. Zwar zaghaft, doch da er Emotionen nicht gewöhnt war, kam ihm diese geradezu wild vor. Die Wirkung mußte der Einnahme eines Aufputschmittels ähnlich sein. So stellte er sich das zumindest vor.

Als er in die Lime Avenue einbog, bestrahlten seine Scheinwerfer die Baumreihen. Steif und starr säumten sie den Straßenrand und verloren sich in der Ferne. Ihre Schatten zeichneten sich schwarz vor dem Abendhimmel.

Am Beginn der Straße kamen ihm zwei andere Scheinwerfer entgegen, und er wich nach rechts aus. Dann hupte er zweimal und bekam die gleiche Antwort vom anderen Wagen. Heute abend würde der Fahrer dieses Wagens zu ihnen zum Dinner kommen, und nächstes

Jahr um diese Zeit würde dessen einzige Tochter seine einzige Schwiegertochter werden.

Sein Haus lag auf der anderen Seite der Straße, Nummer 74, »The Gables«, und war eine ganze Strecke von Nummer 7, »Syracuse«, entfernt. Da jedes Grundstück etwas über 1000 Quadratmeter groß war.

Er lebte nun schon zehn Jahre in der Lime Avenue. Er hatte sich das Haus geleistet, als er Seniorpartner der Firma wurde. Irgendwie schien es ihm das Kennzeichen seines Erfolges. Und das war kein geringer Erfolg, denn er hatte immerhin Ratcliff, Arnold & Baker ausgezahlt. Nun gehörte ihm als führender Anwalt der Stadt Ratcliff, Arnold & Baker. Dieser Zustand würde sich auch nicht ändern, wenn Arnold Ransome ihn auszahlen würde. Der Juniorpartner Boyd hatte noch einen langen Weg hinter sich zu bringen, bis er zum Ziel kam.

Er bog in die Einfahrt ein, fuhr um eine Kurve und hielt vor seiner Eingangstüre. Ann hatte vergessen, das Licht anzuschalten. Sie hatte die Angewohnheit, in kleinen Dingen zu sparen und in großen Dingen verschwenderisch zu sein. In zwei Stunden würde nämlich das ganze Haus erleuchtet sein, um die Familie Wilcox zu empfangen. Ihre liebe Freundin May, ihre zukünftige Schwiegertochter Valerie und den Sproß des hiesigen Richters, James. Dinner um acht, dieselbe alte Sitte, dieselbe Besetzung.

Er stieg aus und steckte den Schlüssel in das Schloß der schweren Eichentüre zur Vorhalle. Bevor er sich umdrehte, um sie zu schließen, schaltete er die Beleuchtung ein. Als er die große Halle erreicht hatte, knipste er auch dort die Lampen an. Die orangefarbenen Schirme der Wandleuchter gaben den weißen Wänden einen warmen Ton. Er konnte die weißen Wände in der Nacht ertragen, doch am Tag machte ihre Nacktheit ihn nervös. Vor etwa zwei Jahren hatte Ann ihre Vorliebe für die Kargheit entdeckt. Die Diele war weiß geworden, das Eßzimmer hellgrau, das Treppenhaus weiß, ihr Schlafzimmer blaßlila und weiß. Er hatte den Angriff auf sein eigenes Zimmer abgewehrt, doch er hatte es sanft getan. Wie immer, wenn er es mit Ann zu tun hatte, und mit jedem anderen auch, aber besonders mit seiner Frau. Daher war sein Raum grün geblieben, und es war der einzige Raum, der ihm nicht die Tränen in die Augen trieb, wenn er sich umschaute.

Er ging in die Garderobe und hängte Hut und Mantel auf. Nachdem er sich die Hände gewaschen hatte, beugte er seinen großen schweren Körper zum Spiegel hinunter, befeuchtete zwei Finger und strich an beiden Seiten der Ohren übers Haar. Dann blickte er sich an, wie es seine Gewohnheit war. Die blauen Augen, die ihn anschauten, sahen wäßrig und müde aus. Er fuhr mit dem Zeigefinger und Daumen an seiner langen Nase herab und rieb sich dann eine Stelle über der Oberlippe. Die Bewegungen seiner Finger schienen wie die eines Mannes, der sich über den Schnurrbart strich, obwohl er sorgfältig rasiert war. Dies waren unbewußte Handlungen, die er jeden Tag vollzog und nicht mehr zur Kenntnis nahm. Zu allerletzt fuhr er mit einer Hand in sein dichtes, graues Haar.

Dann zog er seine Weste zurecht, kehrte zurück in die Halle und wollte gerade die Treppe hinaufgehen, als er die Stimme seiner Frau aus der Küche hörte. Nach kurzem Zögern wandte er sich um, ging auf die Tür zu und öffnete sie.

Seine Frau stand am Tisch. Ihr Haar war mit einem hellblauen Chiffonschal hochgebunden, und sie trug über einem langen Hauskleid eine Küchenschürze. Als er eintrat, schaute sie hoch und lächelte, während sie sagte: »Da bist du ja, mein Lieber. Du bist aber früh dran.«

»Ja, ja. Der Fall hat nicht so lang gedauert, wie wir gedacht haben. Ich bin direkt von Newcastle hierhergekommen … Aber, was sehe ich, ihr seid ja wirklich tüchtig!« Er rieb die Hände gegeneinander und lächelte sein gehemmtes Lächeln, als er sich der Frau zuwandte, die am Herd stand. »Nein wirklich, Mrs. Stringer, das riecht ja hervorragend hier. Was zaubern Sie uns denn heute abend wieder auf den Tisch?«

Wenn er in der Küche mit Mrs. Stringer sprach, war er immer herzlich. Er hatte das Gefühl, daß man es von ihm erwartete. Sozusagen als Anerkennung für geleistete Dienste, und es freute Ann, denn sie sagte immer, sie wüßte nicht, was sie ohne Mrs. Stringer tun sollte. Trotzdem kam er sich wie ein Tölpel vor, wenn er sich so benahm.

Mrs. Stringer sprach immer in gehetztem Stakkato. »Aber nicht doch, Sir«, wehrte sie ab. »Ich hab ja fast gar nichts getan, das war alles Ihre Gattin. Sie wird heute abend todmüde sein. Sie sollte jetzt wirklich ein Bad nehmen und sich hinlegen … Ja, das hab ich ihr gesagt.«

»Ja, wirklich. Ein vernünftiger Rat. Was ist damit?« Er blickte zu seiner Frau, und als sie nicht antwortete, blieb er verlegen stehen und starrte sie an. Ja, Ann konnte so etwas tun, sich einfach weigern zu antworten. Sie konnte sich in ihr Schweigen einmauern, und es schien sie überhaupt nicht zu stören. Nein, das stimmte nicht, es störte sie. Er konnte beinahe fühlen, wie ihre Nerven zitterten. Während er sie weiter anstarrte, mußte er feststellen, daß sie immer noch gut aussah. Trotz allem hatte sie ihr gutes Aussehen bewahrt – und ihre gute Haltung. Sie war groß und schlank, so schlank, daß ihre Kleider immer wirkten wie bei einem Mannequin. Auch ihr Gesicht hatte sich kaum verändert, seit er sie kennengelernt hatte, bis auf den Mund, der sich an den Mundwinkeln jetzt sichtbar senkte. Doch ihr Teint war immer noch so makellos wie bei einem jungen Mädchen. Dabei war sie dieses Jahr fünfundvierzig geworden. Arme Ann. Doch nach diesem Gedanken und dem Mitleid, das er auslöste, gab er sich einen Ruck.

Als er sich abwandte, weil er nicht mehr wußte, was er

sagen sollte, unterbrach sie ihr angestrengtes Schweigen: »Warte einen Augenblick, ich komme gleich.« Als sie ihre Schürze auszog und Mrs. Stringer sie ihr abnahm, sagte die Frau: »So ist's recht, Madam. So ist's recht.«

Er trat beiseite und öffnete die Türe für sie, dann folgte er ihr in die weiträumige Wohnhalle.

Im Kamin, dessen Abzug sich wie ein Trichter in den Raum schob, brannte ein Holzfeuer. Er hielt diesen Raum für besonders geglückt und nahm an, daß es in der ganzen Stadt keine elegantere Wohnhalle gab. Das müßte auch so sein, denn die Einrichtung hatte ihn eine erkleckliche Summe gekostet. Der neue Teakholzboden leuchtete rötlich bis ins Eßzimmer hinein, dessen Schiebetüren jetzt offen standen. Er sah, daß der lange Eßtisch mit Glas und Silber geschmückt war. Hinter dem Tisch verbargen mattgoldene Samtvorhänge die eine Wand vollständig, und in der Halle selbst teilten die Vorhänge die weite Fläche der Wand in drei Teile. Wenn es in ihm überhaupt eine Gefühlsregung gab, die stark genug war, um Haß genannt zu werden, dann konnte er sagen, daß er diesen Raum haßte.

Er blickte sie jetzt an, während er sagte: »Möchtest du einen Drink haben?« Seine Stimme, die nun nicht mehr herzlich war, klang zögernd.

»Nein. Nein danke.« Sie machte eine fahrige Geste. Dann setzte sie sich auf die Couch, lehnte den Kopf zurück und sagte plötzlich: »Ja, doch, ich glaube, ich möchte doch einen haben. Aber bitte nur einen kleinen.«

Er ging ins Eßzimmer, am Tisch vorbei, auf ein Eckbüfett zu, das aus massiver Eiche gezimmert war. Das Innere des Büfetts barg funkelnde Gläser und Unmengen von Flaschen. Die Anzahl der Flaschen reichte in drei Etagen vom Boden bis in seine Kopfhöhe. Die Gläser standen darüber, nach Größen und Sorten geordnet, jede Sorte auf einem eigenen Regal. Er nahm zwei heraus und stellte sie auf einen Teewagen. Dann nahm er eine Flasche Sherry, füllte die Gläser und kehrte zurück zum Couchtisch. Er reichte ihr eines der Gläser, nahm seines mit an den Kamin, und wieder entstand das verlegene Schweigen zwischen ihnen. Nach dem zweiten Schluck fragte er mit ruhiger Stimme: »Was werden wir heute abend essen?« Es war ihm ziemlich gleich, was sie aßen, denn das Essen interessierte ihn nicht besonders. Er mußte sich schon seit längerer Zeit in acht nehmen, damit sein Bauch nicht zu dick wurde. Doch da sie sich immer viel Mühe gab, neue Menüs für ihre Dinner auszudenken, hatte er das Gefühl, er müsse sein Interesse für das Essen bekunden.

»Ach, nichts Besonderes.« Sie schüttelte den Kopf. »Seezunge mit Weißweinsauce, Ananasschinken und Apfelhasen mit den üblichen Beilagen, und dann französische Pfirsiche.«

Nichts Besonderes, hatte sie gesagt. Dabei würde es sicher sechs verschiedene Arten von Gemüse geben und eine Sauce mit allem Drum und Dran, passende Weine zu den einzelnen Gerichten und eine Platte mit acht verschiedenen Käsesorten. Nichts Besonderes! Und das alles für die Wilcox', die sie mindestens jeden zweiten Tag sah!

Die Wilcox' waren schon seit vielen Jahren mit ihr befreundet und stammten noch aus der Zeit, bevor er sie kannte. Sie und May Wilcox waren zusammen zur Schule gegangen und waren seitdem unzertrennlich, doch zwischen ihnen fand ein ständiger Kampf um den gesellschaftlichen Vorrang statt, und diese kleinen Dinner gehörten zu diesem Kampf. Nichts Besonderes! Wenn Mays Dinner mit Shrimp-Cocktails oder Horsd'œuvres begannen, konnte man sicher sein, daß in seinem Haus solche Dinge sicherlich auf Monate hinaus vom Tisch verbannt wurden.

In diesem versteckten und affektierten Kampf war seine Frau – das wußte John – immer die Gewinnerin gewesen, ganz gleich, ob es sich um die Vorbereitung eines Essens, die Organisation von offiziellen Frühstücken oder den Vorsitz eines Komitees handelte. Das hatte sich ergeben, als James Wilcox, der in der Firma von Baxter und Morton untergeordneter Sachbearbeiter war, seinen eigenen Betrieb gegründet hatte. Das gelang ihm dank des unerwarteten Todes seines Schwiegervaters, eines Witwers mit beträchtlichem Vermögen. Da man May Wilcox nun nicht mehr so ohne weiteres taktvoll unterstützen konnte, war dieser Kampf unter gleichen Voraussetzungen zustande gekommen.

Doch John war zu der Ansicht gekommen, daß dieser Kampf ein Ende nehmen mußte, denn er betraf nicht mehr nur die Dinner, sondern auch die Innendekoration, und er hatte das bestimmte Gefühl, daß die nächsten Kampfwaffen dann die Nerzmäntel werden würden. Trotzdem wußte er, daß es nicht so ganz einfach sein würde, sein Ziel zu erreichen, denn es war ihm nur zu klar, daß er ihr das einmal gewählte Betätigungsfeld nicht zu weit einschränken durfte.

Während er sein Glas leerte, kam aus der Halle der Ton eines tiefen Lachens, eines kehligen, vergnügten Lachens. John beobachtete aufmerksam seine Frau. Einst hatte ihr Gesicht sich erhellt, wenn sie dieses Lachen gehört hatte. Es war so, als ob in ihren Augen ein Licht angeknipst würde, doch seit das Hochzeitsdatum ihres einzigen Sohnes mit der Tochter ihrer Freundin festgesetzt war, war dieses Licht erloschen. Sie hätte überglücklich sein sollen, daß ihr Sohn und die Tochter ihrer liebsten Freundin die Freundschaft ihrer Eltern zementieren würden, aber das war nicht der Fall. Sie hatte es ihm gegenüber nie zugegeben, doch er wußte genau, daß sie ihre zukünftige Schwiegertochter nicht mochte. Doch würde sie irgendein anderes Mädchen mögen, das ihr den Menschen nehmen würde, der ihr Leben überhaupt erträglich gemacht hatte?

Als Laurence Emmerson hereinkam, lachte er immer noch. »Hallo, ihr beiden«, sagte er. Er schloß seinen Vater in die Begrüßung ein, doch nur ganz am Rande. Dann fuhr er ohne Pause fort: »Stringy ist unbezahlbar, die läßt nichts auf dich kommen. ›Niemand macht so einen guten Ananasschinken wie die Madam‹, hat sie gesagt.« Er grinste. »›Sie wollen doch nicht etwa behaupten, daß meine zukünftige Schwiegermutter keine gute Köchin ist?‹ habe ich gesagt. ›Ich will gar nichts behaupten, ich habe Ihnen das nur gesagt.‹«

Er lachte schallend, während er sich neben seiner Mutter auf die Couch fallen ließ. Er legte den Arm um sie und gab ihr einen Kuß und sagte, immer noch fröhlich: »Wie geht es dir?«

»Oh, danke.« Sie blickte ihn an.

»Müde?«

»Nur ein bißchen. Ein heißes Bad wird alles wieder in Ordnung bringen.«

Er drehte den Kopf und blickte zum Eßzimmer hinüber. »Sieht ja toll aus.« Dann blickte er sie noch einmal an, zärtlich und besorgt. »Du bist müde«, sagte er. »Geh jetzt hinauf und ruh dich etwas aus. Du hast noch gute anderthalb Stunden. Los, ab mit dir.«

Er stupste sie leicht an, doch sie rührte sich nicht. Statt dessen verließ sein Vater den Raum. Laurence sah ihm nach, blickte auf die sich leise schließende Tür, seufzte und lehnte seinen Kopf an den seiner Mutter.

Er konnte sich immer erst richtig entspannen, wenn sein Vater nicht in der Nähe war, obwohl seine Gegenwart ihn jetzt nicht mehr so störte wie früher. Er war zu der Erkenntnis gekommen, daß es gar nichts gab, was einen bei diesem Vater irritieren mußte. Er war viel zu farblos, zu fad und – zu schlapp. Ja, das war das richtige Wort, um seinen Vater zu charakterisieren. Es war schwer zu begreifen, daß ein so großer Mann so wenig Eindruck auf andere machen konnte. Trotzdem sagte man, daß er vor Gericht gut sei, daß er gut reden könne. Es war ein Jammer, daß er von seiner juristischen Wendigkeit zu Hause keinen Gebrauch machte, denn dann wäre das Leben für seine Mutter bedeutend interessanter. Es war ihm wirklich ein Rätsel, wie sie es so lange mit ihm ausgehalten hatte. Seine massige Gestalt, seine sanfte Stimme und dieses lautlose Lachen. Weshalb lachte er denn nicht, lachte nicht wirklich? Es war merkwürdig, aber er hatte seinen Vater noch nie wirklich laut lachen hören.

Er nahm ihre Hand, die wie wartend neben seiner lag, und seine Mutter fragte ihn, ohne sich zu bewegen: »Wie war denn dein Tag heute?« Sie saß mit geschlossenen Augen neben ihm.

»Ach, wie immer … Weißt du, unter uns gesagt ist der alte Wilcox ein ekelhafter Wichtigtuer. Er macht mich ganz krank.«

»Schsch!«

»Ach was, es kann uns ja niemand hören.«

»Das spielt keine Rolle. Wenn du es auch denkst, solltest du es nicht sagen.«

Sie machte eine nervöse Handbewegung.

»Es ist ein Jammer, daß du überhaupt bei ihm arbeitest. Aber damals wußtest du ja nicht, daß er mal dein Schwiegervater werden würde. Vielleicht hättest du doch Jura studieren sollen.«

»Nein, nein!« Seine Stimme wurde auf einmal rauh. »Nein, Jura kommt für mich nicht in Frage.«

Sie schwieg eine Weile. Es war, als ob er erklärt hätte: ›Was? So sein wie mein Vater?‹

Wieder bewegte sie unruhig die Hand. »Wenn du erst mal verheiratet bist, könnte er dir eine Partnerschaft anbieten.«

»Darauf verlaß ich mich nicht. Wenn er an so etwas dächte, hätte er es mir längst gesagt. Nein, der spielt gern den Leithund und liebt es, wenn eine Menge kleiner Hunde hinter ihm herläuft.«

»Schsch!!«

»Sag doch nicht immer ›Schsch!‹« Er drückte ihre Hand, und sie lachten beide.

»Weiß Valerie denn, was du von ihm denkst?«

»Ich glaube, ja.«

»Er hat sie sehr gern. Wenn du erst verheiratet bist, wird sie ihn vielleicht dazu überreden, dir ...«

»Oh, nein, das wird sie nicht tun.« Er setzte sich auf und blickte sie an. »Schau, ich möchte keine Gunst durch meine Frau. Vergiß nicht, daß der alte Wilcox seine jetzige Stellung im Leben nur der Gunst seiner Frau zu verdanken hat, und das läßt sie ihn nie vergessen.«

»Ach, Laurie, sei doch nicht so töricht. Und paß auf, daß du May nicht immer ›Mama Wilcox‹ nennst. Eines Tages plapperst du es mal hinaus, ohne daran zu denken.«

»O ja, das wäre wirklich schlimm. Nein, ich bin nicht töricht, und du weißt es auch ganz genau. Er ist der große Boß im Büro, doch darüber hinaus ... O je! Wer hat denn zu Hause die Hosen an, und wer sitzt auf dem Portemonnaie? Ich weiß es doch genau, liebe Mama.« Er nickte ihr zu und grinste. »Doch wie es auch sei«, er stand langsam auf, »es gibt auch andere Jobs. Wenn er bis zum nächsten Jahr nicht mit einem Angebot herauskommt, kann ich mich immer noch verändern.«

»Du wirst doch nicht ... du wirst doch nicht die Stadt verlassen?«

Er blickte sie an, wie sie auf dem Rand der Couch saß und ihn ängstlich anstarrte. Da streckte er seine Hand aus und berührte sanft ihre Wange. »Nein, hab keine Sorge, ich werde nicht weit weg gehen. Immerhin gibt es in dieser Stadt mindestens vier andere Steuerkanzleien. Außerdem könnte ich mich ja auch selbständig machen. Ich brauche bloß einige Klienten abzuwerben und mein eigenes Büro zu mieten.«

Sie senkte den Blick, als ob sie sich schämte.

»Los jetzt.« Seine Stimme klang munter. »Hinauf mit dir, bevor du dich ins Kampfgetümmel stürzt.«

Er hatte immer noch ihre Hand gefaßt, als sie in die

Halle kamen. Dort sah er seinen Vater, wie er gerade mit einem Aktenköfferchen hinausgehen wollte.

»Ich ... ich geh schnell noch ins Büro.«

John blickte Ann an, und sie blickte hinauf zur Wand am ersten Treppenabsatz, an der eine reichverzierte Uhr hing. »Es ist zwanzig vor sieben«, stellte sie kühl fest.

»Ich werde nicht länger als eine halbe Stunde brauchen. Ich möchte einige Papiere holen. Der Fall ist heute zu Ende gebracht worden. Und ich ... ich möchte alles ordnen.«

»Sie werden gegen Viertel vor acht hier sein.«

»Oh, ich bin lange vorher wieder hier.«

»Du bist noch nicht mal umgezogen.« Sie musterte ihn von oben bis unten.

»Ich werde es kurz machen. Eine halbe Stunde, nicht länger. Ich bin rechtzeitig zurück.«

Als er aus der Tür hinaus und in die Vorhalle ging, wußte er, daß sie ihn beide beobachteten. Er stieg in den Wagen und fuhr über die Einfahrt auf die Straße. Auf die eventuell eisigen Stellen achtete er nicht mehr.

Nachdem er über einige Nebenstraßen die Hauptstraße erreicht hatte, fuhr er am Park und an Brampton Hill vorbei. Dieser Hügel mit seinen vornehmen alten Villen bedeutete nicht mehr als ein Relikt früherer Zeiten, eine Fundgrube für Bauspekulanten, die miteinander wetteiferten, wer mehr Apartments aus einem Haus herausbringen konnte. Er kam an der Altstadt vorbei, an Bog's End, an dem neuerbauten Stadtteil mit seinem häßlichen Einkaufszentrum; er querte die Hauptbrücke, die den Strom überspannte, und kam schließlich zu den Greystone Buildings. Die Greystone Buildings bestanden aus fünf vierstöckigen Häusern. Sie waren im Jahr 1874 von einem Mann namens Arthur Greystone gebaut worden, ursprünglich als Wohnhäuser für gutgestellte Bürger, die in Newcastle arbeiteten und es sich leisten konnten, dort mit der Kutsche hinzufahren. Das einzige

Überbleibsel aus dieser glanzvollen Vergangenheit waren die Wagenschuppen auf der Rückseite, die nun ausgezeichnete Garagen abgaben. Vier der Häuser waren für Bürozwecke eingerichtet worden, und nur noch eines, Nummer zehn, war ein Wohnhaus, das in vier Apartments aufgeteilt war.

Johns Büro war in Nummer acht untergebracht, und er fühlte sich dort heimischer als in »The Gables«, 74 Lime Avenue.

Seine Finger zitterten, als er den Schlüssel in das Yaleschloß steckte. Die Halle, in die er trat, unterschied sich nicht von den anderern Hallen, die zu Anwaltskanzleien führten. Sie war völlig kahl, bis auf ein Eichenbrett mit Namenslisten, das an einer Wand hing. Auch das Licht war ebenso trüb wie anderswo. Er ging die Treppe mit ihren Messingkanten hinauf, vorbei an der Türe, auf der »Auskunft« stand, dann eine weitere Treppe hinauf, an zwei Türen vorbei, welche die Schilder »J. A. Ransome« und »M. O. Boyd« trugen, und dann über eine dritte Treppenflucht zum obersten Stock.

Dort befanden sich drei Türen. Eine trug seinen Namen, eine zweite führte zu einem Lagerraum und die dritte zu einer antiquierten Toilette mit einem ebenso antiquierten Waschbecken.

Als junger Mann war er in diesen obersten Stock gesetzt worden und hatte zusammen mit zwei anderen Angestellten den einen kalten Raum geteilt. Als er dann im Laufe der Jahre befördert wurde und die Mitarbeiter die Zimmer wechselten, hatte er darum gebeten, im dritten Stock bleiben zu dürfen. An dieser Bitte war damals nichts Ungewöhnliches gewesen, denn er war immer noch nicht besonders wichtig. Aber jetzt, als Leiter der Firma, hätte er einen Raum im Stock darunter beziehen müssen. Den Raum, den sein Juniorpartner hatte. Doch er zog es vor, hier oben zu bleiben. Das wurde als merkwürdig angesehen und darüber hinaus auch als ungünstig für die Firma. Einflußreiche Kunden waren an Lifts gewöhnt, und in den Greystone Buildings gab es keine Lifts und würde es auch niemals welche geben.

Trotzdem stiegen die Leute die Treppe zum obersten Stock hinauf, und das Geschäft ging so gut, daß er manchmal Arbeit an seine weniger glücklichen Kollegen in der Stadt weitergab.

Der Raum, in den er trat, war durch Zentralheizung gewärmt. Er sah nach dem aus, was er war – ein Büro, aber ein sehr gemütliches. Es hatte einen großen Teppich auf dem Boden, vier große Lehnsessel und einen großen Mahagonistuhl. Eine der Wände wurde von einem hohen Bücherschrank mit Glastüren eingenommen. An den restlichen hingen alte Jagd- und Pferdestiche, doch manche so verblaßt, daß man kaum erkennen konnte, was dargestellt war. Er knipste die Bronzelampe auf dem Schreibtisch an, dann ging er zur Türe und löschte die Deckenbeleuchtung.

Nachdem das erledigt war, ließ er sich langsam auf einen der Sessel nieder, bedeckte sein Gesicht mit beiden Händen und blieb völlig regungslos sitzen. Er hätte nicht hierherfahren sollen. Noch dazu mit so wenig freier Zeit. Doch er hatte das Gefühl, er wäre wahnsinnig geworden, wenn er zu Hause geblieben wäre. Nach dem Umziehen hätte er nicht einfach in seinem Zimmer bleiben können, bis die anderen da waren. Also wäre er nach unten gegangen, und dort hätten sie gesessen, die beiden, hätten sich an der Hand gehalten, miteinander gelacht oder über seinen Kopf hinweg unterhalten. Er konnte es nicht länger ertragen, er würde wahnsinnig werden. Konnte es besser werden, wenn Laurie erst einmal verheiratet wäre und nicht mehr zu Hause wohnen würde? Nein, dann würde es vermutlich noch schlimmer. Denn er würde ihre Verzweiflung spüren und könnte nichts tun, um sie zu lindern.

Er hätte heute jedoch nicht hierherkommen sollen. Er

wußte, welchen Wert sie auf dieses Dinner legte. Mehr verlangte sie nicht von ihm, als da zu sein und oben am Tisch zu sitzen, wenn sie ihre Essen gab. Er wußte auch, daß sie ihm auf ihre Weise dankbar war, wenn er lächelte, Konversation machte und sich allgemein von seiner besten Seite gab. Er versuchte auch immer ihr zu gefallen, denn er wußte genau, daß es eine Angst in ihrem Leben gab: es könne jemand erfahren, wie es in Wirklichkeit um sie beide stand.

Er war davon überzeugt, daß selbst May Wilcox nicht wußte, wie ihr gemeinsames Leben in Wirklichkeit ablief. Die Wilcox' hielten ihn für nichts anderes als einen ruhigen, reservierten Mann. Sprach Laurie jemals mit Valerie über die Situation zu Hause, eine Situation, die sich nicht geändert hatte, seit er ein kleines Kind war? Nein. Das konnte er sich nicht vorstellen, Laurie würde mit niemandem außer mit seiner Mutter darüber sprechen, noch nicht einmal mit seiner zukünftigen Frau. Auf jeden Fall würde er ihr nichts sagen, das sie dazu veranlassen könnte, hinter die Fassade ihrer Mutter zu dringen, dieser Fassade der Wohlerzogenheit, Kultiviertheit und Gewandtheit, hinter der man jede unerträgliche Situation verbergen konnte. Instinktiv wußte er, daß sein Sohn ebensogut wie sie selbst bestrebt war, das Image seiner Mutter zu wahren.

Doch er mußte jetzt nach Hause zurück. Weshalb um alles in der Welt war er ausgerechnet heute hierhergekommen? Er würde die Papiere, die er brauchte, mitnehmen und dann etwas arbeiten, wenn sie alle gegangen waren.

Seine Hand fiel auf die Armlehne des Sessels, und er wollte sich aufrichten. Doch da hielt er inne, das eine Bein ausgestreckt, die Schulter nach vorn gekehrt. Er legte seine eine Hand an die Rippen, und während er versuchte, ruhig durchzuatmen, fragte er sich, wie lange es jetzt her war, daß er einen Anfall gehabt hatte. Vielleicht zwei Monate. Doch diesmal konnte es eine Magenverstimmung sein, vielleicht war das Essen zu schwer gewesen. Er würde hinuntergehen und frische Luft schnappen, denn das tat ihm immer gut. Aber er konnte in diesem Zustand keinen Wagen lenken. Steh auf, steh auf, mahnte er sich selbst. Mach langsam, doch steh auf. Er hatte seinen Mantel nicht ausgezogen, nur seinen Hut abgelegt. Doch er ließ ihn liegen und knipste auch die Schreibtischlampe nicht aus, als er sich mühsam aufgerichtet hatte.

Auf dem Korridor steckte er schwerfällig den Schlüssel von außen ins Schloß, ließ das Schlüsseletui in die Manteltasche gleiten und ging auf die Treppe zu. Die Beleuchtung war so gut, daß er jede einzelne Stufe erkennen konnte, bis hinunter zum nächsten Treppenabsatz. Doch als er die Hände auf das Geländer legte, merkte er, daß ihm schwindelig wurde. Er schloß die Augen, ging zurück zu seiner Türe und lehnte sich eine Weile dagegen. Sein Atem kam rasselnd und stoßweise. Er brauchte frische Luft, unbedingt. Das Dach. Weshalb hatte er nicht schon früher daran gedacht? Natürlich, das Dach. Er ging langsam an der Tür des Lagerraums und an der Toilette vorbei, auf acht Stufen zu, die an der Ecke des Ganges lagen und zu einer Dachluke führten. Er mußte sich bloß auf die unterste Stufe stellen und den Riegel öffnen, der den Glasrahmen sicherte. Mit größter Anstrengung gelang es ihm, den Verschluß zu lösen, und als er auf der zweiten Stufe stand, drückte sein Kopf den Fensterrahmen nach oben. Er kippte mit dem Oberkörper aufs Dach und rang gierig nach Luft. Dankbar merkte er, daß seine Kräfte wiederkehrten, und er schob sich auf das flache Dach hinaus. Das war schon besser, viel besser.

Er kannte das Dach so gut wie den Raum darunter, denn es war lange Jahre für ihn eine Art geheimer Schlupfwinkel gewesen. Im Sommer hatte er sich hier einen Klappstuhl hingestellt. Er saß dann mit dem Rücken zum Kamin und konnte über die Stadt hinweg auf den

Fluß blicken und hinüber zum Moor, zu der Gegend, die noch nicht durch Wohnbauten verdorben war. Er hielt diesen Blick vom Dach für einen der schönsten.

Er lehnte sich einen Augenblick mit dem Rücken gegen die Kaminbrüstung, bevor er zu der niedrigen Steinmauer hinüberging, der einzigen Grenze zwischen den anderen Häusern. Er kauerte sich darauf und stützte den Kopf in die Hände.

Es fegte hier oben ein rauher, eisiger Wind, was ihn aber nicht störte, denn ihm war heiß. Er spürte, wie der kalte Schweiß unter seinem Hemd den Körper hinunterrann.

Von irgendwoher hörte er ein gedämpftes Geräusch, ein seltsames Geräusch, wie von lachenden, singenden jungen Leuten. Es kam sicher aus einer der Wohnungen. Ja, diese Wohnungen! Die ganzen Jahre hindurch, in der Zeit, in der er auf dem Dach saß, hatte er kaum einen Menschen erblickt. Bis dann durch den warmen Sommer vor einigen Jahren seine Angestellten entdeckten, daß das Gebäude ein begehbares Dach hatte – ebenso wie die Büros von Wallace & Pringle und die Großhandelsfirma von Nr. 1.

Er hätte sich gern hingelegt, doch er mußte jetzt zurück nach Hause. Er könnte allerdings einfach die ganze Nacht hier bleiben. Würde das eine Rolle spielen? Nein. Nein, überhaupt keine. Es wäre das Beste, was ihm passieren könnte. Und wenn man ihn fände, könnte man nicht behaupten, daß er sich etwas antun hätte wollen, oder? Nicht wie das letzte Mal. Er war müde, oh, er war so schrecklich müde von allem.

Er hörte wieder die Musik und das Lachen. Es war immer noch fern und gedämpft. Doch dann, als ob jemand das Radio voll aufgedreht hätte, schrie eine Stimme über seinem Kopf: »Liebe mich, liebe mich oder ich sterbe.«

Er glitt an der niedrigen Mauer hinab und lehnte seinen Kopf gegen die Brüstung. Während er das tat, hörte er eine Kinderstimme rufen: »Mann! Mann!«

Sein Denken war wie ein leerer Raum, als ob sein Herz aufgehört hätte zu schlagen und er gestorben sei. Dann fühlte er, wie jemand seinen Kopf hob, und er hörte, wie aus weiter Entfernung, eine Stimme, die sagte: »Ist er tot?«

Dann hörte er einige andere Stimmen, die um ihn herum auf und ab fluteten, und er versuchte, sich zu den Stimmen Gesichter vorzustellen. Er reagierte sehr empfindlich auf Stimmen. Wenn er Klienten zum erstenmal sah und sie den Mund öffneten, konnte er sie gleich beurteilen, und er irrte sich nur selten.

»Ist er tot?«

»Nein, nein. Aber geh jetzt aus dem Weg.«

»Ich hab seine Hand gesehen, Mam, im Treppenlicht, wie sie über die Mauer hing. O Gott, war das gruselig!«

»Sei jetzt ruhig, Pat, und geh hinunter. Kannst du ihn auf die Beine stellen, Ted?«

»Er ist sehr groß, aber ich werd es versuchen ... Nein, das hat so keinen Zweck. Ich kann ihn nicht allein über die Mauer heben. Was ist denn mit dem alten Locket? Ruf ihn doch mal herbei.«

»Nein, der würde vor Schreck einen Herzanfall bekommen. Außerdem könnte er sowieso nicht hier heraufkommen. Wir müssen es zusammen versuchen.«

»Warte mal, ich glaube, er kommt wieder zu sich.«

»Wie fühlen Sie sich?« Es war eine weiche, warme Stimme. Er öffnete die Augen und flüsterte zu der dunklen Gestalt: »Besser, vielen Dank.«

»Meinen Sie, Sie können aufstehen? Wir helfen Ihnen.«

»Danke.«

Sie setzten ihn auf die Mauer, und es war die Frau, die seine Beine anhob, eins nach dem anderen, bis sie ihn über die niedrige Brüstung gebracht hatten. Der Mann ging langsam rückwärts die Stufen hinab, ganz ähnlich wie die, die John zuvor von seinem eigenen Treppenabsatz hinaufgekommen war, und die Frau hielt ihn fest an den Schultern, um ihn von oben her zu stützen.

Er schwankte und blinzelte, während sie ihn über den Treppenabsatz in ein Zimmer brachten, in dem eine Menge Menschen waren. Jedenfalls kam ihm das, benommen wie er war, so vor.

Sie legten ihn hin, und die Frau lockerte seine Krawatte und seinen Kragen. Es waren Jahre vergangen, seit jemand seinen Hals berührt hatte. Er schämte sich und wehrte sich ein wenig. Nun waren die Stimmen wieder zu hören, diesmal sanfter und leiser, und jede ganz anders. Bilder entstanden vor seinem inneren Auge.

»Oh, der sieht schlecht aus.« Das war eine alte Stimme, eine schwerfällige, nordenglische Stimme, eine Arbeiterstimme. »Schätze, der kann jede Minute hinübergehen.«

»Red doch keinen Unsinn, Bill. Was ist, wenn er dich hört?« Eine andere schwerfällige Stimme, die einer Frau, aber sehr freundlich.

»Glaubst du, wir können ihm einen Schluck Brandy geben, Ted?«

Das war die Stimme, die er zuerst gehört hatte. Er hätte am liebsten seine Augen geöffnet, um zu sehen, wie die dazugehörige Frau aussah.

»Ich glaube nicht, daß es ihm schaden würde. Natürlich hängt es davon ab, was ihm fehlt. Ich glaube, wir sollten einen Arzt holen.« Dies sagte eine bestimmte, knappe Stimme. Auch nordenglisch, doch anders als die von dem anderen Mann. Es war eine Stimme, der man anhörte, daß der Mann gewohnt war zu reden.

»Oh, den kenne ich.« Der erstaunte Ausruf veranlaßte ihn, kurz die Augen aufzumachen. »Das ist Mr. Emmerson, der Anwalt von nebenan. Ich hab euch doch gesagt, daß die Tochter von meinen Leuten, Miss Valerie, seinen Sohn heiraten wird. Du erinnerst dich doch daran, Cissie, daß ich dir von der Verlobung erzählt habe!«

Die Stimme war hoch und aufgeregt, und sie brachte

ihn wieder zu sich. Er öffnete die Augen und blickte die Gesichter an, die um ihn herum waren. Sie waren alle etwas verschwommen, doch er wußte, daß das Gesicht, das ihm am nächsten war, zu der Frau mit der netten Stimme gehörte. Sie schien noch nicht ganz Frau, doch auch kein junges Mädchen mehr. Neben ihr stand ein schlanker, eleganter Mann. Er war derjenige, der ihm die Stufen hinabgeholfen hatte, und besaß die Stimme, die Übung verriet. Am Ende der Couch stand ein altes Paar. Wahrscheinlich waren es die mit den nordenglischen Stimmen. Neben ihnen standen zwei andere Frauen. Die schmale, kleine Frau lächelte ihn an. Er hatte das Gefühl, daß sie es war, die ihn kannte. Ihre Begleiterin war ebenfalls klein, doch sehr dick. Daneben stand ein Junge. Er war dünn und schmächtig, hatte strohblonde Haare und war etwa neun Jahre alt.

»Geht es Ihnen jetzt besser?«

»Ja. Ja, vielen Dank.« Er schaute in zwei warme, dunkelbraune Augen in einem ovalen Gesicht, das von glattem blondem Haar umrahmt war.

»Möchten Sie vielleicht einen Schluck Brandy haben?«

»Danke ... ja, bitte.«

Niemand sagte ein Wort, bis man ihm den Brandy gebracht hatte. Als er versuchte zu trinken, rann die Flüssigkeit an seinem Kinn herab und tropfte auf sein Hemd.

»Trinken Sie alles aus, es wird Ihnen guttun.« Sie stützte seinen Kopf, um ihm das Trinken zu erleichtern.

Es dauerte nicht lange, da fühlte er sich schon viel besser und stärker. Sein Herz raste nicht mehr so schnell, obwohl es immer noch laut klopfte.

»Warten Sie, ich lege Ihnen ein Kissen unter den Kopf.«

Sie schob ihm ein Kissen unter und fragte dann: »Soll ich Ihren Arzt rufen?«

»Nein, nein, vielen Dank. Ich ... es wird mir bald bessergehen. Es ist mir sehr unangenehm ...«

»Aber, seien Sie doch nicht ...« Er hatte das Gefühl, daß sie hinzufügen wollte: »so dumm«, doch sie unterbrach sich und tauschte es mit »beunruhigt«. »Sie brauchen sich wirklich nicht zu beunruhigen ...« Dann setzte sie sich auf den Rand der Couch, neben seine Beine, beugte sich zu ihm vor und fragte sanft: »Soll ich bei Ihnen zu Hause anrufen?«

Diese Frage hatte die Wirkung einer Injektion, die ihn mit einem Schlag lebendig machte. Er hob ruckartig den Kopf und wehrte fast verzweifelt ab: »Nein, nein, bitte nicht. Es wird schon wieder besser. Wenn ich ... wenn ich nur eine Weile liegen bleiben kann.«

Er sah, wie sie ihren Kopf neigte und ihm begütigend zulächelte. »Sie können so lange bleiben, wie Sie wollen.«

»Danke.« Er blickte jetzt die Leute, die im Zimmer standen, der Reihe nach an. Es fiel ihm auf, daß das keine Familie sein konnte. Seine Stimme klang entschuldigend, als er sagte: »Ich habe ein Fest gestört?«

»Aber nein. Das haben Sie gewiß nicht.« Wieder neigte sie den Kopf und lächelte beschwichtigend. »Sie waren sowieso gerade beim Aufbruch, nicht wahr?« Sie blickte sich nach den anderen um, und alle nickten. »Ja, ja, wir wollten wirklich gerade gehen.«

Dann sprach die alte Frau. »Es war eine von Cissies Partys«, sagte sie. »Wir sind nur zu einer Tasse Tee heraufgekommen, doch wie immer, wenn wir hier sind, haben wir uns zu lange aufgehalten. Gut, daß wir daran erinnert werden.« Sie nickte ihm zu.

»Oh, Mrs. Locket!« Die junge Frau blickte die alte Frau an und wiederholte noch einmal: »Oh, Mrs. Locket!«

»Doch, es ist wahr, Cissie, wir bleiben immer zu lang.« Mrs. Locket nahm nun ihren Mann beim Arm und nickte John noch einmal zu, bevor sie sich zur Türe wandte, fast auf Zehen, als ob sie befürchtete, ihn zu stören.

Jetzt machten sich die kleine Dicke und die kleine Dünne auf den Weg. Die kleine Dünne blickte ihn an und schüttelte den Kopf, während sie ihm zuflüsterte: »Ich hoffe, es geht Ihnen bald wieder besser, Mr. Emmerson.«

Der Mann, den sie Ted nannten, folgte ihnen. Dann kam das Geräusch einer sich schließenden Türe, und der Mann kam zurück. »Wie fühlen Sie sich denn wirklich?« fragte er freundlich und kam mit seinem Gesicht nahe an John heran. »Viel besser. Schon viel besser. Vielen Dank.«

Ja, er fühlte sich besser, doch er war schrecklich müde. Er wollte schlafen, und er hatte das Gefühl, daß er schlafen könnte, denn er lag so bequem, und er war so entspannt. Er hatte diese Leute aufgestört und ihre Party gesprengt, und doch irritierte ihn das nicht, was sehr ungewöhnlich war. Seine Augen richteten sich nun auf den Jungen, der vor ihm stand und ihn neugierig anstarrte. Er stellte fest, daß er ein nettes, offenes Gesicht hatte, ganz ähnlich dem der jungen Frau. Wahrscheinlich waren sie Mutter und Sohn. Sie hatten die gleiche Haarfarbe, den gleichen Gesichtsschnitt und die gleichen braunen Augen.

Die junge Frau fragte: »Meinen Sie, Sie könnten eine Tasse Kaffee vertragen?«

»Das ist nett von Ihnen. Ja, ich glaube, das wäre gut.«

»Ich werde ihn machen. Du bleibst sitzen.« Der Mann legte seine Hand auf ihren Arm und verschwand hinter der Couch.

John blinzelte und versuchte seinen Blick auf die junge Frau zu konzentrieren. Sie saß zwar, doch selbst so sah sie groß aus. Er sagte zu ihr: »Ihr Mann ist sehr freundlich.«

Das Lachen des Jungen kam so herzlich, daß John langsam seinen Kopf drehte und die beiden nacheinander anblickte. Sie grinsten einander an. Er sah, wie sie ihre Hand nach ihm ausstreckte, als ob sie ihn am Lachen hindern wollte, doch es war Spaß. Sie fügte dann sachlich hinzu: »Nein, das ist nicht mein Mann. Das ist Mr. Glazier vom untersten Stock.«

»Oh, entschuldigen Sie.«

»Das konnten Sie ja nicht wissen. Er ist Reisender und ist sehr wenig hier. Doch er kommt immer zu uns hinauf, wenn er mal zu Hause ist.«

John nickte, sagte jedoch nichts.

Sie begann, ihm die Gesellschaft zu erklären, als ob es für ihn wichtig wäre. »Der alte Mann und die alte Frau«, begann sie, »sind Mr. und Mrs. Locket. Sie wohnen im zweiten Stock, in der Wohnung Nr. 3. Es sind Rentner, und sie fühlen sich manchmal einsam. Ich bitte sie öfter mal zum Tee zu mir.« Ihre Hände bewegten sich leicht, während sie sprach. »Dann, die eine, die Sie kennt, ist Mrs. Orchard. Sie arbeitet als Tagesmädchen für Mrs. Wilcox und lebt mit Miss O'Neill zusammen, das ist die Dicke. Miss O'Neill ist Köchin in der Schulkantine. Sie wohnen im ersten Stock.« Sie deutete mit dem Zeigefinger nach unten. Dann machte sie eine Pause, blickte ihren Sohn an, lächelte wieder und sagte: »Und hier oben im Olymp leben wir beide, Pat und ich.« »Pat und ich«, hatte sie gesagt. Sie hatte keinen Mann erwähnt. Sie könnte Witwe sein oder vielleicht auch nicht verheiratet und das Kind unehelich. Ja, sehr wahrscheinlich, denn sie war die Art von Mensch, die jeden anzog, alt und jung, Köchinnen und Handlungsreisende.

»Ich ermüde Sie. Sie wollen sicher nicht so viel von uns hier hören. Aber ich habe mir gedacht, ich sollte es Ihnen erklären. Soll ich nicht doch bei Ihnen zu Hause anrufen?«

»Nein, nein, vielen Dank.« Er begann plötzlich unruhig zu werden, so als ob er aus tiefer Betäubung erwachte, und fragte: »Wie spät ist es, bitte?« Als er das fragte, tastete er schon nach seiner Uhr. Sie wandte ihren Kopf, blickte auf die alte Dielenuhr in der Ecke und sagte: »Zwanzig Minuten vor neun.«

»Zwanzig vor ...!« Mit einem Ruck setzte er sich hoch. »Das ... das kann nicht sein.« Er blickte sie an, als ob er sie darum bitten wollte, ihm zu bestätigen, daß sie nicht recht habe. »Ich bin kurz vor sieben ins Büro gekommen und ... und ich war nach zehn Minuten wieder draußen ... Wenigstens habe ich ...«

»Sie müssen eine ganze Weile auf dem Dach gelegen haben.«

»Nein, nein.« Er schüttelte den Kopf. Er hatte eine Stunde verloren, und er hatte sie im Büro verloren, nicht auf dem Dach. Es war nicht das erste Mal, daß ihm eine Stunde abging, wenn er sich in diesem Zustand befand. Er würde in Zukunft sehr aufpassen müssen. Doch jetzt mußte er nach Hause, und zwar sofort. Wie würde Ann reagieren? Er fühlte sich wieder müde, wenn er daran dachte, daß sie dasselbe sagen würde, ob er jetzt käme oder erst in einer Stunde oder auch morgen früh, denn er war um acht Uhr nicht zu Hause gewesen. Das allein zählte. Er würde ihr von diesen Anfällen erzählen müssen, dann würde sie es vielleicht verstehen. Doch nein, sie würde es nicht verstehen, sie würde ihm das nie verzeihen. Noch nicht einmal diese Bitte könne er ihr erfüllen, das würde sie ihm sagen. Sie würde es ihm ganz ruhig sagen, und das Echo dieser Ruhe würde dann in den nächsten Wochen immer tiefer in sie eindringen. Die Tatsache, daß er sich seit Jahren ihrer gesellschaftlichen Etikette gefügt hatte, würde dabei gar kein Gewicht haben. Er hatte sich dieses eine Mal nicht gefügt, und es war immer das eine Mal, das zählte.

»Hier.« Der Mann kam mit einem Tablett zu ihm an die Couch. »Ich habe ihn stark gemacht. Möchten Sie viel Zucker haben?«

»Einen Teelöffel, bitte.« Als er dem Mann die Tasse abnahm, sagte er: »Ich muß unbedingt nach Hause. Ich würde Sie nur bitten, so freundlich zu sein und mir ein Taxi zu bestellen, denn ich glaube, ich kann meinen Wagen im Augenblick nicht selbst fahren.«

»Sie haben ein Auto unten?«

»Ja.« Er nickte dem Mann zu.

»Gut, dann sage ich Ihnen, was wir tun werden. Ich werde Sie in Ihrem Wagen nach Hause bringen, und Cissie kann in meinem hinterherfahren und mich wieder mit zurücknehmen. Wie wäre das?« Er blickte Cissie an, die schnell sagte: »Ja, das ist eine famose Idee.«

»Kann ich mit dir kommen, Mam?«

»Ja, ja, natürlich.« Sie nickte ihrem Sohn zu.

»Ich mache Ihnen viel zuviel Scherereien.« John versuchte von der Couch aufzustehen, und als sie sich zu ihm beugte, um ihm zu helfen, wurde ihm ganz heiß vor Verlegenheit. Er wollte sagen: ›Nein, nein, tun Sie das doch nicht‹, doch das hätte alles nur noch verschlimmert. Daher ließ er es zu, daß sie ihm dabei half, die Beine auf den Boden zu stellen. »Übrigens, was für einen Wagen fahren Sie?« fragte der Mann.

»Einen Rover 2000.«

»Wirklich? Fabelhaft, das wird ein Spaß für mich werden, den zu fahren. Man hört ja allgemein, wie toll die sind. Sie haben doch nichts dagegen, wenn ich ihn fahre, oder? Ich bin ein guter Fahrer, das gehört zu meinem Beruf.«

»Davon bin ich überzeugt, und es ist mir eine Freude, wenn Sie ihn fahren. Vor allem heute abend.« Er lächelte schwach.

Sie waren allein im Zimmer, nachdem Cissie mit ihrem Jungen verschwunden war, um ihn warm anzuziehen. Der Mann nutzte die Gelegenheit, seine Gastgeberin zu rühmen. Er beugte sich zu John hinunter und flüsterte vertraulich: »Die Cissie ist ein guter Kerl, wirklich unübertrefflich. Von der Sorte gibt es heute nur noch wenige. Ein fabelhafter Kumpel.« Er nickte bekräftigend mit dem Kopf und kniff ein Auge zu.

Das alles konnte viel bedeuten, doch fühlte John sich nicht in der Lage, darüber weitere Gedanken zu verlieren.

Er stand auf und versuchte, das Gleichgewicht zu halten. Er fühlte sich immer noch etwas benommen. Sein Mantel war zerknittert, und er strich ihn mit den Händen glatt und knöpfte ihn bis zum Kragen zu.

Pat und seine Mutter kamen nun ins Zimmer zurück. Strahlend krähte der Junge: »War es nicht ein Glück, daß ich wegen der Eiscreme raufgegangen bin?«

John blickte über den blonden Schopf in die leuchtenden braunen Augen und wiederholte verständnislos:

»Eiscreme?« Er konnte nicht verstehen, was das Kind meinte.

»Wir hatten zwei Päckchen Eiscreme. Ich bewahre die Sachen im Winter oben auf, denn wir haben keinen Eisschrank.« Cissie stülpte, während sie sprach, nachlässig einen Hut auf den Kopf und strich sich ihre blonden Strähnen hinter die Ohren. Sie wirkte wie ein hochaufgeschossenes Schulmädchen, doch nicht wie die Mutter eines Jungen. »Es war also ein Glück, daß er hinaufgegangen ist, nicht wahr? Wie fühlen Sie sich jetzt?«

»Oh, schon bedeutend besser.« Er machte keine Bemerkung zu ihrem Hinweis auf das Glück. Wenn nicht die zwei Päckchen Eiscreme gewesen wären, hätte er die ganze Nacht auf dem Dach gelegen, und das wäre sein Ende gewesen. Er hätte es so gewollt, doch zwei Päckchen Eiscreme hatten ihm einen Strich durch die Rechnung gemacht. Es war schon merkwürdig, wie ganz geringfügige Dinge oft in das Leben eingreifen konnten, oder in den Wunsch, es loszuwerden.

»Geben Sie acht, wenn Sie gehen.« Ted hielt ihn fest am Arm wie einen alten Mann, eine Stufe nach der anderen, bis sie auf der Straße angekommen waren. Dort gab John ihm seine Wagenschlüssel. Als sie im Innern saßen, bemerkte er Teds Aufregung. Er versuchte ihm den Mechanismus zu erklären. »Er ist verschieden gegenüber anderen«, fing er an. »Er startet sehr viel schneller, verglichen mit …«

»Oh, das schaffe ich schon, keine Sorge. Es hat bisher

noch keinen Wagen gegeben, den ich nicht fahren konnte. Da haben wir ihn schon.« Er drückte auf den Anlasser, wandte sich dann John zu und sagte: »Man kann den Motor kaum hören, wirklich fantastisch. Ich hab ein wenig über diesen Wagen gelesen. Sie können jede Wette machen – ich werde keine Ruhe geben, bis ich ihn nicht auch habe. Sicher wird es bald auch einige Gebrauchtwagen geben. So, und jetzt, wohin?«

»Kennen Sie die Lime Avenue?«

»O ja. Schöne Häuser gibt es dort. Welche Nummer?«

»Vierundsiebzig.«

Er sah in den Rückspiegel und sagte: »Ich möchte nur noch warten, bis Cissie um die Ecke kommt ... Ah, da ist sie ja schon ... Jetzt geht's los.«

Der Mann fuhr den Wagen so sicher, als sei er schon seit Jahren mit ihm vertraut. Während der Fahrt sprach er nicht.

Als sie ihrem Ziel näher kamen, fragte sich John, ob er sie hineinbitten sollte. Es könnte alles erleichtern, alles erklären, ohne viel Worte machen zu müssen. Sie fuhren jetzt in die Einfahrt, um die Biegung und in den Lichtkegel der erhellten Fenster. Dort parkte der Wagen der Wilcox', genau gegenüber der Türe. Sie kamen immer im Wagen. Das kurze Stück Weg hatte man nicht zu Fuß zu gehen, wenn man zum Dinner eingeladen war. John sagte zu dem Mann: »Das war sehr nett von Ihnen.«

»Aber, das ist doch nicht der Rede wert. Es stünde doch traurig um die Welt, wenn wir einander nicht helfen würden. Außerdem bin ich es ja, der in Ihrer Schuld steht. Ja, es wird eine ganze Menge Schulden geben, wenn es erst soweit ist.« Er lachte. »Ich hab Ihnen ja schon gesagt, daß ich nicht ruhen werde, bis ich einen von diesen habe.« Er klopfte auf das Lenkrad.

»Möchten Sie nicht mit hineinkommen?«

Der Mann zögerte, dann sagte er fast scheu: »Nein, nicht heute abend, wenn es geht. Ich muß morgen sehr früh aufstehen. Ich gehe schon gegen sechs aus dem Haus und habe noch etwas zu erledigen.«

John war schon ausgestiegen und blickte zur Einfahrt, in der die Scheinwerfer des anderen Wagens auftauchten. Cissie blieb dort stehen und stieg auch nicht aus. John fühlte sich noch nicht kräftig genug, zu ihr zu gehen und ihr zu danken. Deshalb fragte er: »Ich möchte mich gern bei der jungen Dame bedanken, Mrs. ... wie heißt sie?«

»Mrs. Thorpe.«

»Würden Sie es ihr bitte sagen ...?« Seine Stimme klang immer noch schwach.

»Sie brauchen sich ihretwegen keine Gedanken zu machen. Bei ihr muß man sich nicht bedanken. Gehen Sie ins Haus. Sie brauchen Ruhe. Gute Nacht.« Er schob ihn sanft in Richtung Türe. »Sind Sie auch ganz in Ordnung?«

»Ja, danke. Ich bin ganz in Ordnung, und ich bin Ihnen sehr dankbar.«

»Aber nicht doch.« Der Mann sprach so, als habe er einen alten Kumpel vor sich. Dann fügte er hinzu: »Ich werde erst in ein paar Wochen zurück sein. Diesmal habe ich im Süden zu tun. Doch es würde mich freuen zu hören, wie es Ihnen geht.«

John nickte, denn es gab nichts weiter zu sagen.

Er suchte in seinen Taschen und fand den Schlüssel. Als er die Tür zur Vorhalle aufgeschlossen hatte, hörte er entfernt die Schritte des Mannes über den Kies knirschen.

Er atmete tief ein, öffnete dann die Tür zur Halle, und dort standen sie vor ihm. Die Gäste des Abends, zusammen mit seiner Frau, seinem Sohn und seinem Kompagnon. Sie standen wie erstarrt und blickten ihn schweigend an. Er blickte zurück, zuletzt auf seine Frau. Ihr Gesicht war weiß wie Alabaster und ebenso starr und ausdruckslos. Bis auf ihre Augen. Zuerst hatte er noch Angst in ihnen entdeckt, doch nun sah er nichts als Zorn darin, den weißglühenden ruhigen Zorn, den er so gut kannte. Ruhige Menschen waren immer stärker und sehr viel gefährlicher als laute.

James Wilcox war ein lauter Mensch, ein aufgeregter kleiner Mann. Das bewies er jetzt, indem er sofort losschimpfte: »Na, das ist ja eine schöne Geschichte! Was ist denn mit dir passiert?« Er fügte nicht hinzu: »John«, was die Sache etwas gemildert hätte. »Komm schon und steh nicht da herum. Was soll das alles heißen? Wir sind völlig durcheinander, und die arme Ann ist halb wahnsinnig vor Angst.« Er deutete mit der Hand über seine Schulter in Richtung auf Ann.

»Ich ... ich war im Büro und hab mich plötzlich nicht wohl gefühlt.« Selbst in seinen Ohren hörte sich die Wahrheit lächerlich an. Seine Erklärung wurde mit Schweigen und deutlichem Unglauben aufgenommen. Da ergriff May Wilcox das Wort.

May hatte eine affektierte Stimme, die sich einen vornehmen Ton zu geben versuchte, was ihr aber nicht gelang. Sie war eine zierliche Frau mit grauem Haar, das straff über ihrem kleinen Kopf zurückgekämmt war. An May war alles klein und straff. John hatte immer gedacht, daß sie und James sehr gut zusammenpaßten. Ehepaare sahen sich meist ähnlich, das hatte er festgestellt. Es gehörte zu den Seltsamkeiten der menschlichen Natur, daß man jemand als Partner wählte, in dem man sich widerspiegelte, so wie man sich selbst sah oder die eigene Mutter oder den eigenen Vater. Ja, das war seltsam. Er blickte May voll in die Augen, als sie sagte: »Arnold« – sie deutete mit einem Kopfnicken auf seinen Kompagnon –, »Arnold ist zum Büro gefahren. Ann hat ihn angerufen, denn sie war sehr beunruhigt. Aber es war niemand da, es war niemand im Büro, nicht wahr, Arnold?«

Arnold Ransome schluckte ein paarmal verlegen und fuhr sich mit der Hand über das wohl ondulierte Haar, dann machte er einen Schritt auf John zu und sagte: »Vielleicht warst du schon wieder fort, als ich dort ankam. Es war vor etwa einer halben Stunde.« Er blickte ihm gerade in die Augen, die besagten: ›Ich versuche dir zu helfen, was immer es auch ist, ich versuche dir zu helfen.‹ Er nickte beruhigt, als John sagte: »Ja, ich bin vorher weggegangen.« Er wandte sich jetzt von ihnen ab, knöpfte seinen Mantel auf und legte ihn über einen Stuhl. Als er sich ihnen wieder zuwandte, waren alle Augen wieder auf ihn gerichtet. Diesmal starrten sie auf seinen Hals. Jetzt erst wurde ihm bewußt, daß seine Krawatte lose herunterhing und sein Kragen offen stand. Er wurde rot vor Verlegenheit. Er faßte mit einer Hand an den Hals und blickte wie hilfesuchend zu Ann. Doch in dem Augenblick spürte er mehr die Anwesenheit seines Sohnes als ihre. Laurie stand neben ihr, das Gesicht strafend und grimmig, als ob er ihn gleich schlagen wollte. Er hatte in letzter Zeit oft das Gefühl gehabt, daß Laurie ihn schlagen wollte. Er wandte sich ab und ging unsicher auf die Treppe zu. Währenddessen ging seine Frau in die Wohnhalle, gefolgt von ihrem Sohn. Als er an James Wilcox vorbeiging, hörte er, wie der ein paarmal laut schnupperte, wie ein Hund, der eine Spur aufgenommen hatte. John war noch nicht ganz oben, als er von unten die halbgedämpften Worte hörte: »Nein so was! Das darf ja wohl nicht wahr sein! Hast du das gerochen? Er hat getrunken … Brandy!«

Unten in der Halle schüttelte Arnold Ransome ungläubig den Kopf. »Brandy? Der trinkt doch keinen Brandy.«

James Wilcox zog die Lippen ein, schob das Kinn vor und sagte nicht allzu leise: »Ich kenne den Geruch von Brandy. Er ist betrunken.«

»Aber, John trinkt doch keinen Brandy. Das ist nicht sein Getränk«, beharrte Arnold Ransome.

»Vielleicht war das bis heute abend nicht sein Getränk, doch es scheint sich geändert zu haben. Ich sage Ihnen, er hat Brandy getrunken. Was stellt der sich eigentlich vor?«

Arnold blickte auf den kleinen Mann hinunter. Er hatte Wilcox noch nie gemocht, ebensowenig seine Frau oder seine Tochter. Daher gelang es ihm jetzt nicht, seiner Stimme die Schärfe zu nehmen, als er sagte: »Woher soll ich das denn wissen? Er hat doch gesagt, er hat sich nicht wohl gefühlt. Vielleicht hat er, nachdem er das Büro verlassen hat, irgendwo etwas getrunken.«

»Und seinen Kragen und die Krawatte gelockert? Haben Sie gesehen, wie sein Mantel aussieht?« Es war jetzt May Wilcox, die sprach und mit einer übertriebenen Geste auf den Mantel deutete, der auf dem Stuhl lag. Sie nahm ihn hoch, um ihn näher zu betrachten. »Er sieht wirklich aus, als ob er im Rinnstein gelegen hat.«

Sie hatte leider recht. Arnold Ransome trat von einem Bein aufs andere, so unbehaglich war ihm zumute. Irgend etwas stimmte nicht bei der Angelegenheit, doch er hoffte, was es auch war, daß es diesen beiden nicht noch weitere Genugtuung geben würde. Diese ekelhaften selbstgerechten Spießer. Und so etwas war Richter! Weiß der liebe Himmel, wie der zu diesem Amt gekommen war.

»Nun, wir wollen lieber hineingehen zu Ann, um zu sehen, wie wir weiterkommen.« May Wilcox marschierte nun auf die Wohnhalle zu, gefolgt von ihrem Mann. Zögernd folgte auch Arnold Ransome. Doch bevor er in den Raum trat, schaute er noch einmal auf die jetzt leere Treppe hinauf und dachte: Und wenn es ihm wirklich schlechtgeht? Er sieht seit Monaten schon elend aus. Jemand sollte hinaufgehen und sich um ihn kümmern. Doch das war nicht seine Sache.

Laurie brachte Valerie zum Ende der Lime Avenue und den Weg hinauf, der zu Handleys Grundstück führte. Der Boden war hart und glitschig, und während er ihren Arm hielt, begannen sie beide zu schlittern. Sie kamen ans Ende des Weges, bogen um die Ecke und machten hinter Handleys Schuppen halt.

Seit sie das Haus verlassen hatten, schwiegen sie, doch jetzt legte er den Arm um sie, und sie sagte mit leichtem Lachen: »Nun, was hältst du von der ganzen Geschichte?«

»Du meinst Vater?«

»Ja, wen denn sonst?«

In ihrer Stimme gab es Tonschwankungen, die er nicht verstand, und das reizte ihn manchmal, wie auch jetzt.

»Es könnte ja so sein, wie er gesagt hat. Er hat sich schlecht gefühlt, und dann hat er sich einen Drink geholt.«

»Ach, Laurie, das ist doch naiv. So kommt man doch nicht nach Hause, mit geöffnetem Kragen und Krawatte! Und dann dieser Mantel! So sieht man einfach nicht aus, wenn man sich nur einen Drink holt. Stell dir doch vor, im ›The George‹ oder im Club Kragen und Krawatte zu öffnen!«

»Er muß ja nicht gerade im ›The George‹ oder im Club gewesen sein.«

»Würde dein Vater, in seiner Position, überhaupt in der Öffentlichkeit Krawatte und Kragen öffnen?«

»Meine Güte, das kann er genausogut im Wagen unterwegs gemacht haben.«

»Ja, ja, schon gut.« Ihre Stimme klang beherrscht. »Ich dachte, du könntest vielleicht die komische Seite daran sehen.«

Er versuchte, in der Dunkelheit ihren Gesichtsausdruck zu erkennen. Doch es gelang ihm lediglich, sich vorzustellen, daß in ihren dunklen Augen der Schelm blitzen würde. Er war nicht imstande, Val wirklich ganz zu begreifen, doch das gehörte zu ihrem Reiz. Sie war eine gelungene Mischung zwischen beiden Elternteilen, was sie nicht daran hinderte, über sie zu lachen, sie zu kritisieren oder sogar über sie zu spotten. Das störte ihn nicht, vor allem wenn es gegen ihren Vater gerichtet war. Doch er konnte den Gedanken nicht ertragen, daß sie auch seine eigenen Eltern nicht ernst nahm. Wie auch immer er über seinen Vater dachte, er mochte es nicht, wenn andere Leute ihn kritisierten. Denn jede Kritik an seinem Vater betraf zugleich auch seine Mutter.

»Mir tat es leid für Tante Ann, denn es war diesmal an ihr, das Spiel zu machen.«

»Spiel zu machen? Was meinst du damit?«

»Aber, Laurie, um Himmels willen, tu doch nicht so, als wüßtest du nichts davon. Du stellst dich manchmal wirklich dumm. Was ist denn mit dir los? Du weißt doch ganz genau, daß Mutter und Tante Ann sich um diese Dinner seit Jahren einen erbitterten Kampf liefern.«

»Ach, das meinst du! Ich sehe das aber nicht als Kampf an. Sie lassen ein gutes Essen auf den Tisch bringen und ...«

»Ach, sei doch bloß ruhig. Küß mich!«

Heftig kam er der Aufforderung nach, doch war sie es, die den Kuß hinausdehnte.

Nachdem sie sich gelöst hatten, sagte sie keineswegs atemlos: »Bei uns wird es keine Dinner um acht geben, denn ich bin eine verheerende Köchin.«

»Ich muß essen, daher wirst du es lernen müssen.« Er zog sie wieder an sich.

»Lernen, zwei Tage lang in der Küche zu stehen, um eine Mahlzeit vorzubereiten? Kannst du mich so sehen? Nein, mein Schatz, das ist nichts für mich. Außer den Drinks und vielleicht einem kleinen Imbiß werden unsere Gäste mit einer Einladung ins Restaurant vorliebnehmen müssen.«

»Das wird ganz schön was kosten. Was meinst du denn, wie oft wir uns das leisten können?«

»Ach, das können wir schon ... beide zusammen.«

Das wirkte wie ein Stromstoß bei ihm. »Beide zusammen!« Das gehörte zu den Sachen, die ihn an ihr ärgerten. Sie verdiente mehr als er, jedenfalls im Augenblick. Sie lehrte nun seit zwei Jahren an der High School, und sie hatte vor allem vor, das auch nach ihrer Hochzeit noch zu tun. In den ersten fünf Jahren würde es keine Familie geben, das hatten sie schon besprochen. Er fragte sich manchmal, ob er nicht in dem Punkt etwas spießig war, denn diese sachlichen Diskussionen über solche Themen waren ihm zuwider. Er hatte nichts gegen eine Familienplanung, doch darüber konnte man sich doch auch ohne lange Diskussionen einigen. Es überraschte ihn, daß sie in manchen Dingen so offen war, und er fragte sich, ob er nicht vielleicht von seinem Vater etwas Prüderie geerbt hatte. Allerdings konnte er seinen Vater nicht direkt der Prüderie bezichtigen, doch er konnte es nicht dulden, in sich selbst etwas zu entdecken, was an sexuelle Schwäche grenzte.

»Du zitterst. Frierst du?«

»Nein.«

»Doch, es stimmt. Ich werde dich wärmen.«

Sie riß ihn an sich und preßte sich gegen ihn. Das gehörte auch zu den Dingen, die ihm nicht gefielen. Sie war immer diejenige, die die Initiative ergriff. Sie wartete nie, bis er soweit war. Es gab so viele Dinge, die er an ihr mochte, die er an ihr liebte. Sie war hübsch, klug und ein bißchen raffiniert. Doch in diesem Punkt könnte sie etwas weniger raffiniert sein. Die Initiative war seine Sache, die mußte bei ihm liegen. In diesem Punkt mußte er der Meister sein, war er es, der die Führung übernehmen mußte.

»Was ist denn heute mit dir los?« Ihre Stimme klang gereizt.

»Nichts. Was soll los sein?«

»Was mit ihnen geschieht, geht uns nichts an. Sie leben ihr Leben, und wir haben unseres zu leben. Machen wir also weiter damit!«

Eine Weile hielt sie ihn fest an sich gedrückt. Dann ließ sie ihn los und fragte ohne Umschweife: »Willst du mich nicht?«

Er zögerte, bevor er antwortete. »Was glaubst du denn?«

Dann preßte er sich gegen sie, als ob er sie durch die Wand des Schuppens drücken wollte. Doch ganz plötzlich ließ er nach und fragte sie: »Hast du das mit dem jungen Clark auch schon gemacht?«

Sie schob ihn langsam von sich, und er wußte, daß sich ihre Gesichtszüge verhärtet hatten, als sie die Gegenfrage stellte: »Warum willst du das wissen?«

»Ich bin eben neugierig.«

»Du warst früher auch nicht neugierig. Wenigstens hast du mich nie danach gefragt.«

»Ja, aber jetzt möchte ich es eben wissen.«

»Weswegen denn auf einmal?«

»Ich wollte eben einfach wissen, ob ich der erste bin …«

»Du guter Gott!« Er hörte ihr kehliges Lachen. »Du bist wirklich komisch. Was spielt das denn für eine Rolle? Ich liebe dich, und ich will dich haben.«

»Du hast Tony Clark auch geliebt.«

»Tony ist nicht mehr da, verheiratet, für mich gestorben. Das war vor zwei Jahren. Ich könnte dich ebenso fragen, ob du mit Susan Lumley zusammen warst. Du hast dich ja jahrelang mit ihr herumgetrieben.«

»Nicht Jahre, und außerdem nur hin und wieder.«

»Du bist jahrelang mit ihr gegangen. Als ich vom College in den Ferien hier war, hab ich dich öfter mit ihr zusammen gesehen. Und deswegen frage ich dich jetzt: Hast du sie gehabt oder nicht?«

»Nein, ich habe sie nicht gehabt. Und jetzt beantworte du mir meine Frage.«

»Es ist dieselbe Antwort wie bei dir: Nein.«

Sie wußten beide, daß sie logen.

»Willst du mich oder nicht? Ich fang an zu frieren.«

O Gott. Er stöhnte innerlich. Langsam ließ er sich gegen sie sinken und ließ seine Hände über ihren Körper wandern. Doch als die Minuten vergingen, stieg in ihm ein Gefühl auf, das an Panik grenzte, denn er merkte, daß die ganze Sache geschmacklos war.

2. Die Familie

Ann stieg aus ihrem Bett, warf sich den Morgenrock über und zog dann die Vorhänge zurück. Die Dielenuhr schlug achtmal. Sie ging zu ihrem Toilettentisch und setzte sich hin, und das, was sie im Spiegel sah, ärgerte sie. Sie legte die Finger an die Wangenknochen und straffte die Muskeln ihres Gesichts, um ihm seine Starrheit zu nehmen. Sie hatte in dieser Nacht kaum geschlafen, denn der Zorn wütete immer noch in ihr. Er hatte sie bei der einzigen Sache, die sie noch von ihm verlangte, im Stich gelassen. Nein, so lange sie lebte, würde sie den letzten Abend nicht vergessen und ihm niemals vergeben.

Es klopfte an der Türe, und Mrs. Stringer trat ein, um ihr die morgendliche Tasse Tee zu bringen.

»Guten Morgen, Madam.«

»Guten Morgen, Mrs. Stringer.«

Mrs. Stringer begann nicht wie üblich die Unterhaltung mit: ›Also, was haben sie gesagt, Madam? Haben sie gesagt, daß sie es genossen haben? Wenn nicht, dann kann man ihnen nicht helfen.‹ Nein, an diesem Morgen war sie still.

Wie gewöhnlich bei Abendeinladungen war sie auch gestern geblieben, hatte serviert und abgewaschen, bevor sie nach Hause ging. Daher war sie darüber informiert, was geschehen war, und so war alles, was sie an diesem Morgen sagte: »Trinken Sie das, solang es heiß ist, Madam.«

Ann nickte, und Mrs. Stringer verließ den Raum.

Während sie ihren Tee schlürfte, lauschte sie nach Geräuschen vom Zimmer gegenüber, doch sie hörte nichts. Er schlief wohl seinen Rausch aus. Sie nahm schnell einen

Schluck Tee und verbrühte sich fast dabei. Da läutete das Telefon.

Sie setzte sich ans Bettende und hob den Hörer ab.

»Ann? ... Bist du das, Ann?«

»Ja, ja, ich bin es, May.«

»Ich hab mir gedacht, ich will dich besser sofort anrufen. Mrs. Orchard ist gerade hereingekommen, und weißt du, was sie mir gerade erzählt hat?« Es trat eine gespannte Pause ein. Dann fuhr die Stimme von May fort: »Er ist gestern abend krank gewesen. John war krank. Er ist hinauf aufs Dach gestiegen und hat einen Kollaps bekommen. Die Leute in den Apartments haben ihn gefunden: Ich dachte, ich müßte es dir gleich sagen, denn fair muß man ja sein. Hast du gehört?«

»Ja.«

»Ja, also, Mrs. Orchard lebt nämlich dort, im unteren Stock, und ein kleiner Junge ging aufs Dach, um etwas zu holen, und dort hat er ihn dann liegen sehen. Sie waren alle im obersten Stock, da fand eine Geburtstagsparty oder so etwas Ähnliches statt. Sie haben ihn dann hinuntergetragen, und einer der Männer hat ihn später nach Hause gefahren.«

»Oh, May ...« Ann griff sich an ihren Hals. »Aber ... aber James, er hat gesagt, daß er nach Brandy gerochen hat.«

»Ja, sicher.« Mays Stimme klang munter. »Er hat nach Brandy gerochen, weil sie ihm wahrscheinlich einen gegeben haben. Du mußt zugeben, daß er sehr schlecht ausgesehen hat. In einem solchen Fall ist Brandy goldrichtig. Und Mrs. Orchard war schließlich dabei und muß wissen, was passiert ist.«

»Danke, May ... vielen Dank, daß du mich sofort benachrichtigt hast.«

»Ich komme zu dir, meine Liebe, sobald wir unser Frühstück beendet haben.«

»Ja, tu das bitte. Danke, May.«

Ann legte den Hörer auf und blieb erschüttert sitzen. Er war krank, und niemand hatte ihm geglaubt. Er könnte schon tot sein. Sie sprang auf und eilte über den Flur zur Tür seines Zimmers. Die üblichen Prozeduren außer acht lassend, ging sie ohne zu klopfen hinein. John war wach, aber bewegte sich nicht, als sie auf ihn zukam. Als sie das Bettende erreicht hatte, blieb sie stehen und fragte:

»Wie fühlst du dich?«

Er zwinkerte mit beiden Augen, und sein Gesicht trug den Ausdruck größter Verwunderung.

Sie sprach schnell weiter: »Ich werde den Arzt holen.«

»Nein, nein.« Seine Stimme war schwach und klang erschöpft. »Es geht mir gut, ich bin nur etwas müde. Ich glaube, ich werde heute nicht arbeiten. Könntest du bitte Arnold für mich anrufen?«

»Trotzdem, ich hol den Arzt.«

»Nein, Ann.« Er stützte sich auf den Ellbogen. »Bitte sorge dich nicht, es geht mir schon gut.«

Ihre Augenlider senkten sich, bevor sie murmelte: »Es tut mir leid ... ich habe nicht wirklich begriffen, daß du krank gewesen bist.«

Er blickte sie wieder erstaunt an, und sie beeilte sich, ihren Stimmungsumschwung zu erklären.

»May hat gerade angerufen. Sie hat mir erzählt, daß du auf dem Bürodach gefunden worden bist. Mrs. Orchard lebt ja in diesem Gebäude.«

»Oh!« Er lehnte sich zurück und konnte das breite Lächeln, das sich unwillkürlich über seine Züge legte, nicht verhindern, obwohl er wußte, daß er sie damit ärgerte. Sie mußte also erst von jemand anderem den Beweis erhalten, daß er krank war. Er war nicht pünktlich zu ihrem Dinner erschienen, also war alles weitere nur pure Frechheit.

Sie verteidigte sich jetzt in ihrem normal knappen Ton: »Du kannst mir das nicht übelnehmen wegen heute nacht. Du hast nichts gesagt – und dann in diesem Zustand nach Hause zu kommen! Du hättest deine Helfer ja auch bitten können, es mir zu erklären.«

Er schloß die Augen und sagte leise: »Schon gut, Ann. Ist schon gut.«

»Es ist gar nicht gut. Du setzt mich ins Unrecht, und das ist nicht fair.«

Er öffnete die Augen und starrte eine Weile vor sich hin. Dann fragte er: »Könnte ich eine Tasse Tee bekommen?«

»Ja ... ja, natürlich.« Ihr Ton war so höflich, als ob sie mit einem Gast spräche. »Ich bring dir das Frühstück herauf.«

»Nein. Nein, vielen Dank. Ich möchte nur eine Tasse Tee.«

Sie blickte ihn ohne jede Regung an. Dann, mit einer ungeduldigen Gebärde, ging sie hinaus, schloß jedoch die Türe leise.

Sie winkte Laurie, der gerade über den Flur zum Badezimmer ging, schweigend in ihr Zimmer.

»Was ist los?« flüsterte er.

»Mach die Türe zu«, sagte sie leise. Dann wandte sie sich ihm zu. Ihre Hände fingerten nervös am Gürtel ihres Morgenrocks.

»Er war krank ... er ist krank.«

»Was?«

»May hat gerade angerufen. Offenbar war er auf dem Dach und hat dort einen Kollaps bekommen. Die Leute aus den Apartments haben ihn gefunden.« Sie warf den Kopf zurück, und ihre Stimme wurde etwas lauter, als sie sagte: »Aber, er hätte es mir erklären sollen, er hätte es mir sagen sollen. Er setzt mich ins Unrecht.«

Als Laurie schwieg, fragte sie: »Oder, meinst du nicht?«

Sein Gesicht war starr, die dunklen Brauen zogen sich zusammen, und er fuhr sich mit der Hand durchs Haar, bevor er gedehnt sagte: »Nun ... wenn man es genau betrachtet, hatte er keine große Chance, es zu tun, oder? Wir alle standen ja nur da und haben ihn angestarrt, als hätten wir noch nie einen Betrunkenen gesehen.«

»Na, du hast ihn ja auch noch nie betrunken gesehen.«

»Ja, das stimmt.«

»Du machst mich für das ... für das, was geschehen ist, verantwortlich?«

»Nein, nein, das tue ich nicht.« Er ging schnell zu ihr und legte einen Arm um ihre Schulter. »Sei doch nicht so dumm. Natürlich mach ich dich nicht dafür verantwortlich. Ich hatte ja selbst das Gefühl, ich müßte ihn umbringen, als er nicht zum Dinner da war, nach all der Arbeit, die du dir gemacht hast.«

»Es war James. Es war James, der gesagt hat, daß er betrunken wäre. Da war er endlich in seinem Element, es war eine gute Gelegenheit für ihn.«

»Eine Gelegenheit?« Es schien das Thema der vorigen Nacht zu treffen, als Val gesagt hatte: ›Arme Tante Ann. Diesmal wäre sie am Zug gewesen.‹

»Nun, wie dem auch sei«, sagte sie, streckte ihren schmalen Hals und reckte ihr Kinn. »Er hat heute morgen seinen Irrtum eingesehen, und ich hoffe, er kommt sich dementsprechend lächerlich vor.«

Laurie tätschelte ihre Schulter, drehte sich zur Türe um und sagte: »Ich glaube, ich sollte mal nach ihm sehen.«

»Ja. Ja, tu das.«

Als er auf dem Flur stand, zögerte er. Ja, es stimmte, was sie gesagt hatte – der alte Wilcox hatte das als gute Gelegenheit angesehen, ihnen eins auswischen zu können. Wahrscheinlich hatte er gedacht, daß diese Trunkenheit der erste Schritt zum Abgrund war. Er konnte ihn fast hören, wie er im Club seine Bemerkungen zu dem Vorfall machte: »Ein Jammer, wirklich ein Jammer. Aber, ich habe es schon länger erwartet. Der Emmerson war ja immer schon ein komischer Kauz. Hatte immer schon so etwas Verstohlenes an sich. Und das nicht ohne Grund, denn er hat ja wohl heimlich immer schon gern sein Gläschen getrunken. Tja, jetzt ist es raus ... Mir tut es nur leid um Ann. So eine feine Frau, eine wirklich feine Frau. Sie war eine von den Coopers, wißt ihr, Bailey & Cooper. Ja, ja, die von der Schiffswerft. Natürlich ist es mit den Coopers im Laufe der Zeit auch abwärts gegangen, sind schon vor längerer Zeit aus der Firma ausgeschieden, doch immerhin hatten sie in der Grafschaft mal etwas bedeutet. Und was hat sie getan? Den Emmerson geheiratet, Sohn von einem Landwirt. O ja, natürlich ein recht schöner Hof, doch immerhin waren sie nichts anderes als die Pächter ihres Vaters. So etwas geht nie gut, nein, das geht nie gut. Ich hab das immer wieder festgestellt.«

Laurie rieb sich mit der Hand fest über die Schläfe, um die Stimme von Wilcox zu verdrängen, und preßte dann seine Finger einen Augenblick über die Augen. Er war an diesem Morgen völlig durcheinander, denn er hatte keine gute Nacht hinter sich. Er war erst um zwei eingeschlafen, weil er über sich und Valerie nachdenken hatte müssen. Es waren sehr merkwürdige Gedanken gewesen, sehr fremde und beunruhigende Gedanken. Er atmete tief ein, ging langsam auf die Türe seines Vaters zu, klopfte an und trat ein.

Er war verlegen, so verlegen, wie er als Junge immer gewesen war, wenn er mit diesem Mann zu sprechen versucht hatte. Es war ein merkwürdiger Aspekt in ihrer Beziehung, daß er, wenn er nicht in seiner unmittelbaren Nähe war, von ihm als Vater denken und sprechen konnte, doch wenn er ihm körperlich nahe war, wie jetzt, nur Abneigung und Groll empfand, vor allem deswegen, weil er ihn als Mann verachtete.

»Wie fühlst du dich?«

»Oh.« John bedachte seinen Sohn mit demselbem Lächeln wie seine Mutter. »Es ist alles in Ordnung. Kein Grund zur Beunruhigung.«

»Du brauchst mal einen Urlaub.«

»Den hab ich erst vor zwei Monaten gehabt.« Das Lächeln wich nicht aus seinem Gesicht.

»Nein, ich meine, du brauchst einen sehr langen, vielleicht ein halbes Jahr.«

»Ja, ja.« John nickte. »Ich werde mich mal für ein Jahr auf die faule Haut legen.« Es war scherzhaft gemeint, und bei jedem anderen Menschen hätte Laurie den Ton aufgenommen und gesagt: ›Na, das würde dir so gefallen, ein ganzes Jahr! Aber, du kannst es dir ja leisten. Dem Geschäft würde es nicht schaden, wenn du nicht da bist.‹ Statt dessen sagte er in höflichem Ton: »Kann ich dir irgend etwas bringen?«

»Nein. Nein, vielen Dank.«

»Ich schau später noch mal nach dir.«

»Danke.«

Auf dem Flur zerrte Laurie am Kragen seines Morgenrocks, als ob er ihm zu eng sei, und ging dann ins Badezimmer. Er wollte Mitleid mit ihm haben, aber er konnte es nicht. Bedeutete das, daß irgend etwas in ihm fehlte? Dieser Mann weckte kein gutes Gefühl in ihm, ein Gefühl, das zwischen Vater und Sohn in positiver Weise bestehen sollte. Nach den üblichen Regeln der Gesetze war er ein guter Vater – bedeutete das, daß der Fehler bei ihm selbst lag?

Er streifte seinen Morgenrock ab und betrachtete seinen nackten Körper in dem großen Spiegel. Nicht zum erstenmal war er dankbar dafür, daß er seinem Vater nicht ähnlich sah. Er war fünf Zentimeter kleiner als sein Vater, also eins achtzig, hatte keinen Bauch und auch an anderen Stellen kein überflüssiges Fett wie sein Vater. Er war gut proportioniert, hatte breite Schultern und schmale Hüften, sein Körper war fest und kräftig.

Er hörte das Klingeln der Frühstücksglocke und sah Stringy vor sich, wie sie unten an der Treppe stand, die Glocke in ihrer Hand. Er starrte immer noch in den Spiegel und sagte auf einmal laut vor sich hin: »Wenn ich verheiratet bin, werde ich das nicht mehr hören.« Lebhaft konnte er sich vorstellen, wie er und Valerie schnell in der Küche ihr Frühstück herunterschlangen und Valerie in ihren Mini stürzte, um zur Schule zu kommen, wie er dann seinen Bus zum Büro nehmen würde, weil sie es sich nicht leisten konnten, zwei Wagen zu unterhalten. Wahrscheinlich würde er auch vorher noch die Küche aufräumen müssen. Nein, das Bild, das er da vor Augen hatte, gefiel ihm ganz und gar nicht. Sein Leben war bisher, unter der Leitung seiner Mutter, geordnet und angenehm gewesen. Sie lebten so, wie es sich heutzutage nur noch wenige Menschen leisten konnten. Sobald er dieses Haus verlassen würde, mußte er sich mit einem vollkommen anderen Lebensstil abfinden. Valerie mochte noch so sehr über das »Dinner um acht« spotten, doch was ihn betraf, so hing er nun einmal daran und an allem anderen, was damit zusammenhing. Dies mochte vielleicht nicht so wichtig sein wie die Frage, die sie gestern nacht draußen am Schuppen erörtert hatten. Und die vergaß er nicht.

3. Mutter und Sohn

»Mam, gestern hab ich einen komischen Witz gehört.«

Cissie Thorpe, die gerade am Spülbecken stand, die Hände im Seifenwasser, ließ von ihrem Teller mit dem harten Eigelb ab, drehte den Kopf seitwärts und rief: »Erzähl ihn mir. Komm her.«

Man hörte schleifende Schritte. Pat kam gebückt ins Zimmer hinein, weil er versuchte, während er ging, seine Schuhe zuzubinden. Doch trotz aller Anstrengung klappte das nicht. Er ließ sich auf den Boden plumpsen, schnürte schnell die lästigen Senkel zusammen und blickte sie dann lachend an. »Also, das war so«, begann er. »Da war ein katholischer Priester, der von einem sechsstöckigen Haus hinunterfiel, einem ganz großen, hohen.« Er zeigte mit seinen Händen, wie groß das Haus war. »Und er betete, während er hinunterfiel, die ganze Zeit lang, gerettet zu werden. Doch als er dann am letzten Stock vorbeikam, machte er das Kreuzzeichen – du weißt doch, Mam, wie Katholiken es tun«, er machte wieder eine Geste mit der Hand, »und dann hat er gesagt: ›Oh, mein Gott! Dieses für den verdammten Knall!‹«

»Oh, Pat!« Sie hatte ihre Arme um ihn gelegt und er seine um ihre Hüfte, den Kopf gegen ihren Bauch gepreßt, und sie schüttelten sich beide vor Lachen. Dann lehnte sie sich gegen das Spülbecken, schob ihn von sich und sagte: »Erzähl ihn mir noch mal, ich muß mir den für Ted merken. Du weißt doch, ich vergeß immer die Hälfte von denen, die du mitbringst. Wer hat dir denn den erzählt?«

»Barry Rice. Und der ist ganz richtig katholisch, Mam ... Also, wie ich schon gesagt hab, da war ein katholischer Priester ...«

Sie lachte immer noch laut, als sie sich wieder an ihren

Teller mit Eigelb machte, und sagte dann: »Aber, du solltest nicht ›mein Gott‹ sagen, denn das ist wie fluchen.«

»Aber ich sag es doch nicht, Mam. Ich hab doch nur den Witz erzählt.«

Sie hob ihre Augenbrauen und schmunzelte, während sie durch die Küchengardinen über die Dächer und Kamine schaute, hinaus zum Fluß, über dem die Sonne schien. Es war ein herrlicher Morgen, frisch und strahlend. Sie bog den Kopf zurück, um das Haar aus dem Gesicht zu schütteln, und fragte: »Was wirst du heute morgen tun?«

»Ich geh mal rüber zu Mr. Bolton und frage, ob er einen Job für mich hat.«

Sie blickte ihn streng über die Schulter an. »Das solltest du nicht tun. Du weißt doch, daß du eigentlich noch gar nicht arbeiten dürftest. Sei bitte vorsichtig!«

»Ich bin doch immer ganz hinten, während ich wiege, und niemand sieht mich.«

»Ja, schon gut. Und, Pat«, sie drehte sich um, »was tust du heute nachmittag?«

»Ich wollte auf dem Sportplatz Football spielen.«

»Wird Tom Brooks dort sein mit den anderen?«

»Ich glaube, ja.«

Als sie sah, wie sein Mund sich trotzig verzog, trocknete sie sich schnell die Hände, ging zu ihm, kniete sich hin und nahm ihn bei den Schultern, so daß sie ihm direkt ins Gesicht sah. Dann sagte sie ruhig: »Pat, du wirst doch nicht wieder mit ihm herumziehen?«

»Nein, Mam, wirklich nicht.« Sein Blick wich dem ihren aus, und seine Stimme wurde leiser, als er sagte: »Er kommt immer zu mir und spricht mit mir und geht nicht mehr weg. Ich weich ihm immer aus.«

»Gut, dann weich ihm auch weiter aus.« Zum erstenmal kam ein strenger Ton in ihre Stimme. »Hör mir gut zu.« Sie rüttelte ihn sanft. »Bitte weich ihm weiter aus. Es ist nicht gut, wenn jemand sieht, daß du mit ihm sprichst.

Denk bitte daran, was beinahe mal passiert ist. Der Junge ist schlecht.«

»Oh, Mam, er ist …«

»Versuch nicht, mir zu sagen, was er ist, Pat. Er ist schlecht. Du kannst dich darauf verlassen, er ist schlecht … Versprich mir, daß du dich nicht mit ihm abgibst.« Sie sah ihn halb bittend, halb streng an.

»Ja, Mam, mach dir keine Sorgen.« Er lächelte, und sein Lächeln war fast das eines Erwachsenen. »Ich tu schon, was du mir sagst.«

»Guter Junge.«

Sie küßte ihn zärtlich. Einen Moment hielten sie sich noch umschlungen, bevor sie ihm einen Stupser auf die Wange gab und sagte: »Also, dann geh jetzt. Und stopf dich nicht mit all dem schlechten Obst voll. Denk an dein Bauchweh vom letzten Sonntag!«

»Ja, natürlich, keine Sorge!«

Sie folgte ihm durch das lange Zimmer in den Gang. Dort nahm sie aus dem kleinen Garderobenschrank seinen Mantel und Schal, und während er sich anzog, grinste er sie an und sagte: »Ich werde heute nur das allerbeste Obst essen, also werde ich auch kein Bauchweh kriegen!«

Sie gab ihm einen scherzhaften Klaps auf sein Hinterteil, öffnete dann die Tür, und fort war er.

Sie lauschte, bis das flinke Tapsen seiner Schritte sich entfernt hatte. Dann schloß sie die Tür und seufzte. Sie reckte ihre Arme über den Kopf und streckte sich. Ach ja, es war Sonnabendmorgen. Sie liebte den Sonnabendmorgen. Sie konnte trödeln und tun, was sie wollte. Sie konnte auch am Sonntag trödeln, doch die Sonntage waren anders. Die Geschäfte waren nicht offen, und es waren nur wenig Leute unterwegs, während der Sonnabend ein lebhafter Tag war. Es machte ihr Spaß, wenn sich etwas tat.

Sie ging zurück ins Wohnzimmer und blickte sich zufrieden um. Alles, was sie sah, gefiel ihr. Dann überlegte sie, was sie anstellen könnte. Sie würde jetzt fertig abspülen und ein bißchen aufräumen. Viel zu tun war eh nicht. Vorige Nacht hatte sie bis weit nach zwölf gearbeitet. Das war ihre übliche Freitagsbeschäftigung, damit sie den Sonnabend für sich und Pat frei hatte. Sie würde jetzt baden und danach etwas einkaufen. Was konnte sie zum Abendessen besorgen? Sie stand mit dem Rücken zum Feuer, den Kopf verschränkt, und blickte zur Decke hoch. Er liebte Würstchen. Doch ständig dasselbe? Nein. Sie würde Hammelkotelett, eine Niere und ein kleines Hühnchen für morgen besorgen. Sie wirbelte einmal im Kreis, so daß ihr Morgenrock sich wie ein Zelt blähte, und während sie die Schulbücher und Zeitschriften von der Couch nahm und die Kissen aufschüttelte, begann sie zu singen: »Ich liebe dich, weil du mich verstehst, und all die kleinen Dinge, die ich dir tue.«

Sie sang, während sie in der Badewanne saß. Sie sang, während sie ihr Make-up auflegte und sich anzog. Und als die Glocke läutete, sang sie immer noch und auch, als sie zur Türe ging, um zu öffnen. Das würde entweder Bill Locket, Clara oder Miss O'Neill sein. Mrs. Orchard konnte es nicht sein, denn sie arbeitete immer bis ein Uhr am Sonnabend. Es konnte auch nicht Ted sein, denn der war unterwegs.

Als sie die Türe öffnete, hielt sie verblüfft inne.

Sie schaute den großen, schweren Mann mit dem grauen Haar entgeistert an. Dann rief sie: »Nein, so was! Ich habe Sie kaum erkannt! Kommen Sie herein, kommen Sie. Geht es Ihnen wieder gut? Ja, Sie sehen wirklich besser aus.«

Als sie die Tür schloß, lächelte er. »Ja, vielen Dank, ich bin schon wieder ganz in Ordnung.«

»Kommen Sie doch mit.« Sie ging voraus, und er folgte ihr. Als er ins Wohnzimmer trat, blieb er vor Überraschung stehen. Er konnte sich an Einzelheiten dieses Zimmers nicht erinnern.

»Setzen Sie sich.« Sie machte eine einladende Geste in

Richtung Couch. »Ich werde uns eine Tasse Kaffee machen, möchten Sie?«

»Das ist sehr freundlich von Ihnen. Ja, ich würde gern eine Tasse trinken.«

Während sie in die Küche ging, drehte sie sich noch einmal um und sagte: »Es freut mich unendlich, daß es Ihnen bessergeht. Sie haben uns an dem Abend einen schönen Schrecken eingejagt, so elend haben Sie ausgesehen. Lagen Sie seither im Bett?«

»Ja, die letzten paar Tage. Der Arzt hat gemeint, ich sollte mich etwas ausruhen.«

»Ja. Ruhe brauchten Sie wirklich.« Sie nickte bekräftigend mit dem Kopf. »Ich setz nur schnell das Wasser auf. Ich bin gleich wieder zurück.«

Sie war genauso wie in seiner Erinnerung. Er hatte sich zwar nicht jeden einzelnen Gesichtszug gemerkt, doch wußte er genau, wie sie war. Ihre Stimme war in seinem Gedächtnis haftengeblieben, diese lebhafte, helle, warme Stimme. Eine zärtliche Stimme. Eine täuschende Stimme, denn sie gab einem die Illusion, daß ihr Gegenüber ihr etwas bedeutete. Während der letzten Tage hatte ihn der Klang ihrer Stimme begleitet, in dem die Besorgnis für einen kranken Mann mitschwang. Aber er war jetzt nicht mehr krank, und doch schien es, als ob sie persönlichen Anteil an ihm nähme. Nein, das war keine Einbildung gewesen. Und jetzt dieses Zimmer! Er blickte über tiefblau tapezierte Wände auf kostbarste, antike Möbelstücke. Gegenüber von ihm, an jeder Seite eines langen Fensters, standen zwei Sheraton-Spieltische mit eingelegten Rosenholzkanten. In Reichweite der Küche stand ein Eßtisch auf zierlichen Säulenfüßen, umgeben mit sechs Hepplewhite-Stühlen. Auf einem anmutigen Flügel in der gegenüberliegenden Ecke stand ein Paar eingelegter Teedosen, die wahrscheinlich aus der Regencyzeit stammten.

Er glaubte zu träumen. Von Antiquitäten, noch dazu so auserlesenen, verstand er etwas, denn er war damit aufgewachsen. Einige Stücke waren heute noch im Besitz seiner Familie, etliche im Hause seines Bruders in Oxford und andere in dem seiner Schwester in Dorset. Doch so etwas hier in einer kleinen Wohnung zu sehen, als Besitz dieses Mädchens … dieser Frau … dieser jungen Frau, deren Alter er nicht ganz schätzen konnte – das grenzte schon an eine Fata Morgana.

»Es wird nur ein paar Minuten dauern.« Sie eilte mit kleinen, energischen Schritten auf ihn zu, als ob sie geradewegs in ihn hineinrennen wollte. Als er höflich aufstand, sagte sie abwehrend: »Nein, bitte bleiben Sie sitzen.«

Sie nahm auf einem Hocker beim Kamin Platz und sagte: »Jetzt erzählen Sie mir bitte alles.« Sie legte noch mit einer Feuerzange ein großes Stück Brikett aus einem kupfernen Kohleneimer in die Glut, rieb sich die Hände ab, als ob sie schmutzig wären, und wandte sich ihm dann voll zu. »Was war es? Eine Herzattacke?«

Er lächelte ihr zu. »Ja, so etwas Ähnliches. Der Arzt war sich selbst nicht ganz im klaren, denn es ging mir schon wieder besser, als er kam.«

Sie schüttelte den Kopf, während sie ihn ansah. »Ich habe die ganze Nacht damals an Sie gedacht. Stellen Sie sich nur vor, wenn ich damals nicht die Eiscreme oben aufs Dach deponiert hätte. Sie wären die ganze Nacht dort liegengeblieben und hätten sterben können, denn es war furchtbar kalt.«

»Ich nehme an.« Er nickte zustimmend.

»Sie nehmen es an! Ich bin überzeugt davon!«

»Nun, ich habe Ihnen zu danken, denn Sie haben mein Leben gerettet.«

»Oh, das habe ich nicht so gemeint.«

»Das weiß ich. Trotzdem bin ich Ihnen sehr dankbar. Deswegen bin ich auch gekommen, denn ich wollte es Ihnen sagen.«

»Ach, deswegen hätten Sie doch nicht hierherkommen

müssen. Oh, nicht, daß ich mich nicht freue, Sie zu sehen. Nein, ich freue mich, aber Sie wissen schon, was ich meine.«

Wieder nickten sie.

»Der Kaffee wird gleich fertig sein.«

Er folgte ihr mit den Augen, als sie in die Küche ging. Sie war groß, fast so groß wie er selbst, auf jeden Fall größer als Ann. Sie war schmaler als Ann und – ganz verschieden. Sie war beweglich. Ja, das war das Wort, das sie am besten beschrieb. Beweglich mit jeder Faser ihres Körpers, während Ann ganz Ruhe war, eine Ruhe jedoch, die nicht von innen kam. Ruhe, die einem angst machte und die Nerven zerrüttete.

»Ich habe Milch heiß gemacht, weil ich den Kaffee hell mag. Vielleicht mögen Sie ihn aber schwarz?« Sie kam mit einem Tablett in der Hand wieder.

»Nein, ich mag ihn mit einem Schuß Milch.«

Während er die Tasse aus ihrer Hand nahm, sagte er: »Sie haben ein sehr schönes Heim.«

»Gefällt es Ihnen?« Ihr Mund öffnete sich zu einem breiten, fröhlichen Lächeln und entblößte eine Reihe großer, weißer, nicht ganz regelmäßiger Zähne.

»Ja, ich … Ich glaube nicht, daß ich jemals so viele antike Möbelstücke in einem Raum zusammen gesehen habe, außer bei einer Auktion oder in einem Antiquitätengeschäft.«

»Vielleicht ist es ein bißchen zu vollgestopft.« Sie blickte sich kritisch in dem Raum um, so daß er schnell hinzufügte: »Oh, nein. Nein, das habe ich nicht gemeint. Ich finde, daß die Möbel wunderschön sind und ebenso, wie sie aufgestellt sind. Bitte glauben Sie mir.«

»Ja, das tue ich.« Sie lächelte erneut. »Doch ich frage mich manchmal selbst, ob ich nicht zu viel horte. Doch ich habe alte Dinge gern, ich liebe sie.«

»Ja, das kann ich verstehen.«

Sie nahm einen Schluck aus ihrer Tasse, beugte sich zu

ihm vor und fragte amüsiert: »Ich nehme an, Sie fragen sich, wie ich zu all dem komme?«

Zum erstenmal, seit er hier war, besann er sich auf seine berufliche psychologische Routine, was ihn selbst verwunderte, denn es kam äußerst selten vor, daß er ohne Kontrolle dachte und sprach. Jetzt setzte sich wieder sein üblicher Berufston durch: »Nein, nein, daran hatte ich gar nicht gedacht. Doch wenn ich es getan hätte, dann hätte ich sicher angenommen, daß man sie Ihnen vererbt hat. Diese Dinge sind ja meist … vererbt.«

»Ja, da haben Sie recht.« Sie blickte ihm offen in die Augen. »Aber nicht ganz so, wie Sie es sich vielleicht vorstellen. Ich habe sie nicht von meinem Vater geerbt und er von seinem. Nein, so einfach war es nicht. Trotzdem hab ich sie von meinem Vater bekommen, denn er war Altwarenhändler.« Sie blickte auf ein kleines Mahagoni-Sideboard aus georgianischer Zeit. »Unser Laden war ganz klein und unbedeutend. Nicht das, was man ein Antiquitätengeschäft nennt. Es gab allen möglichen Krimskrams zu kaufen. Manchmal ist Vater jedoch bei seinen Reisen auf wundervolle Stücke gestoßen, die er niemals ins Geschäft gestellt hat. Er richtete unsere Wohnung damit ein.« Sie lachte hell auf und fuhr fort: »Meiner Mutter hat das gar nicht gefallen. Sie hat immer gesagt, daß er seine Gewinne und unseren Lebensunterhalt vor der Nase stehen hat, doch mein Vater hat diese Sachen als eine Art Kapitalanlage betrachtet.«

»Damit hat er auch recht gehabt, denn die würden heute eine runde Summe einbringen.«

»Ja, ja, das würden sie sicher tun. Ich bin überzeugt davon. Mehrere Händler wollten mir die Sachen schon abkaufen. Doch wenn es sich vermeiden läßt, werde ich nichts davon verkaufen. Wenn ich sie nicht mehr brauche, wird Pat sie erben. Ich denke, das ist dann auch im Sinne meines Vaters.«

»Ich hoffe, Sie werden immer noch von Ihren schönen

Möbeln umgeben sein, wenn Ihr Sohn schon lange erwachsen ist!«

»Oh.« Sie schüttelte langsam den Kopf. »Die Chancen sind nicht besonders groß ... Möchten Sie vielleicht noch eine Tasse Kaffee haben?«

»Nein. Nein, vielen Dank. Ich glaube, ich habe Sie jetzt schon lange genug aufgehalten.«

»Aber nein, Sie halten mich wirklich nicht auf.« Wieder bewegte sie langsam ihren Kopf von einer Seite zur anderen, was für ihn wie eine Einladung zum Dableiben wirkte. »Für mich ist der Sonnabend mein Tag, der Tag, der mir ganz allein gehört. Es ist mein fauler Tag, denn ich muß nicht ins Büro gehen, und deswegen genieße ich den Sonnabend so. Nicht, daß ich meine Arbeit nicht auch genieße. Sicher ist es komisch, wenn heute jemand sagt, daß er seine Arbeit genießt, doch ich tue es wirklich. Wahrscheinlich deswegen, weil ich einen guten Boß habe.« Ohne Pause setzte sie hinzu: »Ich arbeite für Holloways, den Grossisten. Sie wissen, auf dem Markt. Ich bin dort schon dreizehn Jahre als Stenotypistin.«

»Ja, ja, ich kenne Holloways.« Er nickte mit dem Kopf. »Das sind Klienten von uns.«

»Aber das hätte ich doch nie ... Das heißt, natürlich ... Ratcliff, Arnold & Baker. Ich hab schon oft dorthin geschrieben. Aber zu einem Mr. Ransome.«

»Er ist mein Kompagnon.«

»Nein, das ist ja unglaublich! Dann sind wir ja irgendwie miteinander verbunden.« Sie beugte sich vor, und er mußte lachen. Er war völlig erstaunt über dieses Geräusch, das er machte. Er konnte sich nicht daran erinnern, wann er es zuletzt gehört hatte. Dann kniff er die Augen prüfend zusammen und sagte: »Sie haben gesagt, daß Sie schon dreizehn Jahre dort arbeiten?«

»Ja.« Sie nickte.

»Aber ... aber, Sie müssen dann ja sehr früh angefangen haben?«

»Nein, ich war damals siebzehn. Es war mein erster Job nach dem Sekretärinnenkurs. Ich bin jetzt dreißig. An dem Abend, an dem wir Sie fanden, feierten wir meinen Geburtstag.«

Staunend betrachtete er sie. Dreißig! Er konnte nicht glauben, daß sie dreißig war. Doch natürlich, ihr Junge mußte ja schon neun Jahre oder älter sein. Er fragte sich, was es mit dem Jungen für eine Bewandtnis hatte. Wenn sie seit dreizehn Jahren für Holloways arbeitete, bewies das, daß sie nicht verheiratet war.

Im nächsten Augenblick überraschte sie ihn mit der Erklärung: »Ich habe mit neunzehn geheiratet, doch meinen Job behalten und bin wieder zur Arbeit gegangen, kurz nachdem Pat geboren wurde.« Es war, als ob sie seine Gedanken lesen konnte, und er fühlte, daß er errötete, als sie hinzufügte: »Mein Mann starb, als Pat drei Jahre alt war. Er fuhr einen Lastwagen. Auf der Stadtbrücke hat ihn ein Bus erfaßt, und er wurde in den Fluß gestoßen.« Ihre Stimme war sehr leise und ausdruckslos.

Die Stadtbrücke. Ein Lastwagen, der in den Fluß geschleudert wurde. Ja, er erinnerte sich daran. Ja, natürlich. Der Unternehmer hatte damals der Busgesellschaft den Prozeß gemacht. Der Bus war auf die andere Straßenseite geraten. Die Witwe des Fahrers hatte einen beträchtlichen Schadenersatz bekommen.

Es entstand ein kurzes, verlegenes Schweigen. Er nahm an, daß die Erinnerung sie sehr schmerzte. Dann brach er das Schweigen, indem er sagte: »Haben Sie immer hier gelebt?«

»Nein, nein. Ich bin erst seit etwa sechs Jahren hier.«

»Es ist eine merkwürdig geschnittene Wohnung. Dieser Raum ist größer als jeder andere in unserem Büro. Aber früher hat man sowieso größere Räume als heute gehabt, nicht wahr?«

»Soviel ich weiß, waren das hier früher zwei Räume. Möchten Sie sich alles einmal ansehen?« Sie war aufgestanden und blickte ihn an. Ihm fiel wieder auf, wie geschmeidig sie sich bewegte. Obwohl ihre Gesten rasch waren, wirkten sie nicht hastig.

»Es ist sehr nett von Ihnen, aber ich habe das Gefühl ...«

»Aber nicht doch, ich hab Ihnen doch schon gesagt, daß Sie mich nicht aufhalten. Sehen Sie, dies hier ist das Schlafzimmer. Ich habe zwei.« Sie führte ihn in den angrenzenden Raum, der ebenfalls mit wunderbaren alten Möbeln ausgestattet war. In der Ecke neben dem Fenster stand eine hohe Aufsatzkommode und an der gegenüberliegenden Wand ein Kabinettschrank aus der Zeit der Queen Anne. Das einzig moderne Möbelstück war das Bett. Links und rechts dienten zwei niedrige Schreibpulte der georgianischen Zeit als Nachttische. Im Schlafzimmer seiner Mutter hatte auch ein solches Schreibpult gestanden, das man »Davenport« nannte. Es war gar nicht mehr sehr gut erhalten, und trotzdem hatte man seinem Bruder dafür neulich erst hundert Pfund angeboten.

»Ich mußte mir ein neues Bett anschaffen. Sie werden es sicher nicht glauben, aber mein Vater hatte tatsächlich ein Vierpfostenbett. Meiner Mutter gefiel das Ungetüm gar nicht. Meine Güte, was haben wir über dieses alte Monstrum oft gelacht! Meine Mutter hat immer gesagt, sie fürchte sich, darin einmal sterben zu müssen. Und sie ist tatsächlich darin gestorben. Mein Vater auch, gar nicht viel später. Wahrscheinlich habe ich deshalb nicht darin schlafen können. Dabei ist es ein Jammer, denn es hat sehr gut zu all dem anderen hier gepaßt, während dies hier ...« Sie machte eine abwehrende Bewegung zur Bettcouch. »Es wirkt wie die Faust aufs Auge, nicht wahr?«

»O nein, ich finde es sehr hübsch und weiblich.« Sie lächelten sich zu, dann kehrten sie zurück ins Wohnzimmer und gingen in den auf der gegenüberliegenden Seite angrenzenden Raum.

»Dies ist Pats Zimmer.«

»Ja, das ist ein richtiges Jungenzimmer.« Er schaute sich um und entdeckte auch hier Stücke, die einem Wohnzimmer alle Ehre gemacht hätten. Doch waren Sofa- und Beistelltische überdeckt mit Miniaturflugzeugen. Auch an der Decke und an den Wänden hingen und klebten Flugzeuge jeder Art und Größe.

»Ihr Junge scheint eine ausgeprägte Vorliebe für Flugzeuge zu besitzen?«

»O ja, er ist ganz verrückt danach.«

»Will er vielleicht zur Air Force?«

»Nein, er möchte gern Ingenieur werden. Er ist sehr gut in Mathematik, der Beste in seiner Klasse. Sein Lehrer sagt, daß er nächstes Jahr in die höhere Schule überwechseln sollte. Er ist erst zehn jetzt.«

»Oh, das ist ja wunderbar.«

»Er ist ein guter Junge.« Sie blickte ihn gerade an, als sie das sagte, das Gesicht sehr ernst. Als sie sich wieder von ihm abwandte, wiederholte sie: »Ja, ein guter Junge.«

Er hörte in ihrer Stimme eine gewisse Anspannung. Hatte sie vielleicht Sorgen mit dem Jungen?

Sie führte ihn ins Badezimmer, das schwarz gekachelte Wände sowie eine rosa Badewanne mit dazu passendem Waschbecken aufwies. Zur übrigen Wohnung bildete das einen krassen Gegensatz. Diese moderne Linie wiederholte sich in der Küche. Doch war sie trotzdem grundverschieden zu seiner eigenen sterilen, in Grau und Weiß gehaltenen Küche.

Diese hier war kunterbunt: blau, zartlila, hellgelb und lindgrün.

»Was für eine hübsche Küche!« sagte er.

»Das habe ich selbst gemacht.«

»Selbst gemacht?«

»Ja, ich habe mich in acht verschiedene Farben verliebt. Hier sind acht Farben drin. Und schauen Sie mal«, sagte sie und ging auf das Fenster zu. »Von hier aus kann man den Fluß sehen. Nur ein kleines Stück davon, doch ich liebe es, wenn der Fluß in der Sonne glänzt.«

Zustimmend nickte er und sagte: »Ich gehe auch sehr oft aufs Dach, um den Fluß zu sehen. Außerdem ist die Luft dort oben immer frischer.« Er wandte sich ihr zu. »An dem Abend, als es mir nicht gutging, bin ich auch dort hinaufgegangen, weil ich Luft brauchte.«

Sie blickte ihn mit ihren warmen Augen an, als sie sagte: »Ja, es ging Ihnen wirklich nicht gut. Ich hab es Ihnen ja schon gesagt, in der Nacht mußte ich immerzu an Sie denken. Am liebsten hätte ich Sie angerufen, aber dann habe ich mich nicht getraut. Gestern abend hat Ted mich angerufen und nach Ihnen gefragt. Es wird ihn sehr freuen, wenn er erfährt, daß Sie sich wieder wohl fühlen.«

»Ja, er war mir eine große Hilfe. Ich würde ihn auch gern wiedersehen und mich bei ihm bedanken.«

»Oh, das ist schon in Ordnung. Ted braucht keinen Dank. Er ist ein guter Kerl, wirklich. Man muß ihn allerdings genauer kennen, um das zu merken. Zuerst wirkt er etwas zu dreist. Doch im Grunde ist er ein feiner Mensch.«

Ted hatte damals ihre Tugenden gepriesen, und nun pries sie seine. Es tat wohl, wenn man einmal hörte, daß Menschen gut voneinander sprachen. Wahrscheinlich war da auch etwas zwischen den beiden. Und weshalb auch nicht? »So, jetzt darf ich Sie wirklich nicht länger aufhalten, ich bin sowieso schon viel zu lange geblieben.«

»Aber nein, wirklich nicht.« Sie führte ihn aus der Küche heraus. »Es war für mich eine willkommene Abwechslung, einmal etwas ganz anderes. Sie wissen schon, was ich meine?« Sie blickte ihn über die Schulter hinweg an. »Meist weiß ich genau, was ich an einem Sonnabend machen werde. Ich mache meine Einkäufe und dann ...« Sie drehte sich mit einem Ruck nach ihm um. »Sie werden es nicht glauben, was ich an solchen Nachmittagen mache.«

Er lächelte und wartete.

Sie krauste die Nase. »Ich mache einen Bummel durch die Trödlerläden.«

Sie prusteten beide vor Lachen, und wieder wunderte ihn dieser fremdgewordene Ton an sich selbst. Noch nie hatte er soviel Lebendigkeit bei einem anderen Menschen kennengelernt. Sie personifizierte warmes, echtes Leben. Irgendwann einmal, vor dem Krieg, vor langer Zeit, mußte er das Leben auch einmal so empfunden haben, mußte es in jedem Augenblick so gelebt, so ausgedrückt haben, beim Essen, Lächeln, Spazierengehen. Ja, irgendwann einmal mußte auch er unbewußt dem Leben so Ausdruck gegeben haben, wie sie es jetzt tat. Doch dann war es in einem einzigen schrecklichen Moment aus ihm herausgebrannt worden. Dieser Moment lebte heute noch in ihm, und den Ballast würde er sein Leben lang nicht loswerden.

Er spürte, wie die Traurigkeit ihn überfiel, die auf andere wie eine Maske wirkte. Er mußte schnell fort, bevor sie es falsch deuten könnte. Er fühlte sich hier glücklich, ganz anders als sonst.

In seiner förmlichen Art streckte er die Hand aus und sagte: »Vielen Dank für den Kaffee und dafür, daß Sie so freundlich zu mir waren. Auf Wiedersehen.«

»Auf Wiedersehen.« Sie schien ein bißchen verblüfft über seine Veränderung, geleitete ihn jedoch wortlos hinaus, gab ihm seinen Hut vom Garderobenständer und hielt ihm die Tür auf.

Als er im Treppenhaus stand, wandte er sich noch einmal um, blickte sie jedoch nicht an und sagte leise noch einmal: »Auf Wiedersehen.«

»Auf Wiedersehen.«

Sie blickte ihm nach, bis sie nur noch seine Schritte hörte. Dann schloß sie die Tür und ging zurück ins Wohnzimmer. Dort blieb sie stehen und überlegte. Er war beeindruckt gewesen, sehr beeindruckt. Er verstand etwas von alten Möbeln. Er war ein netter Mann, ein echter Herr. Das konnte sie sofort sehen. Doch irgend etwas war an ihm dran, was sie nicht genau orten konnte, irgendeine Art Traurigkeit, so, als ob er einsam wäre. Das war schon merkwürdig. Er und einsam! Der führende Rechtsanwalt der Stadt, der in der allerfeinsten Gegend wohnte und einen Haufen Freunde hatte … einsam!

Sie ging zum Kamin, schob sich den Hocker mit dem Fuß zurecht, setzte sich und streckte die Hände zum Feuer aus. Und wieder sagte sie sich: Sei nicht so dumm. Es ist unmöglich, daß so ein großer, berühmter Mann einsam ist. Es ist allerdings schon komisch, daß er extra vorbeigekommen war. Sie hatte sich ausgesprochen wohl und glücklich gefühlt, solange er hier war, und nun fühlte sie sich auf einmal wie ausgebrannt.

Aber, was sollte das? Sie konnte nicht sitzenbleiben und Trübsal blasen. Es gab auch keinen Anlaß dazu.

Doch als sie sich angezogen hatte und einen Moment stehenblieb, bevor sie die Wohnung verließ, stieg ein winzigkleiner, sehr komischer Gedanke in ihr hoch. Mit den üblichen Sonnabenden ist es nun zu Ende, sagte dieser kleine Gedanke. Du bist doch wirklich verrückt, schalt sie sich. Du hast die blödesten Ideen.

Nachdem sie die Tür hinter sich geschlossen hatte und die Treppe hinunterstieg, begann sie wieder zu singen.

4. Ein wenig Parfum

John wollte sein Frühstück gerade mit einer zweiten Tasse Kaffee beenden, als Ann das Zimmer betrat. Er konnte sich einfach nicht daran gewöhnen, außer Laurie auch noch Ann so früh zu sehen. In letzter Zeit war das oft vorgekommen, aber vielleicht hatte sie viel zu tun. Denn schließlich war heute Heiligabend, und sie mußte das Dinner für morgen vorbereiten. In früheren Jahren war sie allerdings trotz der gleichen Tatsachen niemals zum Frühstück erschienen.

Nachdem sie näher an der Kaffeekanne saß, reichte er ihr wortlos seine Tasse. Während sie sie füllte, sagte sie: »Ich kann meinen Wagen nicht benutzen. Irgend etwas stimmt mit den Bremsen nicht. Könntest du mich heute morgen wohl mit in die Stadt nehmen?«

»Oh! Natürlich ... ja.« Zwischen jedem Wort lag eine Pause. Er trank weiter seinen Kaffee, während sie ihn forschend anblickte und sagte: »Arnold geht doch am Sonnabend morgen auch nicht ins Büro. Warum tust du es dann?«

Er kniff ein paarmal die Augen zusammen, bevor er sie anschaute und sagte: »Immerhin ist Arnold nicht für meine Klienten zuständig.« Ohne aufzustehen, rückte er seinen Stuhl zurück, so daß ein gräßlich quietschendes Geräusch das Zimmer erfüllte.

»Entschuldige.« Er stand auf, sah sie jedoch nicht an. Er wußte sowieso, daß sie eine angewiderte Grimasse zog. Er ging an Laurie vorbei, der sich über seine Morgenzeitung beugte, aus dem Zimmer hinaus, durch die Halle und dann die Treppe hinauf. Als er auf dem obersten Treppenabsatz angekommen war, begann er die ersten Takte von Mozarts Sonate Nr. 3 zu pfeifen.

Unten im Frühstückszimmer blickte Ann Laurie an, der erschreckt seinen Kopf erhoben hatte. Das Geräusch des Pfeifens war für sie so alarmierend, als habe man in der Halle eine Schiffssirene gehört.

Es war fast elf Uhr, als John in seinem Büro ankam. Er ließ den Aktenkoffer auf einen Stuhl fallen, setzte sich auf seinen Schreibtischsessel, strich sich über den Kopf und sah auf die Uhr. Er wollte noch fünf Minuten warten, denn vor elf Uhr ging er nie hinauf. Sie hätte sicher nichts dagegen gehabt, wenn er früher kommen würde, aber er hielt fest an dieser Regelung. Er lehnte sich zurück und war sich nicht bewußt, daß er lächelte. Wie oft war er nun schon dort oben gewesen? Fünf-, sechs- oder siebenmal? Er konnte sich nicht mehr daran erinnern. Es kam ihm so vor, als sei er schon sein Leben lang an jedem Sonnabendmorgen aufs Dach hinaufgeklettert, dann über die niedere Brüstung und die Treppen zu ihr hinunter. Sicherlich wäre er kein zweites Mal diese Treppe hinuntergegangen, wenn er sie damals nicht zufällig auf dem Marktplatz getroffen hätte. Er wollte gerade an einem Elektrogeschäft vorbeigehen, als er sie davor entdeckte. Er hätte zwar so tun können, als ob er sie nicht sähe, doch er hatte seinen Hut gezogen, sich leicht vor ihr verbeugt und gesagt: »Guten Morgen, Mrs. Thorpe.«

Sie hatte ihn erfreut angeschaut, und ihr »Nein so was, Sie hier zu sehen!« hatte ihm gutgetan. »Ich seh mir gerade die Eisschränke an«, hatte sie ihm mitgeteilt. »Ich müßte schon seit Jahren einen haben.« Worauf er geantwortet hatte: »Meinen Sie nicht, es ist ganz gut, daß Sie keinen haben?« Und sie hatte laut herausgelacht, ein helles, ansteckendes Lachen.

»Was halten Sie von dem da?« hatte sie gefragt und auf einen kleinen Eisschrank in der Mitte des Schaufensters gedeutet. »Ich hätte ja ganz gern einen größeren, doch es ist wegen des Platzes. Deswegen hab ich mir auch bisher noch keinen gekauft. Meine Waschmaschine, der Wäschetrockner, der Herd und das Spülbecken nehmen die ganze Wand ein, wissen Sie?«

Ja, er wußte. Und zusammen bewunderten sie dann den Eisschrank, und er bedauerte sie, als sie sagte: »Der Geschirrschrank hinter der Türe wird dran glauben müssen. Doch wo ich dann das ganze Porzellan hintun soll, weiß ich wirklich nicht. Es ist nämlich gutes Porzellan, Coalport, und ich hab sogar auch einige Stücke Meißen ... nur einige.«

Wie wäre es mit ihrem hübschen Porzellanschrank, wie wäre es, wenn sie dort ihre Porzellanmengen unterbringen würde?

Nein, das ginge nicht, der sei schon mehr als voll. Er hatte ja gesehen, daß er voll war. Aber, vielleicht hatte er es auch nicht bemerkt. Und weshalb sollte er auch? Sie sei wirklich verrückt mit dem ganzen Kram. Wieder das helle Lachen.

Sie waren über den Marktplatz gegangen, bis sie vor einem Café stehengeblieben war. »Ich muß hier hinein. Pat holt mich immer ab, wenn er in seinem Obstladen fertig ist.«

Darauf hätte er am liebsten geantwortet: ›Nun, ich könnte jetzt auch einen Kaffee brauchen, und ich sehe nicht ein, weshalb ich Sie dann nicht mit Ihren Einkaufstüten nach Hause bringen soll!‹ Doch die Übung langer Jahre ließ ihn solch unangemessene Impulsivität zurückhalten. Wieder hatte er den Hut gelüftet, sich leicht verbeugt und ihr einen guten Tag gewünscht. Danach wurde der Morgen, was er vorher gewesen war; ein trüber, lustloser Novembermorgen ohne Aussicht auf eine Aufhellung des bleiernen Himmels.

Am folgenden Sonnabend morgen war er wieder aufs Dach geklettert. Er wußte genau, was ihn dort hinaufgeführt hatte – sicherlich nicht die frische Luft. Als er die Dachluke geöffnet hatte, nahm er an, daß seine Gedanken sie hinaufgeleitet hatten. Von seiner Seite der Brüstung sah er, wie sich ihre Hand nach dem Vorratsschrank ausstreckte und dann auf einmal innehielt. Er sah, wie ihr Gesicht sich aufhellte, und als er über die trennende Mauer stieg, rief sie aus: »Nein, so was! Sie wieder hier oben! Haben Sie keine Angst, sich hier den Tod zu holen?«

Er versicherte ihr, daß er wegen der frischen Luft und der schönen Aussicht gekommen sei.

Sie hatte auf den kleinen Schrank mit seinem Drahtgitter gedeutet und gesagt: »Ja, heute werde ich den zum letztenmal benutzen. Am Montag bekomme ich den Eisschrank. Und ich hab noch etwas Neues ... vielleicht können Sie es raten!«

»Nein, keine Ahnung.«

»Einen zweiten Porzellanschrank!«

»Nein!«

»Doch.« Und dann hatte sie lachend hinzugefügt: »Kommen Sie doch mit hinunter und sagen Sie, wie er Ihnen gefällt.« Wie ein Junge, der sich auf den Weg in eine Schatzhöhle machte, in die Höhle zu Aladins Wunderlampe, stieg er die Stufen hinab und betrat wieder das große Zimmer. Dieser Vormittag hatte damit geendet, daß sie ihm auf ihrem Klavier etwas vorspielte.

Er hatte das offene Klavier gesehen und die Noten auf dem Ständer und gefragt: »Sie spielen Klavier, Mrs. Thorpe?«

»O ja, ich spiele«, hatte sie in ihrer lebhaften Art geantwortet. »Ich sollte es auch einigermaßen können, denn ich habe lang genug gelernt. Meine Mutter hat mich schon mit fünf Jahren ans Klavier gesetzt, und ich habe all meine Examen gemacht, bis hinauf zu den fortgeschrittenen im Trinity College. Doch ich muß gestehen, daß ich keinen guten Anschlag habe. Technisch bin ich in Ordnung, doch meine Lehrerin bemängelte immer, daß meine Finger wie Hammer fungierten. Sie meinte, daß sie recht für Beethoven seien. Aber, wissen Sie, ich liebe Beethoven nicht, ich liebe Mozart oder Chopin. Man hat ja immer das gern, wofür man nicht geeignet ist, nicht wahr?«

Er hatte sie nicht lange bitten müssen. Sie hatte für ihn gespielt und der Musik ihre eigene Interpretation aufgedrückt. Vielleicht war ihr Anschlag wirklich etwas hart, vielleicht hätte sich ein Musikkenner an manchen Stellen die Ohren zugehalten, doch ihn hatte ihr Spiel beruhigt, angeregt und sogar erregt. Dieses Mädchen, das nicht nur mit schönen Möbeln lebte, sondern auch darüber Bescheid wußte und sie liebte, das sich ohne sich zu sträuben ans Klavier setzte und spielte – was konnte sie noch alles? Sie erschien ihm wie eine unentdeckte Insel, geheimnisvoll und betörend. Dieses Mädchen, das Ann ohne zu zögern sicherlich als »gewöhnlich« bezeichnet hätte.

Bevor er sich an diesem Vormittag verabschiedete, hatte sie gesagt: »Halten Sie mich nicht für unverschämt, Mr. Emmerson, aber Sie sind hier immer willkommen, wenn Sie gerade Lust haben, mich zu besuchen. Ich bin am Sonnabend immer da.«

Er hatte ihr gemessen für die Einladung gedankt, und obwohl er sich während der ganzen folgenden Woche sagte, daß es nicht schicklich sei, kletterte er am nächsten Sonnabend wieder auf das Dach und klopfte an ihr Fenster. Während seiner ersten vier Besuche waren sie allein, und er konnte sich noch nicht einmal daran erinnern, worüber sie gesprochen hatten. Am fünften Sonnabendmorgen war der alte Mann, Mr. Locket, heraufgekommen, das war ihm etwas peinlich, obwohl Bill Locket keine Überraschung zeigte, ihn zu treffen.

Bill war etwa eine halbe Stunde geblieben, hatte vier Tassen süßen Tee getrunken und ihm einen Einblick in die Arbeit der Gaswerke gegeben, bei denen er bis zu seiner Pensionierung angestellt gewesen war. Dann hatte er ihm noch zugeflüstert, wie sehr er Cissie schätzte, nicht zuletzt deshalb, weil sie immer den Wohnungsschlüssel unter der

Matte liegen ließ, so daß er, wenn seine Frau nicht zu Hause war, sich hier eine Tasse Tee brauen könne.

Diese Großzügigkeit hatte ihm Cissie später erklärt. Clara – Mrs. Locket – mußte sehen, wie sie mit ihrem Geld auskam. Aus Sparsamkeit kaufte sie jede Woche immer nur eine bestimmte Menge Tee, die reichen mußte. Die Ironie war, daß Clara sparte, um ihrem Sohn etwas hinterlassen zu können. Und diesem Sohn, der in Kanada lebte, ging es offenbar recht gut. Die Menschen seien doch komisch, hatte sie zu ihm gesagt, ob er das nicht auch meine. Und er hatte ihr aus vollem Herzen zugestimmt – ja, Menschen seien komisch.

Letzte Woche hatte Miss O'Neill einen Besuch bei Cissie gemacht. Miss O'Neills Gegenwart hatte ihn nun wirklich beunruhigt. In seinen Augen legten Frauen immer alles falsch aus. Miss O'Neill war sehr vergnügt, lachte viel, war offenbar entschlossen, länger als er zu bleiben.

Er hatte sie dann an diesem Vormittag noch einmal getroffen – in der Parfumabteilung des Dane's-Kaufhauses. Dort hatte sie ihn bedient, als ob sie sich schon Jahre kennen würden. »Sie wollen sicher eine Geschenkpackung für Weihnachten?« hatte sie gefragt. Es war ihm zwar nicht recht gewesen, gerade bei Miss O'Neill einzukaufen, aber er hatte sich für ein sündhaft teures Parfum entschieden.

Er stand auf und holte das kleine Päckchen aus dem Aktenkoffer. Nachdenklich wog er es in der Hand. Er war plötzlich unsicher, ob ihr der Duft zusagen würde.

Unwillig schüttelte er den Kopf, wusch sich die Hände und glättete sein Haar. Dann kletterte er den gewohnten Gang hinauf.

Auf dem Dach mußte er sich mit Vorsicht bewegen. In den Ecken lag noch der gefrorene Schnee der letzten Woche, und das Dach selbst war glatt wie ein Spiegel.

Sie hatten nicht vereinbart, das Fenster offenzulassen, und ebenso nicht, ob er kommen durfte, wenn er Stimmen hörte; es herrschte keine Heimlichkeit bei seinen Besuchen, doch trotzdem klopfte er leicht an das Fenster, bevor er es öffnete. Als er dann in der Diele stand, rief er leise: »Sind Sie da, Mrs. Thorpe?«

»Ja. Gehen Sie doch ins Wohnzimmer. Ich bin gleich fertig.«

Er betrat das große Zimmer, das auf ihn einen besonderen Zauber ausübte. Er fühlte sich schon fast heimisch darin – mehr als in jedem anderen Raum, den er seit seiner Jugend bewohnt hatte. Damals hatte er vor dem Feuer in der großen Küche seines Elternhauses gesessen, umgeben von der Wärme und Liebe seiner Familie.

Sie schaute kurz aus der Küche und lächelte ihm zu, während sie sagte: »Bitte, setzen Sie sich schon mal. Ich muß nur kurz mein Federvieh versorgen.«

Er hatte seinen Hut abgenommen, doch er zog nie seinen Mantel aus, bevor sie ihn aufforderte. Das Zimmer war erfüllt von Weihnachtsduft. Als er sich setzte, rief er ihr zu: »Irgendwas riecht hier hervorragend. Ist das die Weihnachtsgans, die Sie braten?« Seine Stimme, die in solchen Fällen Mrs. Stringer gegenüber gekünstelt klang, war jetzt sanft und weich.

»Nein, nein«, rief sie zurück, »das tue ich erst morgen. Und das wird auch keine Gans, sondern ein Truthahn. Heute vormittag habe ich Sülze gemacht und gestern Unmengen von Plätzchen.«

»Oh, Sülze.« Er blickte in das lodernde Feuer des Kamins. Sie machte Sülze. Seit seine Mutter das letzte Mal Sülze gemacht hatte, war ihm niemand mehr begegnet, der so etwas tat. Man konnte heute so etwas natürlich in jedem Fleischerladen kaufen.

»Da bin ich schon.« Sie kam mit schnellen Schritten auf ihn zu. In ihrem mauvefarbenen kurzärmeligen Wollkleid, der kurzen rosa Schürze und dem zurückgebundenen hellen Haar erinnerte sie ihn an ein sehr junges Mädchen. Der Anblick schmerzte ihn.

»Ich bin beinahe fertig. Ich hab so viel vorbereitet, als hätte ich ein Dutzend Kinder. Na ja, es ist ja nur einmal im Jahr Weihnachten.« Diese nicht gerade neue Feststellung wirkte bei ihr nicht banal.

»Weshalb ziehen Sie denn Ihren Mantel nicht aus? Ich hab es Ihnen doch schon so oft gesagt.« Sie streckte ihre Hand aus, und widerspruchslos gehorchte er. Als sie den Mantel in die Garderobe bringen wollte, hielt er sie auf. »Oh, einen Moment noch, ich habe etwas in der Tasche vergessen.« Als er das Päckchen herauszog, schaute er es prüfend an, bevor er es ihr gab, und sagte dann: »Ich hoffe, es ist das richtige. Frohe Weihnachten.«

»Für mich? Aber Mr. Emmerson, das sollten Sie nicht, nein, das sollten Sie nicht … Oh, vielen Dank.«

»Sie wissen ja noch gar nicht, was es ist. Vielleicht schießt Ihnen ein Knallfrosch entgegen.« Er beobachtete sie aufmerksam, während sie das luxuriös aussehende, farbige Band aufknüpfte, mit dem Dane's immer seine Waren verpackte, das braune Papier entfaltete und schließlich die schmucklose, längliche Schachtel in der Hand hatte, auf der nichts als ›Dior‹ stand. Sie stutzte einen Augenblick, blickte dann zu ihm auf, und ihre Augen schimmerten feucht.

»Oh!« rief sie atemlos. »Oh, das hätten Sie nicht tun sollen. Nicht Dior, das kostet doch ein Vermögen. Oh, Mr. Emmerson.«

Sie machte eine impulsive Bewegung auf ihn zu, und einen kurzen Augenblick dachte er, sie würde ihn umarmen und küssen. Es war für ihn eine schreckliche Sekunde. Ihm stockte der Atem, doch als sie dann nichts anderes tat, als die Hand nach ihm auszustrecken und ihn zu berühren, überkam ihn ein Gefühl der Erleichterung, das dummerweise mit ein wenig Schmerz und Leere vermischt war. Nein, das hätte auch keinen Sinn gehabt, flüsterte die innere Stimme in ihm. Wenn sie ihn geküßt hätte, wäre es das Ende ihrer Beziehung gewesen. Und er wollte, daß dies alles ewig so weitergehen würde, so wie jetzt. Was wäre geschehen, wenn sie ihn geküßt hätte? Was hätte er getan? Was? Hätte er es ihr gesagt? Ja. Ja. Merkwürdig, aber er hätte es ihr sagen können. Sie wäre der einzige Mensch in seinem Leben, dem er es hätte sagen können, und hatte die Gewißheit, daß er dabei nicht vor Scham umkommen würde.

»Ich habe noch nie nach Dior-Parfum geduftet. Ich habe es mir immer gewünscht. Wunderbar. Es muß Sie ein Vermögen gekostet haben, so groß, wie die Flasche ist.«

»Unsinn.« Seine Stimme war etwas heiser, als hätte er eine beginnende Erkältung. »Es soll nur eine kleine Anerkennung für all Ihre Gastfreundlichkeit und Güte sein.«

»Oh, nicht doch.« Sie legte eine Hand auf seinen Mantel, während die andere das Fläschchen hielt, und blickte ihm offen ins Gesicht, als sie sagte: »Alles, was ich für Sie getan habe, haben Sie hundertfach zurückgegeben. Ich werde Ihnen jetzt etwas sagen. Ich habe noch nie so jemanden wie Sie kennengelernt, nicht persönlich. Ich meine, außerhalb des Berufs. Ich habe Männer wie Ted kennengelernt, der gern schwatzt, und mein Mann, der ein Schweiger war. Ja«, sagte sie und nickte, »der war ein Schweiger.« Er hatte das Gefühl, daß sich hinter ihren Worten mehr versteckte als sie sagte, denn ihr Gesicht war ungewohnt ernst. »Und da war auch die Musik. Ich habe noch nie jemand gehabt, der mir zugehört hat. Ich spiele manchmal für mich selbst, doch es ist ganz anders, als wenn man für jemanden spielt ... Und dann die Bücher. Oh, ich habe alle möglichen Romane gelesen, doch ich habe nie eine Autobiographie gelesen, bis Sie erwähnt haben, daß so etwas Ihre liebste Lektüre ist.«

»Das freut mich«, sagte er. »Vielleicht hätte ich Ihnen dann besser ein paar Bücher schenken sollen?«

»Nein, nein.« Sie winkte mit der Hand, die die Parfumflasche hielt, erschrocken ab. »Die kann ich mir ja von der Leihbibliothek besorgen.« Sie warf ihren Kopf zurück und lachte, und indem sie das Parfum an sich drückte, rief sie: »Wie werde ich herrlich duften!« Und dann sagte sie: »Sie sind so nett!« Sie drehte sich um und ging mit seinem Mantel in die Diele. Er sah ihr noch einen Augenblick nach, bevor er sich setzte. Ein kleines Geschenk – verglichen mit dem, was er Ann schenkte, war es wirklich klein –, doch welch ein Unterschied in der Freude und im Danken!

»Wie verbringen Sie denn die Feiertage?« fragte sie, als sie wieder zurückkam.

»Ach, das übliche. Heute abend sind wir bei den Eltern der Verlobten meines Sohnes eingeladen. Das ist schon seit Jahren so Sitte, sogar schon zu der Zeit, als sich die Kinder noch gar nicht kannten ... wenigstens nicht gut kannten. Und morgen werden wir bei uns mit einigen persönlichen Freunden zu Abend essen.« Er hatte das Gefühl, als würde er sie ausschließen, indem er das sagte, und setzte schnell hinzu: »Ich muß zugeben, daß mir das gar keinen Spaß macht. Ich meine, die Dinner und all das andere.«

»Gehen Sie oft auf Cocktail-Partys?« fragte sie mit zur Seite geneigtem Kopf.

»Ja, ich muß manchmal gehen, doch wenn ich es verhindern kann, freut es mich noch mehr.«

»Ich nehme an, in der Weihnachtszeit werden Sie ständig damit zu tun haben. Ich kenne keine zweite Stadt, in der es so viele Partys gibt. Jeder scheint hier mit Partys zu wetteifern. Ich bin auch zu einer eingeladen, am zweiten Weihnachtsfeiertag. Die wird von einer meiner Kolleginnen veranstaltet. Ich habe nicht viel für Partys übrig. Zu viele Leute, die nichts sagen, wenn Sie verstehen, was ich meine.«

»Ja, ja, das verstehe ich sehr gut. Ich habe ebenfalls eine am zweiten Feiertag zu absolvieren«, sagte er und schüttelte seinen Kopf. »Mein Partner ist der Gastgeber. An dem Tag werden wir uns also beide langweilen, obwohl ich zugeben muß, daß die Partys von Mr. Ransome bedeutend erträglicher sind als die meisten anderen.«

Sie setzte sich auf den Kaminhocker und sagte nachdenklich: »Wissen Sie, ich finde, daß Weihnachten nur noch ein Fest für den Kommerz ist. Ist es zu fassen, daß ich über fünfundzwanzig Pfund für Pat ausgegeben habe?« Sie zog ein komisch entsetztes Gesicht.

»Fünfundzwanzig Pfund!« wiederholte er erschüttert. »Das ist eine Menge Geld.«

»Ja, ich habe ihm aber Dinge besorgt, die einen bleibenden Wert haben. Zum Beispiel ein mehrbändiges Lexikon.«

»Oh, das ist vernünftig.« Erst jetzt fiel ihm auf, daß er Pat völlig vergessen hatte. Er rieb sich verlegen den Nasenrücken. »Ich habe keine Ahnung, was dem Jungen Spaß machen würde. Doch ich habe mir gedacht, etwas extra Taschengeld wäre keine schlechte Idee, ganz besonders für einen so aufgeweckten Jungen.«

»Oh, Mr. Emmerson, das sollten Sie nicht tun. Nein, nein. Sie haben mir schon genug Freude gemacht. Wirklich.«

Er wollte gerade abwehren und ihr erklären, daß das doch selbstverständlich sei, als draußen die Tür klappte und kurz darauf Pat hereingestürzt kam.

»Oh, Mam! Teufel, ist das kalt. Hallo, Mr. Emmerson. Oh, Mam, ich bin halb erfroren. Wann gibt es etwas zu essen? Ich muß heute nachmittag noch mal zu Mr. Bolton gehen, denn der hat noch so viele Bestellungen zu erledigen. Er hat mich um elf gehen lassen, weil er erst saubermachen lassen muß, bevor ich etwas tun kann und …«

»Ja, ja, schon gut, schon gut.« Sie war nicht aufgestanden, doch er kam zu ihr, und sie legte beide Arme um ihn, drückte ihn fest an sich und lachte: »Immer eins nach dem anderen, dann werde ich dir eins nach dem andern beantworten.« Wieder drückte sie ihn an sich, stieß leicht mit dem Kopf gegen seinen und bestätigte fröhlich: »Ja, es ist kalt, und das Essen wird erst in einer Stunde fertig, und es ist fein, daß du heute nachmittag wieder von Mr. Bolton gebraucht wirst. Geh jetzt in die Küche und streich dir ein Wurstbrötchen, damit du bis zum Mittagessen nicht vor Hunger umfällst. Aber«, sagte sie und gab ihm einen aufmunternden Schubs, »bitte nicht mehr als zwei, ja? Ich hab gesagt ›zwei‹, denk daran. Ich hab sie abgezählt!«

Der Junge grinste John an, und John grinste zurück, und während Pat in die Küche rannte, rief er: »Du hast gesagt ›zwei und zwei‹, das sind zweiundzwanzig! Zweiundzwanzig Wurstbrötchen!«

Cissie blickte John an, schüttelte den Kopf und wollte gerade eine Bemerkung machen, als Pats Stimme aus der Küche kam, jetzt etwas undeutlich, weil er den Mund schon voll Brot hatte: »Ich hab vergessen, Mam, Ted ist zurück ... Ich hab seinen Wagen draußen bei den Garagen gesehen.«

»Oh, das ist ja herrlich. Er hat gesagt, daß er es versuchen wollte. Jetzt wird er wenigstens zu Weihnachten nicht irgendwo allein in einem fremden Zimmer sitzen.« Sie blickte John an. »Er fühlt sich manchmal sehr einsam. Bei Handelsreisenden tritt das häufig auf. Man möchte es nicht glauben, aber nach dem, was Ted erzählt, ist es einer der am meisten einsam machenden Berufe.«

Er betrachtete sie aufmerksam, während sie sprach. Sie freute sich, daß dieser Mann zurück war. In welcher Beziehung standen die beiden zueinander? Es war nicht das erstemal, daß er sich diese Frage gestellt hatte, und er gab sich dieselbe Antwort wie zuvor. Es ging ihn nichts an. Sie war eine junge Frau, sie war frei und konnte ihr eigenes Leben leben. Trotzdem vertiefte diese Antwort das Gefühl der Verlorenheit in ihm.

»Ich möchte ein bißchen spielen gehn«, rief Pat. »Darf ich?«

»Ja, dampf ab«, sagte sie. »Aber bleib nicht zu lange fort.«

Dann wandte sie sich wieder John zu und fuhr fort: »Das bedeutet, daß wir, nachdem Ted wieder zurück ist, ein bißchen mehr Spaß haben werden. Sie werden zwar auch sonst alle heraufkommen, also Miss O'Neill, Mrs. Orchard und Mr. und Mrs. Locket. Doch ohne Ted ist alles farbloser. Er bringt den entscheidenden Schwung hinein. Wie ich schon gesagt habe, schwatzt er manchmal zuviel, aber für eine Gesellschaft ist das gerade das richtige.« Sie beugte sich zu ihm. »Ich ... ich weiß nicht, aber würden Sie vielleicht an einem Abend zu uns kommen, wenn ...« Sie richtete sich schnell wieder auf und machte eine abwehrende Geste. »Nein, natürlich können Sie das nicht. Sie haben ja gar keine Zeit.«

Er griff diese Bemerkung auf und nahm sie als Entschuldigung. »Ja. Meine Frau sorgt im allgemeinen dafür, daß meine freie Zeit verplant wird.« Er schlug die Augen gen Himmel und schüttelte mit gespielter Verzweiflung den Kopf. Sie lächelte ihn verständnisvoll an.

Insgeheim gestand er sich, daß er eine solche Einladung auch nie annehmen würde. Dabei hatte er gerade an diesen Feiertagen große Sehnsucht nach Zwanglosigkeit und Geborgenheit. Eine innere Stimme sagte ihm, daß er sowieso schon die Grenzen der Angemessenheit überschritten hatte. Am Anfang hatte er gehofft, er könnte seine Besuche geheimhalten, indem er über das Dach gekommen war. Doch gerade das, so hatte er jetzt das Gefühl, war bedeutend auffälliger, als geradewegs über die Treppe zu kommen, denn seine Besuche waren den anderen Leuten im Haus sowieso bekannt. Und was wäre, wenn sie alles falsch auslegen würden? Es war nicht das erstemal, daß er sich diese Frage stellte, und wiederum scheute er davor zurück, die Konsequenz zu sehen.

In seinem Beruf hatte er mit den verschiedensten Arten von Streitfällen zu tun. Darunter war die Scheidung sehr häufig und die Verleumdung nicht selten. Bei der letzteren hatte man es in neun von zehn Fällen mit sehr undurchsichtigen Anfängen zu tun. Verleumdung begann immer mit Gemunkel und Klatsch. Das war keine juristische Phrase, denn er hatte es zuerst von seiner Mutter gehört. Er fragte sich jetzt, ob nicht schon im ganzen Haus gemunkelt wurde. Ab dem Morgen, als Ann in sein Schlafzimmer gekommen war, nachdem sie durch May erfahren hatte, daß er an dem Abend nicht betrunken, sondern wirklich krank gewesen war, war ihm bewußt, daß Mrs. Orchard sehr leicht über ihn klatschen könnte. Doch es war ihm auch klar, daß May, wenn sie es von ihr erfahren hätte, in Sekundenschnelle an Ann die Neuigkeit weitergegeben hätte.

In den vergangenen Wochen hatte er seine Hand nach einem wärmenden Feuer ausgestreckt, und er hatte auch nicht vor, mehr als das zu tun. Er wollte nur etwas Wärme und Behaglichkeit spüren. Doch wieviel Menschen würden ihm das glauben? Wenn er an einem Fremden ein solches Verhalten beobachten würde, könnte er ihm wahrscheinlich auch keine altruistischen Motive unterstellen. Würde ein Klient ihm sagen: »Ich habe meine Besuche bei ihr nicht eingestellt, weil zwischen uns nichts anderes als Freundschaft ist, ganz einfach Freundschaft«, dann würde er ihm zunicken, sein professionelles Lächeln aufsetzen und ruhig antworten: »Die Leute wollen von einem guten Gewissen nichts hören, sie wollen nichts von guten Menschen wissen, sie sind nur an den schlechten interessiert. Sobald sie eine Spur bekommen, folgen sie ihr und hoffen, daß sie schließlich irgend etwas Verwerfliches finden. Das ist die menschliche Natur.«

»Sie sehen so aus, als wären Sie ganz weit weg.«

»Ja.« Er blinzelte. »Ja, ich glaube, ich war auch weit weg. Diese ... diese Couch ist sehr gemütlich.« Er lehnte seinen Kopf zurück. »Sie verleitet dazu, sich zu entspannen. Doch was haben Sie gerade gesagt?«

»Oh, das habe ich ganz vergessen. Ich glaube, ich habe auch gerade nachgedacht. Ja, ja, sicherlich hab ich das getan. Ich hab daran gedacht, wie schön Weihnachten werden wird. Ich hab einen Baum für Pat besorgt.« Sie flüsterte jetzt. »Aber, er weiß es noch nicht. Ich hab die elektrischen Kerzen und alles, was dazugehört, immer woanders verstecken müssen, damit er sie nicht findet. Wenn er heute abend kommt, will ich alles fertig haben. Ich mag nicht, wenn man Bäume schon vor dem Weihnachtsabend putzt.«

Sie wurde von einem Geräusch unterbrochen, das von der Treppe kam. Jemand sang »Guter König Wenzeslaus«. Sie sprang lachend von ihrem Hocker auf und machte eine ihrer charakteristischen Handbewegungen: »Das ist Ted, der da draußen seinen Jux macht.«

Sie lief hinaus in die Diele und sagte in gespieltem Ärger: »Nein, bitte heute keine Weihnachtssänger.« Dann antwortete ihr singend die Stimme des Mannes, tief und angenehm: »Ich wünsche dir fröhliche Weihnachten, ich wünsche dir fröhliche Weihnachten, ich wünsche dir fröhliche Weihnachten und ein glückliches neues Jahr.«

»Oh, Ted, du bist doch wirklich ein verrückter Junge. Los, komm herein. Mr. Emmerson ist hier, komm schon.«

Ted trat ein. Er hatte eine eingewickelte Flasche in der einen Hand und einige Päckchen in der anderen. Erfreut rief er John zu: »Na, wen sehe ich denn da? Ich freue mich, daß es Ihnen bessergeht!«

»Danke. Es ist nett, Sie wiederzusehen.« John empfand, daß seine Begrüßung zu höflich und formell war. Doch Ted wandte sich schon wieder an Cissie. »Hier«, sagte er und drückte ihr die Flasche in die Hand, »die ist für einen Irish Coffee.«

»Oh, danke Ted, danke! Irish Coffee! Das ist lange her, daß wir einen Irish Coffee getrunken haben!«

»Und hier, das ist für den Weihnachtsbaum.« Er stapelte die Päckchen auf ihren Armen auf. »Diese beiden sind für dich und die andern drei für deinen Junior. Und denk bitte daran, nichts darf vor morgen früh geöffnet werden.

Ich wollte Weihnachtsmann spielen und alle im Haus besuchen, doch dann hab ich mir gedacht, daß ich unten bei Millie und Maggie nie wieder hinauskommen werde.«

Er lachte herzlich, und Cissie stimmte ein. John dachte im stillen: Das übliche Geschwätz der Handlungsreisenden.

»Oh, Ted, das ist so lieb von dir, aber du hättest uns nicht all diese Sachen kaufen sollen.«

»Aber, aber. Du weißt doch, ich bin nur auf ein Gratis-Abendessen aus. Außerdem kennst du den Inhalt noch nicht. Also sei nicht so überschwenglich, bevor du alles inspiziert hast.« Er gab ihr einen kleinen Schubs und setzte sich dann auf die Couch.

»Nein, wirklich, ich hätte Sie kaum wiedererkannt. Fühlen Sie sich wieder ganz wohl, Mr. Emmerson?«

»Ja, vielen Dank. Ich hab mich wieder völlig erholt.«

»Das war vielleicht damals eine Nacht, was? Sind Sie mit Ihrem Wagen weiterhin zufrieden?«

»Danke ja, bestens.«

»Also, ich würde alles hergeben, um so einen zu bekommen.«

»Möchtest du jetzt vielleicht einen Kaffee?« Cissie beugte sich über die Rücklehne der Couch zu ihnen herab.

»Ob ich einen will? ... Zwei will ich, aber irische!« Ted streckte seine Hand aus und berührte ihre Nase. »Hast du auch etwas Sahne da?«

»Ja, ich hab heute morgen extra einen Topf voll besorgt. Ich muß geahnt haben, daß du Irish Coffee mitbringst.«

»So ist's recht ... Mögen Sie Irish Coffee?« Er schaute John interessiert an.

»Ja, ja, manchmal. Aber ich glaube, ich muß jetzt gehen.«

»Aber nein doch, Cissie hat ihn in einer Minute gemacht. Nicht wahr, Cissie?«

»Natürlich, das geht ganz schnell. Bitte bleiben Sie noch, Mr. Emmerson. Wirklich, bleiben Sie.«

Er blickte zu ihr hoch, nickte dann und sagte: »Wenn Sie darauf bestehen, werde ich bleiben.« Es wurde ihm immer wieder bewußt, wie steif er sprach, wie altmodisch, als ob er zu einer anderen Generation gehörte. Ja, im Verhältnis zu ihr war das vielleicht auch so, aber nicht im Verhältnis zu dem Mann.

»Ach, wie ist das schön, wieder zu Hause zu sein.« Ted streckte seine Beine aus und vergrub seinen Kopf tief in ein Kissen. »Wissen Sie, ich denke oft an diesen Raum hier, wenn ich irgendwo in einem trübseligen Hotel vegetiere. Es ist komisch, aber ich denke dann nie an mein eigenes Zimmer unten, obwohl das auch nicht übel ist. Aber dieser Raum hier hat etwas Besonderes, meinen Sie nicht auch?«

»Ja, das tu ich allerdings. Es ist ein sehr schöner Raum. Ich habe noch nie so viele kostbare Möbel in einem einzigen Zimmer zusammen stehen sehen. Ich habe es auch Mrs. Thorpe schon gesagt.«

»Ja, ja. Aber ich glaube, selbst wenn es nur Gemüsekisten wären, könnte Cissie noch etwas daraus machen, würde sie Gemütlichkeit verbreiten. Verstehen Sie, was ich meine?«

»Ja, ja, das verstehe ich. Müssen Sie im Moment viel reisen?«

»Ja, kreuz und quer durch das ganze Land. Als ich noch für Randall gearbeitet habe, war das nicht nötig, aber seit dem letzten Jahr hat sich das geändert. Es ist eine neue Farbenfirma, für die ich arbeite, und ich mache dafür Reklame. Es ist alles noch sehr mühsam, doch die Aussichten sind gut. Sie sind enorm zufrieden mit meiner Arbeit in diesem Jahr und haben mir angedeutet, daß ich vielleicht die Ausbildung der Vertreter übernehmen soll.«

»Das ist gut. Da werden Sie sicher sehr zufrieden sein.«

»Ach, ich weiß nicht. Rauchen Sie?« Er zog eine Schachtel Zigaretten heraus.

»Nein, vielen Dank. Ich habe es vor einem Jahr aufgegeben und versuche, nicht wieder damit anzufangen.«

»Ich wünschte, das könnte ich auch. Es ist schon merkwürdig, wie unterschiedlich man im Leben reagiert. Wenn ich vor zehn Jahren diese Chance gehabt hätte, wäre ich vor Freude in die Luft gesprungen. Doch jetzt ... tja. Aber was hilft es, man muß ja jemand haben, für den man arbeitet.« Er blickte John an. »Sind Sie nicht meiner Meinung?«

»Ja, ja, Sie haben vollkommen recht.«

»Ich habe mich abgerackert, als ich jung war, aber ich habe auf das falsche Pferd gesetzt.«

»Na, das würde ich nicht sagen, denn Sie scheinen doch ganz schön vorangekommen zu sein dabei.«

»Ja, das sicher, aber ich mußte auch hart dafür bezahlen. Es hat mich meine Familie gekostet.«

John sagte dazu nichts, und Ted fuhr fort: »Als Anwalt haben Sie sicher jede Woche mit ähnlichen Fällen zu tun: die Frau so lange allein, bis sie sich andere Männer sucht. In meinem Fall war es nicht ganz so, zumindest bis meine Tochter geheiratet hat.«

»Sie haben eine verheiratete Tochter?« Die Überraschung in Johns Stimme war nicht zu überhören.

»Ja, in diesem Monat wird sie einundzwanzig. Und ich habe einen Sohn mit neunzehn. Nachdem das Kind geheiratet hat, erklärte mir Gladys, das ist meine Frau, daß sie genug habe. Natürlich wußte ich schon eine ganze Weile, daß es zwischen uns nicht stimmte. Doch wenn man zwei Kinder hat und ihnen ihre Chance in einer halbwegs intakten Familie geben will, dann tut man eben so, als ob alles in Ordnung wäre. Der Junge ist zur Air Force gegangen, Claire hat, wie gesagt, geheiratet, und für uns blieb die Scheidung übrig, die jetzt läuft. Ja, so ist das.« Er spreizte seine Hände.

»Wie man so sagt, so ist das Leben. Doch von mir aus kann sie die Scheidung haben. Ich bin sechsundvierzig und treibe mich seit dem neunzehnten Lebensjahr ständig auf der Straße herum. Leben! ... Und doch«, er setzte sich auf und zog an seiner Weste, »hier und da trifft man dann ein Kleinod.« Er deutete mit dem Daumen über die Schulter in Richtung auf die Küche. »Und die da ist das größte.« Er flüsterte jetzt: »Bessere gibt es nicht, das kann ich Ihnen versichern.« Er beugte sich zu John hin. »Glauben Sie mir das?«

»Ja, das glaube ich Ihnen.«

»Sie hat Seltenheitswert.«

»Ja, Sie haben recht, so etwas gibt es selten.«

Es erschien ihm nicht unsinnig, die Qualitäten dieser jungen Frau mit diesem merkwürdigen Mann zu besprechen. Seit Wochen hatte er jetzt einen persönlichen Einblick in die Welt jener Menschen gewonnen, mit denen er bisher im Leben nichts zu tun gehabt hatte. In diesem Moment fühlte er sich tatsächlich in ihre Lebensart integriert. Die Ehrlichkeit, Einfachheit und Spontaneität dieses Lebens gefiel ihm. Cissie kam jetzt mit dem Tablett wieder ins Wohnzimmer. John stand auf, nahm ihr das Tablett ab und stellte es auf den Tisch.

»Du kannst die Menge der Sahne und des Whiskys selbst bestimmen«, forderte sie Ted auf.

»Eine wunderbare Idee. Her damit«, freute er sich.

Nachdem sich alle mit Whisky und Sahne versorgt hatten, schlürften sie schweigend den Kaffee und blickten einander an. Dann lobte John: »Ganz ausgezeichnet, wirklich ausgezeichnet.«

»Hat noch nie so gut geschmeckt!« sagte Ted und nickte Cissie zu. Dann setzte er seine Tasse abrupt auf einen kleinen Tisch, den sie neben die Couch gestellt hatte, und rief: »Oh, ich hab einen ganz tollen Witz für euch, wirklich ganz toll. Es handelt sich um zwei Spiritisten ...«

Vielleicht war es irgend etwas in Johns Gesicht, was

ihn zögern ließ, denn er wandte sich ihm zu und sagte: »Oh, keine Sorge, der ist ganz in Ordnung. Ich gehöre nicht zu den Typen, die Frauen mit Zoten anöden.«

John wollte sagen, daß er davon überzeugt sei, doch er schwieg, und sein Gesicht hatte eine leichte Rottönung angenommen. Ted begann also: »Zwei Spiritisten schlossen eine Art Pakt, daß der, der zuerst sterben würde, sich mit dem anderen in Verbindung setzen sollte. Denn sie glaubten ja daran, daß sie, wenn sie einmal sterben, zwar ihre Form verändern, aber noch sozusagen weiterleben würden. Johnnie war der erste, den es erwischte, und so machte Bill sich an die Arbeit. Er experimentierte wochenlang – bis es ihm endlich gelang, mit seinem Freund in Verbindung zu treten. Auf die Frage: ›Bist du da, Johnnie? Kannst du mich hören, Johnnie?‹ hörte er, wie Johnnies Stimme ertönte, die sagte ›Ja, ich kann dich hören, Bill!‹ ›Oh, das ist gut‹, sagte Bill. ›Verdammt! Ich habe vielleicht Mühe gehabt, dich zu erreichen. Wo bist du denn, Johnnie?‹ ›Oh, ich bin an einem herrlichen Ort, Bill‹, sagte Johnnie, ›ganz herrlich. Ich kann es dir nicht beschreiben, aber es ist wirklich herrlich.‹ ›Ist das dein Ernst?‹ fragte Bill. ›Natürlich ist es mein Ernst‹, sagte Johnnie. ›Das Wetter ist herrlich, die Sonne scheint den ganzen Tag. So etwas hast du überhaupt noch nicht erlebt. Und das Essen, Mann ... jede Menge davon, wirklich jede Menge ... und auch Frauen. Oh, Junge, diese Frauen – es gibt unzählige!‹ Bill konnte das kaum glauben, und voller Freude sagte er zu seinem alten Kumpel: ›Johnnie, das klingt ja herrlich. Es scheint dir wirklich gut zu tun. Was bist du denn jetzt, Johnnie?‹ ›Nun ...‹, sagte Johnnie, ›ich bin ein Bulle in Argentinien, Bill.‹«

Cissie warf ihren Kopf vor Vergnügen in den Nacken, während sie lachte. John wußte, daß man auch von ihm einen Heiterkeitsausbruch erwartete. So strengte er seine Lachmuskeln an, bedeckte aber vorsichtshalber sein Gesicht mit der Hand. Während er sich ums Mitlachen bemühte, hörte er Teds ausgelassenes Lachen und seine Stimme, die ständig prustend wiederholte:

»Ein Bulle in Argentinien! Ein Bulle in Argentinien!«

Dieser Witz, seine Männlichkeit und Vitalität, berührten ihn an einer schwachen Stelle. Er hatte sich nie viel aus Witzen gemacht, und die typischen Witzeerzähler, die sich in den Clubräumen produzierten, hatten ihn immer angeekelt. Als er Cissie anblickte, hatte er das Gefühl, daß sie diesen Witz auch nicht so komisch gefunden hatte, und er war froh darüber. Er wußte, daß Frauen, wenn sie in der entsprechenden Laune waren, Männer im Witzeerzählen sogar noch übertreffen konnten – doch diese Witze mußten gut sein und nicht so platt wie der eben gehörte.

»Möchten Sie noch eine Tasse Kaffee haben?« fragte Ted und wandte sich John zu. John merkte, daß der Mann wußte, was er von diesem Witz hielt.

»Nein, vielen Dank. Es war köstlich und der Whisky wirklich ausgezeichnet«, er nickte ihm zu, »doch ich muß jetzt wieder weiter.«

Als er aufstand, erhob sich Cissie mit ihm und sagte: »Es ist wirklich schade, daß Sie schon gehen müssen.« Sie ging in die Diele und holte ihm seinen Mantel.

Währenddessen reichte John Ted die Hand und sagte: »Ich wünsche Ihnen ein schönes Weihnachten und angenehme Festtage.«

»Danke, das wünsche ich Ihnen auch.«

Cissie stand in der Diele bei der Eingangstüre, was bedeutete, daß er diesen Weg hinausgehen sollte. Das traf ihn unvorbereitet, denn sie hatte das noch nie zuvor getan. Sie hielt seinen Mantel bereit, und er machte eine kleine protestierende Geste, als sie ihm helfen wollte. Dann reichte sie ihm seinen Hut und sagte sanft: »Vielen Dank für Ihr Geschenk. Ich habe immer noch das Gefühl, Sie hätten es nicht tun sollen, doch trotzdem vielen Dank. Und ich hoffe, Sie haben schöne Weihnachtstage.«

»Auf Wiedersehen, Mrs. Thorpe.«

Als er die Treppe hinunterging, setzte er seinen Hut auf. Nur gut, dachte er, daß er ihn in der Hand halten mußte. Wenn er beide Hände frei gehabt hätte, hätte er ihr sicher auch beide entgegengestreckt. Ja, es war sehr gut, daß er seinen Hut halten mußte …

Cissie stand in der Diele und betrachtete ihre Hand. Er hatte einen sehr festen Händedruck. Darauf legte sie sehr viel Wert. Sie mißtraute Menschen mit labbrigem Händedruck und ebenso denen, die einem die Finger beinahe abquetschten. Die letzteren waren meist überheblich. Doch sein Händedruck war fest und trotzdem auch zärtlich. Sie mochte ihn. Oh, Mr. Emmerson – war das ein netter Mann!

Sie lief wieder zurück zu Ted. Das würde ein wunderschönes Weihnachten geben!

5. Der Witz

Auf dem Kamin lagen drei Weihnachtskarten. Sie waren ausgewählt worden, weil sie am dezentesten wirkten. Die andere Andeutung von Weihnachten, die Ann in ihrer Wohnhalle zugelassen hatte, waren drei rote Kerzen. Sie standen inmitten eines Blumenarrangements, das sich, wahrscheinlich wegen der spärlich-kunstvollen Anordnung, »Chinesisch« nannte.

Auf dem langen Eßtisch befand sich das übliche Glas und Silber, das letztere für diese Gelegenheit ergänzt durch zwei Armleuchter. Die Kerzen hatten einen zarten Cremeton, und die Dochte waren noch nicht angebrannt.

Die Männer standen mit ihren Drinks in den Händen da und warteten darauf, daß die Damen nach unten kommen würden. Die männliche Gesellschaft bestand aus James Wilcox, Arnold Ransome und dem Juniorpartner Michael Boyd, zusammen mit Laurie und natürlich John selbst. Bei einer Gelegenheit wie dieser war es sehr oft Laurie, der die Gäste nach ihren Wünschen fragte und dann die Drinks reichte; doch heute war ihm sein Vater zuvorgekommen.

Als alle mit ihren Drinks versorgt gewesen waren, hatten sie sich gegenseitig gestanden, wie langweilig sie Weihnachten wieder gefunden hätten. Eine Haltung, die für diese Festzeit die richtige schien. Danach fiel die Gesellschaft in Schweigen. Der junge Boyd und Arnold Ransome fühlten sich bemüßigt, dieser Stille ein Ende zu bereiten, sie schienen einen außerordentlich guten Witz fabriziert zu haben. Ihr Lachen war so laut, daß nun alle interessiert zuhörten.

»Los, mach weiter.« Immer noch lachend nickte Arnold Michael Boyd zu, aber der junge Mann lehnte fröhlich ab: »Nein, nein das war doch nichts Besonderes. Du bist dran.«

»Also gut, ich wollte gerade sagen, daß ich den alten Rawlings neulich bei einem Dinner in Newcastle erlebt habe. Dabei fragte er mich, ob du ihn schon einmal gehört hast, John?«

»Ja«, sagte John und nickte. »Aber das ist schon lange her. Außerdem immer vor Gericht, niemals beim Dinner. Es ist besser, sich vor seiner scharfen Zunge zu hüten.«
»Ja, das kann man wohl sagen. Ich hab ihn im Gericht nie erlebt, da er ja schon seit Jahren in London ist, aber ich kann es mir gut vorstellen. Die haben sich alle geschüttelt vor Lachen. Und dieser Mensch kann Dialekte nachmachen. Er hat vom Fall eines Iren erzählt, der angeklagt wurde, weil er am St.-Patricks-Tag randaliert und einen Polizisten angegriffen hat. Er hat dabei so breit gesprochen, wie es kaum einem Iren gelingen würde. Offenbar war ein Priester erschienen, um sich für den Mann einzusetzen ... Wenn du gehört hättest, wie der den Priester nachgemacht hat! Ich kann das natürlich längst nicht so gut, aber es ging ungefähr so: ›Euer Ehren, Shane O'Grady ist 'n friedliebender Mann und kommt regelmäßig zur Kirche und ist auch sonst 'n anständiger Kerl. Aber Sie müssen verstehen, Euer Ehren, daß das ganze Unglück am St.-Patricks-Tag passiert ist. Und für jeden Iren ist es eine Beleidigung, wenn an diesem Tag seine Heimat angegriffen wird.‹ ›Würden Sie sich vielleicht etwas genauer ausdrücken?‹ fragte der alte Rawlings.

›Nun, das verhält sich so‹, sagte der Priester. ›Als ein Landsmann von ihm, der noch nicht lange wieder im Land war, ihn fragte, ob er Englisch Grün oder Irisch Grün sei, da sah er rot. Das will ich Ihnen erklären, Euer Ehren. Da gibt es irische Katholiken und englische Katholiken und beide sind dem Grün treu, doch der Ire weiß, daß der Ton im Grün der Englischen Katholiken nicht mit dem wirklichen, echten Grün zu vergleichen ist, wenn Sie wissen, was ich meine. Daher war der Zweifel an der wahren Farbe zuviel für Shane, und er schlug den Landsmann nieder. Das war eigentlich gar nicht so bös gemeint, nur traf es sich schlecht, daß genau in diesem Moment der Polizist daherkam und daß er zu keinem von den beiden Grüns gehörte, und Blut, wissen Sie, ist dicker als Wasser, und Grün, Euer Ehren, ganz gleich welcher Schattierung, ist dicker als Blut.‹«

Alles schüttelte sich vor Lachen.

Immer noch lachend nahm Laurie einen Schluck aus seinem Glas. Ja, Arnold konnte wirklich erzählen, das mußte man ihm lassen. Wie war denn das noch gewesen, was er neulich erzählt hatte von dem Steuerprüfer und dem Bierbrauer? Er kramte in seinem Gedächtnis, um die Pointe zu finden, als er seinen Vater sagen hörte: »Ich hab neulich auch einen sehr ulkigen Witz über einen irischen Priester gehört.« Er glaubte seinen Ohren nicht zu trauen, als sein Vater begann, die Geschichte zu erzählen. Seines Wissens hatte sein Vater in seinem ganzen Leben noch nie einen Witz erzählt. Er hatte sich immer geweigert, weil er meinte, er könne nicht gut erzählen. Es gab halt Leute, die lustig erzählen konnten, und es gab welche, die nicht die Gabe dazu besaßen. Und zu denen gehörte sein Vater.

»Also, da gab es einen katholischen Priester, der von einem sechsstöckigen Haus hinunterfiel. Während er an den fünf Stockwerken vorbei kam, betete er inständig, gerettet zu werden. Doch als er sah, daß er sich dem Boden näherte, schlug er das Kreuzzeichen und rief: ›Oh, mein Gott, und das für den verdammten Aufprall.‹«

James Wilcox lachte. Er wollte nicht lachen, aber er lachte, weil er sich im stillen sagte: ›Aha, habe ich also doch recht gehabt mit neulich nacht. Er ist vielleicht krank gewesen, doch er hatte trotzdem schwer geladen. Heute hat er das auch, da mach ich jede Wette … Emmerson, der einen Witz erzählt, das kann überhaupt nicht wahr sein!‹

Arnold lachte ebenfalls, schwieg aber auch. Er machte sich seine Gedanken darüber, daß John sich in letzter Zeit verändert hatte; er war entspannter und umgänglicher. Er erinnerte sich an die beiden Sonnabendvormittage, als er zu Hause bei John angerufen hatte, um ihm etwas zu sagen. Ann sagte ihm damals, er sei in seinem Büro, aber als er im Büro anrief, hatte er keine Antwort bekommen. Er hatte darüber kein Wort verloren, doch beim zweiten Mal hatte er es komisch gefunden.

Michael Boyd dachte sich, daß John eine absonderliche Wortwahl getroffen hatte. ›Das für den verdammten Aufprall!‹ Merkwürdig, daß dieser verknöcherte Mann einen Witz erzählte. Er hatte ihn immer für steif und zugeschnürt gehalten. Natürlich war an dem Witz nichts Anrüchiges, man konnte ihn immer und überall erzählen. Doch trotzdem war es merkwürdig, daß der alte Mann überhaupt einen Witz erzählte. Er schien sonst gar nicht dieser Typ zu sein.

Laurie hatte sich dem allgemeinen Gelächter angeschlossen. Es hätte nicht gut ausgesehen, wenn er nicht gelacht hätte. Sein Vater und Witze! Und gestern morgen hatte er gehört, wie er vor sich hingepfiffen hatte. Irgendwie hatte er sich in letzter Zeit verändert. War es Trotz? Nein, so konnte man es nicht nennen. Und trotzdem hatte er sich verändert. Nichts, was jetzt noch geschehen würde, könnte ihn nun noch überraschen, nachdem ... nachdem sein Vater einen Witz erzählt hatte.

Das Gelächter war bis oben ins Schlafzimmer gedrungen, und Valerie sagte zu Mrs. Boyd, die nur ein Jahr jünger war als sie: »Komm, ich habe das Gefühl, wir versäumen etwas.« Sie blickte über ihre Schulter und fügte hinzu: »Wir gehen hinunter, Mutter ... und Tante Ann.«

»Ja, natürlich, mein Schatz, wir kommen sofort nach.« May Wilcox drehte sich von ihrem Platz am Toilettentisch um und lächelte ihre Tochter strahlend an, doch sie machte keine Anstalten aufzustehen.

Nachdem die beiden jungen Frauen das Zimmer verlassen hatten, stellte sich Ann neben ihre Freundin, blickte auf sie herab und sagte leise: »Was meinst du, May, was willst du damit sagen, daß ich es nicht trage? Du wirst doch kaum erwarten, daß ich heute abend eine Nerzstola trage, oder?«

»Sei doch nicht so dumm, mein Schatz«, May klopfte sie auf den Arm. »Ich meine doch nicht die Stola, ich meine das Parfum ... das von Dior.«

»Hat Laurie Val erzählt, daß er mir Dior schenken wird? Er hat mir dies hier geschenkt.« Sie deutete auf eine dreireihige Perlschnur, die ihren dünnen Hals umschloß.

May runzelte die Stirn. Dann blickte sie irritiert auf ihre Hände, drehte sich zum Spiegel, kämmte ihr Haar zurecht und sagte ruhig: »Das muß ein Irrtum sein. Es tut mir leid, daß ich es erwähnt habe.«

Ann blickte May im Spiegel an, doch May wich ihrem Blick aus. »Was ist das, mit diesem Dior?«

»Ach, laß doch, ich will dir keinen Verdruß bereiten, Ann.« May blickte jetzt hoch.

»Bitte sag mir, was los ist, ich will es wissen.«

»Schau her, Ann. Du hast unten ein Dinner vor dir. Da sind auch noch andere Leute, nicht nur James, Valerie und Laurie. Wir werden später darüber sprechen.«

»Wir werden das nicht tun.« Mit einer schnellen Bewegung legte Ann ihre Hand auf Mays Schulter und sagte leise: »Du wirst es mir jetzt sagen. Was meinst du mit diesem Parfum?«

»Oh, mein Gott!« May schüttelte Anns Hand ab, stand auf und legte die Hand an die Stirn. Dann wandte sie sich wieder Ann zu und sagte: »Also bitte, wenn du es unbedingt wissen willst. Die Millie, du weißt ja, Mrs. Orchard, wohnt mit einer Miss O'Neill zusammen, und diese Miss O'Neill war zufällig gestern morgen bei Dane's, gerade als John dort in der Parfumabteilung war, und er hat eine Flasche Dior gekauft, eine große Flasche, die fast zehn

Pfund gekostet hat, wie sie sagte. Ja, und dann habe ich natürlich …« Sie spreizte ihre Hände. »Ich hab natürlich gedacht, es ist für dich. Ich wußte, daß es nicht für Val ist, da er ja für sie und Laurie zusammen den Sessel gekauft hat, und man kauft ja nicht eine Flasche Dior für zehn Pfund für … Ach, was sag ich denn da?« Sie schlug sich mit der Handfläche auf die Stirn und sagte zum Schluß: »Ach, schau mich nicht so an, Ann. Komm jetzt und reiß dich zusammen.«

Ann konnte ihren Blick nicht von May wenden, und als sie versuchte, etwas zu sagen, kam es wie ein heiseres Krächzen heraus. Sie räusperte sich kurz und sagte: »May, das wirst du niemand sagen, versprichst du mir das?«

»Ja, schon gut, natürlich.«

»Sag nicht ›schon gut‹, May. Ich möchte dein feierliches Versprechen, daß du es niemandem sagen wirst.«

»Also gut, Ann. Ich verspreche es dir. Jetzt reg dich bitte nicht zu sehr auf.«

»Auch nicht zu James!«

»Ich werde es James nicht sagen.«

»Und auch nicht Val!«

»Ich hab es dir doch gesagt. Jetzt komm endlich. Wir werden später dann noch darüber sprechen.«

»Danke, es ist schon in Ordnung.« Ann drehte sich dem Spiegel zu, aber sie konnte sich nicht sehen, nur den verschwommenen Umriß ihres Gesichts. Doch May wartete, und ihre Gäste warteten auch. Mit erzwungener Ruhe ging sie aus dem Zimmer, die Treppe hinunter. Und gerade als sie in die Wohnhalle kam, hörte sie die hohe Stimme des jungen Boyd, der ausrief: »Ein Zuchtstier in Argentinien!« Die ganze Gesellschaft lachte. Ihr Mann lachte – zum erstenmal seit sechsundzwanzig Jahren hörte sie, wie er lachte. Dieses Geräusch hob sich von allen anderen Geräuschen im Raum überdeutlich ab.

6. Pat

Donnerwetter, war das heiß! Das war schon mehr ein Sommertag als ein Tag im Spätfrühling. Cissie setzte ihre Einkaufstasche und Handtasche auf dem Boden ab, holte den Schlüssel unter der Matte hervor und öffnete die Tür; dann nahm sie ihre Sachen wieder in die Hand und ging hinein.

Als sie an der Wohnzimmertür angekommen war, wollte sie gerade nach Pat rufen, doch hielt sie inne. Da der Schlüssel unter der Matte lag, konnte er ja gar nicht hier sein. Was aber war mit ihm los? Er hatte noch nie den Termin ihres Treffpunktes im Café verfehlt. Vielleicht hatte Mr. Bolton so viel zu tun gehabt und hatte ihn länger dabehalten? Doch im allgemeinen war um dreiviertel eins nie mehr so viel zu tun.

Sie räumte ihre Einkäufe auf und ging dann ins Badezimmer. Sie stellte sich vor den Spiegel und strich das Haar aus der Stirn. Ihr war heiß, und es war anstrengend gewesen. Und ausgerechnet an diesem Morgen war der kleine Kerl nicht erschienen. Na, der sollte erst mal heimkommen! Sie wusch sich die Hände, legte etwas frisches Make-up auf und ging wieder in die Küche zurück.

Wo konnte er bloß hingelaufen sein? Ach was, warum sollte sie sich Sorgen machen, sie sollte statt dessen lieber das Essen vorbereiten. Sicher würde er in einer Minute hereingestürmt kommen, und sie hatte noch nichts fertig.

Eine Stunde später stand sie am Fenster und schaute hinunter auf die Straße. Von hier aus konnte sie die Albany Road und die Cromwell Street sehen. Aus einer der beiden Richtungen mußte er kommen. Fünf Minuten später sah sie ihn. Ihre Hand griff erschreckt an die Kehle, denn an einer Seite begleitete ihn ein Polizist und an der anderen ein Mann in einem hellen Regenmantel.

»Oh, mein Gott! Nicht noch einmal das. Nein, nein, Pat, nicht noch einmal.« Sie rief laut aus, was sie dachte.

Sie wartete, bis sie oben an der Treppe angekommen waren, und dann sprudelte es aus ihr heraus: »Was ist los? Wo bist du gewesen?« Sie streckte ihre Hand aus, um Pat zu packen und ihn zu schütteln, doch er stand so starr zwischen den beiden Männern, als sei er versteinert. Der Mann in dem hellen Regenmantel richtete das Wort an sie: »Mrs. Thorpe?«

»Ja, ja, ich bin Mrs. Thorpe. Sie wissen doch, daß ich Mrs. Thorpe bin.« Ihre Stimme wurde etwas schrill.

»Können wir einen Augenblick hereinkommen?«

»Ja, ja, kommen Sie herein.« Sie ließ sie in die Diele treten, schloß dann die Tür und sagte: »Gehen Sie ins Wohnzimmer.«

Im Zimmer starrte sie den Polizisten in Zivil an und fragte: »Was ist denn? Was ist denn nur geschehen?«

»Bitte, regen Sie sich nicht auf, wir möchten nur einige Erkundigungen einziehen.«

»Er hat nichts getan, er hat sicher nichts getan. Er hat es mir versprochen. Jedenfalls hat er noch nie etwas getan ... Pat?« Sie blickte ihn bittend an; und auf einmal stürzte sich der Junge zu ihr, schlang die Arme um ihre Hüfte, schaute sie verzweifelt an und schluchzte: »Ich hab nichts getan, Mam, ich hab wirklich nichts getan. Ich schwöre es, ich schwöre es bei allem, was ich lieb habe. Ich war ja den ganzen Morgen bei Mr. Bolton. Ich hab nur gerade etwas erzählt, als sie kamen. Ich hab nichts getan, wirklich nicht.«

Sie drückte ihn eine Weile fest an sich, bevor sie von einem Polizisten zum anderen sah. »Also, was ist es diesmal? Er war niemals in der Nähe von Woolworth oder Smith, das könnte ich schwören.«

»Setzen Sie sich, Missus.« Es war der Polizist, der wieder sprach.

»Es ist diesmal leider etwas ernster als Woolworth oder Smith, Mrs. Thorpe.« Die Stimme des Polizisten in Zivil war gedämpft und sachlich.

»Es hat mit einem kleinen Mädchen zu tun.«

»Mit einem kleinen Mädchen?« Cissie starrte den Mann fassungslos an.

»Ja, ein kleines Mädchen wurde heute morgen in einem Schuppen beim alten Schuttabladeplatz belästigt, der Autofriedhof in der Nähe vom Spielplatz der Kinder.«

»Mein Junge soll ein Mädchen belästigt ...« Sie blickte von ihm auf ihren Sohn und sagte: »Sie sind wohl verrückt ... Pat,« ihre Stimme war nur noch ein Flüstern, »das hast du doch nicht getan?« Sie blickte ihn flehend an.

»Nein, Mam, ich schwöre es, ich hab es nicht getan. Ich weiß nichts davon.«

»Sehen Sie? Sie sehen es! Glauben Sie ihm denn nicht?« Sie blickte den Mann wieder an.

Der Mann in Zivil sah sie jetzt ungerührt an und sagte: »Wir haben noch zwei andere Jungens erwischt. Sie waren zu viert, und nachdem wir sie gefragt haben, haben sie zugegeben, daß Ihr Junge auch dabei war.«

»Wer hat das gesagt? Wer hat gesagt, daß er dabei war? Tim Brooks?«

»Ja. Ja, es war dieser Brooks.«

»Das wußte ich. Das mußte ja so sein. Dieser Junge haßt Pat, warum, weiß ich nicht. Er hat ihn schon einmal in Schwierigkeiten gebracht, ihm einfach etwas angehängt. Er hat das mit Absicht getan.« Sie rang die Hände.

»Bitte, hören Sie mal zu. Wir haben nicht nur Tom Brooks' Aussage, daß Ihr Sohn da mitgemacht hat ... Ich muß Ihnen sagen, daß das kleine Mädchen auch eine Aussage gemacht hat.«

»Sie hat gesagt, daß sie ihn gesehen hat?« Sie wandte sich an Pat. »Das kann nicht sein, nein, das kannst du nicht getan haben ...« Ihre Stimme schnappte über, und Pat wimmerte: »Ich hab es nicht getan. Glaub mir, Mam, ich hab es nicht getan. Ehrlich, ich nicht ...«

»Das kleine Mädchen konnte die Gesichter der Jungens nicht genau erkennen, Missus«, sagte jetzt der Polizist. »Sie hatten sich Strümpfe übergezogen, wie Gangster.« Er nickte langsam. »Doch sie hat Brooks an den Kleidern erkannt, die er angehabt hat, und an seinem unverwechselbaren Haar. Und Ihren Sohn hat sie an seinem Schlips erkannt.«

Bevor Cissie fragen konnte: »Der Schlips?«, hatte der Mann in Zivil schon die Hand in die Tasche gesteckt und eine blaurotgestreifte Schulkrawatte hervorgezogen.

»Gehört die Ihrem Sohn?« Er gab ihr die Krawatte, und sie hielt sie in beiden Händen und sagte: »Ja, die gehört ihm. Die hat ihm gehört. Das ist die ...«

Sie wandte sich jetzt wieder Pat zu, der schrie: »Das ist die, die mir gestohlen worden ist, zusammen mit meinem Pullover, ungefähr vor vierzehn Tagen, nach dem Turnen. Erinnerst du dich daran? Du hast gesagt, ich soll es melden, und ich hab es gemeldet. Ich hab es getan. Seither hab ich die nie mehr gesehen.«

Cissie drehte die Krawatte an einer Ecke um und sah ein paar lose Fäden. Sie deutete mit dem Finger darauf, bevor sie herausbrachte: »Sehen Sie. Sehen Sie, man hat seinen Namen entfernt. Ich nähe überall die Namen rein, wegen der Stehlerei. Man hat seinen Namen entfernt.«

»Ja, das Schildchen ist herausgenommen worden, doch weiter oben kann man seinen Namen noch ganz schwach lesen, mit Tinte geschrieben.«

Sie blickte auf die Stelle der Krawatte, an der sie schmaler wurde, und sie sah den blassen Umriß von ›Patrick Thorpe‹. Sie hatte das vor langer Zeit geschrieben, doch dann hatte sie diese Schildchen gekauft, weil die besser aussahen, vor allem in seinen Hemden. Sie hatte alle seine Sachen so gezeichnet. Langsam sagte sie: »Das hat er ihm angehängt. Das hat Tom Brooks ihm angehängt.«

»Ich verstehe, daß Sie es so sehen wollen, Mrs. Thorpe, doch wenn das seine Absicht war, wäre es wohl besser gewesen, das Namensschild drin zu lassen, oder glauben Sie nicht? Auf jeden Fall hat das kleine Mädchen nach der Krawatte gegriffen, als es mit ... mit einem der Jungen gekämpft hat.«

Cissie mußte sich auf einen Stuhl setzen, schloß die Augen und sagte dann: »Hat sie ...?« Sie beendete die Frage nicht und sagte dann mit gesenktem Kopf: »Was werden Sie jetzt tun?«

»Wir möchten, daß Sie mit uns zur Wache kommen.«

Sie blickte langsam ihren Sohn an. Seine Augen starrten sie aus einem aschfahlen Gesicht an. Er blickte sie unverwandt an und schien um Hilfe zu flehen. Mühsam beherrscht sagte sie nur: »Geh jetzt, und wasch dein Gesicht und deine Hände.«

Es dauerte ein bißchen, bevor er den Stuhl losließ, den er die ganze Zeit umklammert hatte. Dann drehte er sich um, und als er auf das Badezimmer zuging, taumelte er etwas. Sie blickte wieder den Mann in Zivil an und sagte: »Ist dem Kind etwas geschehen?«

»Ja, ihm ist etwas geschehen.«

Sie senkte tief den Kopf und stöhnte. Doch sie faßte sich schnell wieder, und ihre Stimme war wieder stark und fest, als sie sagte: »Wenn Christus selbst in dieser Minute mir sagen würde, daß mein Pat etwas damit zu tun hatte, dann würde ich ihm nicht glauben, und ich werde es Ihnen beweisen. Er kann nichts damit zu tun gehabt haben, er würde so etwas niemals tun!«

»Bitte«, sagte der Beamte in Zivil gleichgültig, »es wäre uns nur recht, wenn Sie es beweisen könnten.«

Es war fünf Uhr nachmittags, als Cissie wieder nach Hause kam. Zum zweitenmal schloß sie an diesem Tag die Tür auf; doch diesmal schob sie Pat mit festem Griff in die Diele und sagte: »So, du bleibst jetzt hier und rührst dich nicht, bis ich zurück bin.«

»Aber, Mam, Mam«, er weinte bitterlich, »wo gehst du hin?«

»Das ist doch egal. Auf jeden Fall bleibst du hier.« Sie drehte sich um, schloß die Tür und rannte die Treppe hinunter. Unten im zweiten Stock kam ihr Miss O'Neill entgegen.

»Stimmt etwas nicht, Cissie? Ist etwas nicht in Ordnung?« fragte sie.

»Nein, gar nichts, gar nichts ist, Maggie.« Sie blieb nicht stehen, und Maggie rief hinter ihr her: »Ist das auch wirklich wahr? Ich würde so gern helfen, Sie wissen das ja, Cissie. Alles, was Sie wollen.«

Draußen überquerte Cissie schnell die Straße und rannte zum Bus, der an der Ecke gehalten hatte. Fünf Minuten später stieg sie schräg gegenüber von Mr. Boltons Gemüseladen aus. Dies war innerhalb der letzten Stunde ihr zweiter Besuch hier.

Als sie in den Laden kam, sah Mr. Bolton sie überrascht an und zuckte dann ungeduldig die Schultern, während er einer Kundin das Wechselgeld gab. Er blickte nicht in Cissies Richtung, als er durch den Laden einer anderen Kundin zurief: »Was kann ich Ihnen geben, Missus?« Er blickte angestrengt an ihr vorbei und schien nervös zu sein.

Cissie stand in der Nähe der Kartoffelkiste, als er mit seiner Schaufel kam und ihr mit gedämpfter Stimme zuflüsterte: »Ich will nicht da reinverwickelt werden.«

»Das werden Sie, ob Sie wollen oder nicht, Mr. Bolton.« Auch sie sagte es leise.

Er zischte sie jetzt von der Seite an: »Wenn Sie mir so kommen wollen ...«

»Sie brauchen nur die Wahrheit zu sagen, dann bin ich völlig zufrieden.«

Die drei Kunden im Laden machten jetzt auf sich aufmerksam, und Mr. Bolton setzte heftig die Gewichte auf die Waage, blies die Tüten auf und klirrte mit der Ladenkasse, ohne dabei etwas Außergewöhnliches zu sagen. Endlich war Cissie mit ihm allein. Er sah sie an und sagte: »Also, ich habe denen schon alles gesagt, was ich sagen werde und was ich Ihnen gegenüber noch einmal wiederhole. Die Kinder kommen zu mir und betteln um einen Job. Wenn sie vierzehn sind, stell ich sie ein, aber nicht darunter.«

»Sie sind ein Lügner, und Sie wissen es.«

»Beweisen Sie es bitte, Missus. Beweisen Sie es.«

»Sie wissen ja, was meinem Jungen passieren kann, nur weil Sie Angst haben, daß Ihnen die Hölle heiß gemacht wird, wenn Sie kleine Kinder hier einstellen?«

»Aber, ich bitte Sie.« Er streckte ihr die Handflächen abwehrend entgegen. »Das geht doch wieder vorbei. Er war eben mal in der Klemme. Das war doch nicht das erste Mal, daß Kinder ein bißchen Spaß zusammen gehabt haben, und es wird auch nicht das letzte Mal sein. Und sicher ist sie es gewesen, die es so haben wollte. Eines Tages wollen es eben alle. Wenn Sie sehen würden, was ich hier manchmal hinter meinem Laden sehe, dann würden Ihnen die Haare zu Berge stehen. Und alle noch in der Schule. Ich sag Ihnen, das kommt doch oft vor.«

»Das kommt bei meinem Sohn nicht vor. Es ist mir ganz gleich, wie viele es tun und wer es tut. Doch er hat es nicht getan. Er war nicht mit ihnen zusammen. Er war hier in Ihrem Laden, genau zu der Zeit, als das Kind überfallen wurde, und Sie wissen es ganz genau.«

»Aber, sehen Sie, ich hab doch gesagt, daß ich ihn da zwischen den Kisten gesehen hab, wie er sich da herumgedrückt hat. Da gibt's von hinten einen Eingang. Alle Kinder kommen von da hinten und treiben sich hier herum. ›Kann ich Ihre Kartoffeln abwiegen, Mr. Bolton?‹ fragen sie. ›Kann ich Ihnen was liefern, Mr. Bolton?‹ sagen sie. ›Ich mach das und das für einen Schilling‹, sagen sie.«

»Sie haben meinem Pat heute morgen drei Schillinge gegeben. Sie geben kaum einem Jungen drei Schillinge fürs Nichtstun. Er war früh hier, denn er ist schon kurz nach acht von zu Hause fort. Wo ist er denn bis zum Essen gewesen? Er kommt ja schon seit Wochen hierher.«

»Sie kommen alle seit Wochen hierher. Er und alle anderen.«

»Sie sind ein dreckiger, kleiner Lügner. Und bei Gott, ich werde es Ihnen beweisen, das kann ich Ihnen verraten.« Sie biß die Zähne zusammen, und ihre Augen waren schwarz vor Zorn.

»Da werden Sie sich schwertun.« Er grinste sie schmierig an. »Wie ich schon der Polente gesagt hab, als sie alle zusammen hier waren: er konnte hier sein, und er konnte auch nicht hier sein. Sie haben ja selbst da hinten rausgeguckt, und was haben sie gesehen? Ein halbes Dutzend Kinder zwischen den Kisten und außerdem die Abfälle.«

»Mein Pat ist gar nicht so weit gekommen wie die Abfälle und die Kisten, er war hier drinnen.« Sie deutete auf einen kleinen Raum neben ihm. »Dort, wo Sie die Bestellungen erledigen. Ich werde mir einen Anwalt nehmen, Mr. Bolton. Und ich kann Ihnen etwas sagen: Es wird Ihnen noch leid tun, daß Sie nicht die Wahrheit gesagt haben und zugegeben haben, daß Pat zwischen neun und eins heute vormittag hier war. Wenn Sie gesagt hätten, daß Sie ihn zwischen zwölf und eins gesehen haben, so wäre das schon genug gewesen, aber nein. Sie haben es nicht getan, weil die Polizei Fragen stellen würde, und Sie würden ein paar Schillinge loswerden. Gut, Mr. Bolton, es kommt so manches ans Tageslicht, wenn man erst mal anfängt, ein bißchen herumzustöbern. Erinnern Sie sich mal daran.«

Sie wandte sich von seinem grimmigen Gesicht ab, verließ den Laden und schlug den Weg zur Hauptstraße ein. Die Sonne schien immer noch, die Leute liefen geschäftig umher, und jeder schien zu lächeln und glücklich zu sein. Und sie? Sie war drauf und dran, ihren Sohn zu verlieren, das einzige, was ihr noch im Leben geblieben war und was ihr am Herzen lag. Was würden sie ihm tun können, wenn sie beweisen konnten, daß sie recht hatten? Eine Besserungsanstalt. Und dann? Sie blieb abrupt stehen, und die Leute hinter ihr rempelten sie an. Sie brauchte unbedingt Hilfe. Sie hatte es Mr. Bolton gesagt, daß sie einen Anwalt nehmen würde, und sie würde es tun, ja, Mr. Emmerson! Ja, Mr. Emmerson würde ihr helfen. Ohne nach rechts oder links zu sehen, trat sie auf die Straße und wäre beinahe unter ein Auto gekommen, als sie auf eine Telefonzelle zuging.

Als sie die Nummer aus dem Telefonbuch herausgesucht hatte, nahm sie den Hörer ab, steckte vier Pennys ein, und als eine Frauenstimme sagte: »Fellburn 289«, da drückte sie auf den Knopf, fuhr sich mit der Zunge über die Lippen und sagte: »Kann ich bitte Mr. Emmerson sprechen?«

Erst nach längerer Pause kam die Frauenstimme wieder und sagte: »Wer spricht, bitte?«

»Hier ist Mrs. Thorpe. Ich möchte bitte mit Mr. Emmerson sprechen.«

»Es tut mir leid, aber Mr. Emmerson ist sehr beschäftigt. Kann ich ihm etwas ausrichten?«

»Nein, es tut mir leid. Es ist wichtig, sehr wichtig. Würden Sie ihm sagen, daß ich es bin, Mrs. Thorpe? Ich bin sicher, daß er mich sehen will … mit mir sprechen will.«

Wieder trat eine Pause ein. Dann hörte Cissie, wie der Hörer hingelegt wurde. Sie hörte leise Schritte, die sich entfernten, und nach einer Weile hörte sie Johns Stimme, die sagte: »Ja? Hier spricht John Emmerson.«

»Oh, Mr. Emmerson, es tut mir leid, daß ich Sie stören muß.«

»Das macht nichts, Mrs. Thorpe, wirklich nichts. Ist etwas nicht in Ordnung?« Seine Stimme klang anders als sonst.

»Ja, ich bin in großer Not. Es ist wegen Pat, Mr. Emmerson. Meinen Sie, ich könnte Sie sehen?«

»Pat? Ist etwas mit ihm geschehen ... ein Unfall?«

»Nein, das nicht ... es ist viel schlimmer als das. Könnte ich ... könnte ich Sie sehen?«

»Ja, ja, natürlich. Ich komme sofort zu Ihnen.«

»Oh, vielen Dank, Mr. Emmerson. Auf Wiedersehen.«

»Auf Wiedersehen.«

Als John sich vom Telefontisch abwandte, sah er Ann in der Tür zur Halle stehen. Ihr Blick war fragend, und er hatte das Gefühl, sofort eine Erklärung abgeben zu müssen. Er räusperte sich: »Ich muß eine Weile fort. Es ist wegen einer Klientin, sie hat offenbar große Schwierigkeiten.«

Als er die Treppe hinaufstieg, beobachtete sie ihn immer noch, und er mußte an die Nacht denken, als er damals von Cissie zurückkam und all seine Freunde dort unten gestanden und ihn mit Blicken seziert hatten. In der Nacht damals hatte er kein schlechtes Gewissen gehabt, aber heute hatte er es. Es gab Zeiten, da wünschte er sich, daß sie von seinen Besuchen bei Cissie wüßte. Es gab ja auch eine Möglichkeit, sie aufzuklären, er müßte es ihr ganz einfach sagen. Doch er konnte sich nicht dazu überwinden, es zu tun. Sie würde niemals verstehen, daß er so einen Menschen wie Cissie brauchte, und es war auch ganz gut, daß sie es nicht verstand, denn dann wäre der persönliche Affront für sie noch größer, und er wollte sie nicht noch mehr verletzen.

Im Badezimmer wusch er sich, kämmte sich die Haare, fuhr mit den Fingern den Nasenrücken hinab und über die Lippe und war bereit zu gehen, zu Cissie zu gehen, sie zum zweitenmal an diesem Tag zu sehen. Er ging zu »Cissie«. Er nannte sie immer nur »Mrs.

Thorpe«, aber wenn er an sie dachte, war sie für ihn immer nur »Cissie«.

Er stellte fest, daß er die Treppe beinahe hinunterrannte, nicht so schnell, wie Laurie es immer tat, doch sehr viel geschwinder als sonst. Als er vor der Garderobe stand und Hut und Mantel anzog, mußte er wieder zu der Glastür blicken und sah dort den Umriß von Ann, die mitten in der Halle stand. Offenbar blickte sie auf die geschlossene Tür. Das war ihm unbehaglich. Überhaupt hatte sie sich in letzter Zeit sehr ungewohnt verhalten. Sie kam jetzt immer zum Frühstück hinunter, und hin und wieder, wenn sie abends zusammensaßen und er aufblickte, sah er, wie sie ihn beobachtete. Kurz nach Weihnachten hatte er sich gedacht, daß sie vielleicht mit ihm sprechen wollte, und er hatte sich bemüht, ein Gespräch mit ihr zu beginnen, was er seit langen Jahren nicht mehr getan hatte. Doch offenbar wollte sie es gar nicht, wollte noch nicht einmal ein kurzes Gespräch, außer, wenn sie in Gesellschaft waren, oder in der Gegenwart von Mrs. Stringer, wenn der Schein der Höflichkeit zu wahren war.

Er mußte den Wagen rückwärts aus der Garage fahren und bis zum Eingang zurückstoßen. Er blickte in den Spiegel, um nicht an die Stufen zur Vorhalle zu stoßen. Genau das passierte jedoch, und was noch schlimmer war: Ann stand neben dem Hallenfenster am Rand des Vorhangs und beobachtete ihn.

TEIL II

Laurie

1. Das Unmögliche

Ann lag im Bett, und Laurie saß neben ihr und hielt ihr die Hand. Da entzog sie sie ihm plötzlich mit einer heftigen Bewegung, holte aus ihrer geschlossenen Faust ein Batisttaschentuch und begann nervös, es auf ihrer seidenen Steppdecke zu glätten und zu einem kleinen Quadrat zu falten.

Laurie beobachtete sie schweigend und biß sich auf die Unterlippe. Dann schloß er die Augen, als ob er tief nachdachte, und sagte schließlich mit sanfter Beharrlichkeit: »Du mußt mir jetzt wirklich sagen, was du hast, Darling. Ich hab dich so überhaupt noch nicht erlebt.«

Sie antwortete ihm nicht sofort, und als sie es tat, war es, als ob sie etwas wiederholte, was sie auswendig gelernt hatte. »Ich habe dir ja gesagt, ich fühle mich elend. Ich hatte diese Erkältung, und seitdem fühle ich mich elend. Weiter ist gar nichts. Ich kann doch einfach noch ein paar Tage im Bett bleiben, um mich zu erholen.«

Laurie stand auf, ging zum Fenster und blickte hinunter in den Garten auf das Meer von Tulpen, Osterglocken und Narzissen, und während er dort stand, hörte er, wie Valeries Wagen in die Einfahrt fuhr. Er konnte ihn nicht sehen, doch er kannte das Geräusch des Motors ganz genau, und auch ihre Art, den Kies beim Bremsen laut knirschen zu lassen. Er wandte sich jetzt um, ging zum Bett zurück und sagte mit sanfter Stimme: »Ich will dir gestehen, daß ich heute zum Doktor gegangen bin.«

»Du hast was getan?« Sie begann das Taschentuch wieder zusammenzuknüllen. »Du hast kein Recht gehabt, das zu tun!«

»Irgend jemand muß es tun, und wenn ich es nicht bin, wird es wohl niemand anders machen.«

»Sag so etwas nicht.« Ihr Ton war so scharf, daß Laurie

die Augen erschreckt aufriß und das Kinn reckte. Er war überrascht, daß dieser Hinweis auf die mangelnde Besorgnis seines Vaters sie erregte. Sein eigener Ton wurde nun scharf, als er sagte: »Der Doktor hat mir gesagt, daß du keine Erkältung hast und daß es deine Nerven sind, die nicht in Ordnung sind. Das hat mich auch nicht überrascht, doch es hat mich überrascht, daß er mir angedeutet hat, du hättest wegen irgend etwas Kummer und daß es dir nicht bessergehen wird, bis du es nicht los wirst und jemandem sagst. Er hat mich eingeweiht, daß das schon seit Monaten so geht.«

Sie blickte ihn fast feindselig an, was sein Fassungsvermögen nun total überstieg. Er ging schnell ums Bett herum, setzte sich wieder neben sie, nahm ihre Hände und flüsterte: »Versteh doch, ich mach mir solche Sorge um dich. Du bist wirklich noch nie so gewesen, du warst immer ruhig und verständig. Was ist denn los? Schau, du kannst es mir doch sagen! Was ist los?«

Sie hatte den Kopf gesenkt, die Augen fest geschlossen, und ihre Lippen zitterten, als sie sagte: »Es ist nichts, Laurie, gar nichts. Glaub es mir. Ich bin nur etwas erschöpft.« Sie hob ihren Kopf, blickte ihn an und lächelte, ein starres, schwaches Lächeln. »Ich werde nicht jünger, und ich nehme an, daß ich gerade die ... die etwas schwierige Zeit im Leben einer Frau mitmache.«

Er blickte sie prüfend an. Vielleicht. Ja, das könnte es eventuell sein. Doch seiner Meinung nach hätte sie schon vor ein paar Jahren damit anfangen müssen. Und außerdem glaubte er, daß ein Typ wie seine Mutter so etwas mit der entsprechenden Würde schaffte.

Man hörte jetzt das Geräusch von schnellen, weichen Schritten auf der Treppe, und als er sich nach der Tür umwandte, sagte er: »Es ist Val; sie bringt heute abend ihre Arbeit mit. Ich hab auch eine Menge, die ich erledigen muß, und so haben wir uns gedacht, wir erledigen das gemeinsam unten.«

Seine Mutter schwieg, und als man ein Klopfen an der Tür hörte, rief er: »Komm rein« und stand auf.

Valerie und er lächelten sich zu, und dann kam sie auf das Bett zu und sagte: »Hallo, Tante Ann. Wie fühlst du dich heute?«

»Viel besser, Valerie, vielen Dank.« Ihr Ton war höflich. Valerie fuhr fort: »Es war ein herrlicher Tag heute, wirklich schade, daß du nicht hinaus konntest. Meinst du, daß du morgen aufstehen kannst?«

»Vielleicht.« Ann blickte Laurie an und sagte: »Könntest du bitte, wenn du nach unten gehst, Mrs. Stringer sagen, daß sie kommen möchte? Ich muß etwas mit ihr besprechen.«

Diese Bitte war gleichzeitig eine Aufforderung, sich zu entfernen. »Ja, natürlich, ich werde es ihr sagen.« Laurie legte seinen Arm um Valeries Schulter und schob sie zur Tür, wo sie noch sagte: »Du möchtest vielleicht schlafen, und da möchte ich dich nicht stören, falls ich früher wieder gehe. Gute Nacht, Tante Ann.«

»Gute Nacht, Valerie.«

Die beiden liefen schweigend die Treppe hinunter. Als er die Türe zum Arbeitszimmer öffnete, entschuldigte er sich: »Ich bin sofort wieder da. Ich will nur Mrs. Stringer die Anweisung geben.«

Als er zurückkam, zündete Valerie sich gerade eine Zigarette an und bot ihm eine an. Er rauchte mit hastigen Zügen, und beide schwiegen. Dann sagte Valerie überraschend: »Man sollte etwas unternehmen.«

»Unternehmen? Weswegen?«

»Wegen deiner Mutter natürlich.«

»Ja, ich weiß. Ich bin heute beim Doktor gewesen.«

»Was hat er gesagt?«

Er strich sich mit der Hand durch die Haare und zögerte.

»Also, was hat er gesagt?«

»Er sagt, daß er glaubt, sie bedrücke etwas, sie habe irgendeinen Kummer.«

Valerie ließ ihren Kopf zurückfallen und blies den Rauch hinauf zur Decke.

»Du sagst es«, erklärte sie.

»Was meinst du damit?«

»Sei nicht so begriffsstutzig, Laurie.« Sie schnippte ihre Asche in Richtung Aschenbecher ab und bemerkte gar nicht, daß sie auf einige Papiere fiel, die auf dem großen Schreibtisch lagen. »Diese Ausweichmanöver von dir ärgern mich jetzt allmählich. Du stellst dich immer ausgesprochen dumm, was deine Mutter betrifft.«

»Was meinst du damit, ich stelle mich dumm?« Sein Ärger war offensichtlich.

»Genau das, was ich sage.« Sie lehnte sich an ihn. »Du mußt wirklich blind sein, wenn du nicht merkst, was hier vorgeht. Ich hab Mutter heute erklärt, daß man, verdammt noch mal, etwas tun muß. Versprechen hin oder her. Ich habe versprochen, daß ich dich aufklären würde.«

Er stand auf und blickte sie an, während er seine Zigarette ausdrückte.

»Also, bitte«, sagte er ruhig.

Valerie atmete tief durch. »Du hast sicher mitbekommen, daß sich die Atmosphäre dieses Hauses seit Weihnachten etwas geändert hat?«

Er wollte fast erwidern: ›Nicht mehr als sonst‹, doch hielt er sich dann zurück. Es gab doch einen Unterschied – sein Vater sprach mehr als früher und seine Mutter weniger. Ja, das war merkwürdig, aber doch nichts Weltbewegendes. Die Situation im Haus war dieselbe geblieben, doch das wußte nur er, niemand anderer.

»Es hat keinen Sinn, ich muß dir jetzt reinen Wein einschenken. Du bist so pomadig, daß man dir nur mit einer Axt den Scheitel ziehen kann. Entweder du weißt es und gibst es nicht zu, oder du bist der Tatsache absolut blind gegenüber. Deine Mutter ist krank, weil dein Vater sich mit einer anderen Frau abgibt.«

Es dauerte einige Schrecksekunden, bevor er stotterte: »Wie bitte? Was hast du gesagt?« Völlig verblüfft starrte er sie an.

»Es ist so, wie ich es gesagt habe. Aber setz dich, bevor du umkippst.« Sie tupfte ihn mit ihren Fingerspitzen an die Brust, und er fiel schwer in den Sessel.

»Erinnerst du dich an den Weihnachtsabend, als dein Vater so aufgekratzt war? Erinnerst du dich daran, als er diesen Witz von dem Bullen erzählt hat, dem Bullen in Argentinien? Er hat ihn zweimal erzählt und dann so schallend gelacht, wie ich es bei ihm noch nie erlebt habe. Und erinnerst du dich daran, wie deine Mutter den ganzen Abend steif und starr dagesessen hat, fast wie eine Statue? Du erinnerst dich wahrscheinlich nicht daran. Dir ist es einfach nicht aufgefallen, aber es war doch ganz ungewöhnlich, daß dein Vater Witze erzählt hat. Mein Vater hat immer gesagt, man brauche eine Landmine, um deinen Vater in irgendeiner Weise zu bewegen, doch in der Nacht hat er gelacht und sogar andere zum Lachen gebracht. Die Landmine war eine Frau, und zwar die, die sich in der Nacht, als er seinen Zusammenbruch hatte, um ihn gekümmert hat. Erinnerst du dich nicht daran? Damals, an dem Abend, als er mit offenem Kragen und loser Krawatte nach Hause kam, damals, als er nicht zum Dinner erschienen ist? Und Vater hat damals doch recht gehabt … er war betrunken.«

»Einen Moment mal, einen Moment bitte.« Er drehte seinen Kopf wütend zur Seite und hieb mit der geballten Faust durch die Luft. »Das ist alles nur eine Annahme. Du versuchst da, etwas zu konstruieren. Es ist nichts als reine Vermutung.«

»Jetzt hör mir doch einmal zu.« Sie nahm seinen Arm und zwang ihn, sie anzusehen. »An diesem Weihnachtsabend hat meine Mutter dort oben im Schlafzimmer deine Mutter gefragt, weshalb sie ihr Dior-Parfum nicht benutzen würde. Deine Mutter hat sie dann gefragt, was sie damit meine. Und dann ist alles herausgekommen. Weißt du, die Millie, du kennst ja unsere Millie, also die lebt mit einer Frau namens O'Neill zusammen. Sie wohnen im ersten Stock, Nummer 10, der Greystone Blocks. Und diese Miss O'Neill war gerade zufällig bei Dane's, als dein Vater eine Flasche Dior gekauft hat, die beinahe zehn Pfund kostete. Sie hat dann also Millie erzählt, daß sie deinen Vater erlebt hat, wie er das Parfum gekauft hat. Millie hat Mutter dann in aller Ahnungslosigkeit erzählt, daß sie weiß, was Mrs. Emmerson als Weihnachtsgeschenk bekommen wird. Eine Flasche Parfum, eine große Flasche Dior. Natürlich hat Mutter Tante Ann auf das Parfum angesprochen. Deine Mutter war dann so perplex, daß sie sich verraten hat, und nahm dann meiner Mutter das Versprechen ab, es weder Vater oder mir zu erzählen. Und sie hat auch geschwiegen, jedenfalls so lange, bis sie Millie ausquetschte und erfuhr, daß dein Vater diese Mrs. Cissie Thorpe wenigstens einmal in der Woche besucht. Immer am Sonnabend morgen. Mrs. Cissie Thorpe ist Stenotypistin und hat am Sonnabend morgen immer frei. Zuerst haben sie sich nichts dabei gedacht, weil er ihr nur für ihre Fürsorge gedankt hat. Doch als es dann zur ständigen Gewohnheit wurde ... nun, es sind auch nur Menschen, hat Millie gesagt. Sie sind alle neugierig geworden und haben darüber geschwatzt. Miss O'Neill, die am Sonnabend vormittags auch immer frei hat, ist dann hinaufgegangen, um ihre Freundin zu besuchen, und hat deinen Vater dort vorgefunden, und das Merkwürdige daran ist, daß er nicht den normalen Weg über die Treppe gegangen ist, um zum obersten Stockwerk zu gelangen. Er ging auch nachher nicht die Treppe hinunter. Er kletterte übers Dach! Millie und ihre Freundin haben dann noch ein bißchen nachgebohrt und von dem alten Ehepaar einen Stock tiefer erfahren, daß der alte Mann auch oben war und ebenfalls deinen Vater gesehen hat. Außerdem können sie hören, wenn in der Wohnung oben jemand spricht. Die alte Frau hat gesagt, sie sind nicht mehr hinaufgegangen, um die beiden nicht zu stören … ha, ha!«

Valerie bremste jetzt ihre Mitteilungsfreude, stand auf, legte den Arm um Laurie und sagte: »Es tut mir leid. Nimm es nicht so ernst. Doch ich mußte es dir sagen, damit du es mir glaubst, denn«, sie zog ihn nun fest an sich, »du stellst dich ja sonst taub. Du willst den Dingen ja nie ins Auge sehen.«

Laurie wischte sich die Schweißperlen von der Oberlippe und fragte gefaßt: »Wie, hast du gesagt, war ihr Name?«

»Eine Mrs. Thorpe. Millie nennt sie ›Cissie‹, und offenbar ist sie ein ziemlich leichtes Mädchen. Da ist ein Reisender, der unten im Parterre wohnt und sie anscheinend regelmäßig besucht. Soviel ich gehört habe, ist der junge Holloway – du weißt doch, der Großhändler am Markt – früher auch regelmäßig zu ihr gekommen.«

»Das kann ich nicht glauben.« Er schüttelte langsam den Kopf und sprach wie zu sich selbst. »Er und eine andere Frau? Das ist unmöglich! Ausgerechnet er, nein, das kann nicht sein!«

»Ja, das hab ich auch gesagt, als ich es zum erstenmal gehört habe. Er ist ja nun wirklich einer der fadesten Menschen, die man sich vorstellen kann. Tut mir leid, Laurie, aber ich kann mir nun mal überhaupt nicht vorstellen, daß er dein Vater ist. O ja, ich weiß, daß er es ist, denn du siehst ihm ja ähnlich – das ist ja das Komische daran. Du hast genau seine Gesichtszüge, doch trotzdem siehst du, zum Glück, nicht so aus wie er. Es ist aber auch gar nicht so sehr sein Aussehen, sondern mehr sein Wesen, was ihn so fürchterlich fade und blaß macht … Aber, nun ist ja endlich die Frau in Bedrängnis gekommen …«

»Du meinst …?«

»Nein, nicht so. Jedenfalls nicht, daß ich es weiß. Nein, es ist ihr Junge. Er war schon früher mal mit dem Gesetz in Konflikt gekommen. Vater hat den Fall damals behandelt. Jetzt kommt er noch einmal vor Gericht wegen Belästigung eines Mädchens. Dabei ist er erst zehn! Ich sage dir, das sind wirklich sehr üble Leute. Ich möchte nicht in der Haut des Jungen stecken, wenn er nächste Woche meinem lieben Papa vorgeführt wird, denn der hat in solchen Fällen einen sehr eindeutigen Standpunkt. Wenn er zum Schutz von Tante Ann jemandem was versetzen kann, so wird er es sicherlich tun. Da gibt es eine Menge Möglichkeiten, sich Respekt zu verschaffen, hat er gesagt.«

Laurie stand auf und schob sie sanft beiseite. Ihn interessierte es nicht, was sie über den Jungen von dieser Frau sagte. Er dachte nur an seine Mutter, die dort oben lag und am Rande eines Nervenzusammenbruchs vegetierte. Der Doktor hatte ihm geraten: »Sie müssen sie dazu überreden fortzufahren, einen langen Urlaub zu machen. Gibt es zu Hause irgendwelche Probleme? Ich meine ...«, und noch bevor der Doktor seinen Satz beendet hatte, hatte er ihm versichert, daß es keinerlei Probleme gebe, nicht die geringsten. »Dann bringen Sie Ihren Vater dazu, daß er mit ihr eine Reise macht, eine Seereise. Das könnte ihr helfen. Von zu Hause weg und allen Menschen, die um sie herum sind, das bewirkt oft Wunder.«

Seinen Vater dazu bringen, sie auf eine Seereise mitzunehmen!

Langsam verflog seine Benommenheit, und was nun übrigblieb, war fürchterlicher Zorn. Er begann in ihm zu brennen, als ob plötzlich ein Feuer entzündet worden wäre. Schweiß rann ihm übers Gesicht, und als er Valeries Stimme hörte, schien es ihm, als ob sie aus einer anderen Welt spräche.

»Jetzt sei doch vernünftig und reg dich nicht so auf!«

Als sie ihm den Schweiß von der Stirn wischen wollte, stieß er ihre Hand fort und sagte: »Laß das. Ich mag das nicht.«

Sie trat einen Schritt zurück und sagte gereizt: »Bitte,

laß es nicht an mir aus! Ich hab dir die Tatsachen mitgeteilt, weil ich es für richtig halte!«

»Ach was, du hättest es mir viel eher sagen sollen, schon vor Monaten, als du es erfahren hast.«

»Meine Mutter hatte ein Versprechen abgegeben. Vergiß das nicht!«

»Und? Hat sie ihr Versprechen gehalten?«

»Jetzt sei doch vernünftig und laß es mich nicht büßen!«

Er wurde jedoch nur noch zorniger und fuhr sie an: »Wenn sie hört«, er deutete nach oben, »daß dein Vater und du es wissen, wird sie wahnsinnig. Weshalb konnte Tante May es nicht für sich behalten oder es mir heimlich sagen?«

»Jetzt nimm dich doch zusammen.« Valeries Stimme wurde kühl und sachlich. »Mein Vater ist schließlich ein Beamter und kann ein Geheimnis für sich bewahren.«

»Daß ich nicht lache!«

»Ich bitte dich, nicht in diesem Ton von meinem Vater zu sprechen, Laurie!«

»Jetzt halt ihn doch nicht für unfehlbar, nur weil er ein Beamter ist! Du hast ja gerade eben erst selbst gesagt, daß er es diesen Jungen büßen läßt, obwohl er nichts getan hat.«

»Der Junge hat etwas getan. Er ist dabei gewesen, wie ein kleines Mädchen belästigt worden ist. Ist das vielleicht nichts?«

»Dein Vater wird ihn nicht deswegen aburteilen, er wird ihn aburteilen, weil der zukünftige Schwiegervater seiner Tochter auf Abwege geraten ist!«

Valerie trat einen Schritt zurück, und ihr Gesichtsausdruck wurde kalt. Sie betrachtete ihn eine Weile, bevor sie sagte: »Du bist ein undankbarer Saukerl!«

Sie brachte das Wort ›Saukerl‹ so heraus, daß es nur noch wenig von seinem gemeinen Beigeschmack hatte, doch es genügte trotzdem, um die Muskeln seines Gesichts zusammenzucken zu lassen. Sie benutzte das Wort ›Saukerl‹ oft, und er konnte es nicht leiden. Außerdem wußte sie, daß er es nicht leiden konnte. Sie griff jetzt ihre Papiere, die sie auf dem Schreibtisch abgelegt hatte, schritt mit hocherhobenem Kopf auf die Tür zu und sagte: »Wir sehen uns wieder, wenn du besserer Laune bist.«

Vornübergebeugt saß er da, machte keine Anstalten, ihr zu folgen, die Hände zwischen den Knien vergraben. Die Wut, die in ihm brannte, loderte. Sein Vater würde zum Gespött der ganzen Stadt werden, und sie alle würden mit hineingezogen werden. Doch wenn das schon monatelang so ging, hatte sein Vater vielleicht nichts dagegen, zum Gerede der ganzen Stadt zu werden. Offenbar hatte er auch nichts dagegen, seinen guten Ruf aufs Spiel zu setzen. Aber seine Mutter brachte das an den Rand eines Nervenzusammenbruchs.

Daß seine Mutter wegen irgendeines Flittchens beiseite geschoben und zum Objekt des Mitleids für ihre Freunde werden sollte, war für ihn unerträglich. Es gab da einige, die zwar »arme Ann« sagen würden, die sich aber insgeheim über ihr Leid diebisch freuen würden. Und zu denen, die sich an ihrer Situation insgeheim ergötzen würden, zählte auch ihre liebe, liebe Freundin May. Es war sehr merkwürdig, aber in diesem Augenblick haßte er die Wilcoxes mehr als seinen Vater. Und das wollte viel heißen. Es war keine neue Entdeckung, nein, er hatte lange Zeit versucht, es zu verdrängen. Doch nun mußte er sich dieser Tatsache stellen.

Er verharrte immer noch in derselben Stellung. Er wartete auf seinen Vater. Ihm war ganz übel bei dem Gedanken, daß er ihm ins Gesicht blicken sollte. Er hätte ihn am liebsten geschlagen. Er stellte sich vor, wie er den schlappen Körper seines Vaters an die Wand schleudern und ihm rechts und links in sein blasses Gesicht schlagen würde. Wie um alles in der Welt konnte er es wagen, einer anderen Frau nachzusteigen …

Als es sieben Uhr schlug, war John noch nicht zurück und auch nicht, als der Zeiger auf halb acht vorrückte. Innerhalb der letzten halben Stunde war Laurie zwischen Halle, Arbeitszimmer, Eßzimmer und Küche ständig auf und ab gegangen und landete schließlich in der Küche.

»Was ist denn, Mr. Laurie?« fragte Mrs. Stringer. »Sind Sie wegen Madam in Sorge?«

»Nein, Stringy.« Dann wandte er sich ihr mit einem Ruck zu. »Bitte, ich weiß, daß Sie schon längst fort sein sollten, aber könnten Sie noch eine Weile bleiben?«

»Ja, natürlich. So lang Sie wollen.«

»Ich muß mal eben fort, und ich möchte Mutter nicht allein lassen. Es dauert vielleicht nur eine halbe Stunde, kann aber auch etwas länger werden.«

»Nur keine Eile. Solang Sie mich nach Hause bringen, ist es gleich, wann Sie wiederkommen.«

»Natürlich, das werde ich tun, Stringy. Vielen Dank.«

Ohne sich mit Hut und Mantel aufzuhalten, eilte er durch eine Seitentür in die Garage. Er nahm den Wagen seiner Mutter, fuhr in die Stadt und hielt schließlich vor der Nummer acht des Greystone Blocks.

Hinterher erinnerte er sich daran, daß, abgesehen von der Tatsache, daß er seinen Vater stellen und ihn ohrfeigen wollte, eine starke Neugierde in ihm war, wie die Frau aussah, die sich in diesen faden Brocken verliebt hatte.

Beim Aussteigen blickte er auf die Tür der Nummer acht. Sie war geschlossen. Es war also ausgeschlossen, daß sein Vater noch in seinem Büro war. Er ging jetzt auf Nummer zehn zu. In der Vorhalle sah er auf die Namen der Mieter. Ganz oben las er den von Mrs. Cecilia Thorpe. Als er die Treppe hinaufstieg, rümpfte er angeekelt die Nase vor den verschiedenen Küchengerüchen. Als er zum letzten Treppenabsatz kam, zögerte er einen Moment, ging dann aber schnell weiter nach oben. Ohne zu zögern drückte er auf die Klingel.

»Ja?« Sie sah ihn überrascht an, als habe sie jemand erwartet, den sie kannte.

Er musterte die Frau. Sie sah eher wie ein junges Mädchen aus. Das lange aschblonde Haar war zurückgebunden; sie hatte dunkelbraune Augen, war groß und sehr schlank.

»Ja, was ist?«

»Ich bin Laurence Emmerson. Ich möchte meinen Vater sprechen.«

Sein Ton drückte tiefste Feindseligkeit aus, und sie schien sich in die Höhe zu strecken, als sie antwortete: »Mr. Emmerson ist nicht hier.«

»Das kann ich Ihnen leider nicht glauben. Sagen Sie ihm, daß ich ihn sehen möchte.«

Sie schluckte und sah ihn ruhig an.

»Ich habe Ihnen gesagt, daß er nicht hier ist. Kommen Sie herein und überzeugen Sie sich.« Sie öffnete die Tür weit. »Überdies muß ich Ihnen sagen, Mr. Emmerson, daß mir Ihr Ton nicht gefällt.«

Er starrte sie an. Aha, seinen Vater hatte sie also erwartet. Nun, er war jetzt so weit gekommen und würde seinen Weg zu Ende gehen. Er trat ein, und sie schloß die Tür mit einem Knall, der durch das ganze Haus hallte. »Los, gehen Sie hinein, gehen Sie hinein und suchen Sie!«

Er ging auf den großen Raum zu und blieb unter dem Türrahmen stehen. Was er jetzt sah, bewies ihm, wie recht Valerie hatte. Er konnte selbst feststellen, daß sie zu dieser Sorte leichter Mädchen gehörte und dabei kein schlechtes Leben führte. So etwas konnte man sich vom Gehalt einer Stenotypistin nicht leisten.

Sie schob sich an ihm vorbei und ging in die Mitte des Zimmers, bevor sie sich zu ihm umwandte. »Ich weiß, was Sie denken, Mr. Emmerson, aber Sie irren sich, Sie irren sich gewaltig.«

Statt einer Antwort fragte er: »Sie erwarten meinen Vater?«

»Ja, ich erwarte ihn.«

»Dann werde ich auch warten.«

»Bitte, tun Sie das, doch ich möchte Ihnen eines sagen. Und merken Sie es sich. Sie sind auf der falschen Spur. Ich sage nicht, daß ich nicht weiß, weshalb Sie hier sind, ich weiß es, aber Sie sind auf der falschen Spur ...« Sie wandte sich abrupt von ihm ab und blickte zur Tür am anderen Ende des Zimmers. Dort stand ein kleiner Junge, dem sie befahl: »Geh zurück in dein Bett und bleib dort.« Als sie sich Laurie wieder zuwandte, fragte er: »Leugnen Sie es, daß mein Vater Sie besucht?«

»Nein, das leugne ich nicht. Es hat auch keinen Sinn, es zu leugnen, denn jedermann hier im Haus weiß es. In Wohnungen kann man nichts geheimhalten, selbst wenn man es will. Ich kann Ihnen versichern, daß weder ich noch Ihr Vater uns Mühe gegeben haben, irgend etwas geheimzuhalten ... Ja, er besucht mich. Und was ist dabei?«

»Nun, ich nehme an, Sie fachsimpeln dann?« Sein Ton war allein schon eine solche Beleidigung, daß ihr das Blut ins Gesicht schoß.

»Ich warne Sie, nehmen Sie sich in acht! Sie werden noch sehr bereuen, was Sie da sagen!«

Er inspizierte den Raum mit offenkundiger Unverschämtheit. Er sah sich die Spieltische an, die neben dem Fenster standen, und den kleinen Stutzflügel, dessen Deckel geschlossen war. Dann drehte er sich um und setzte sich ohne Aufforderung. Er blickte zu ihr auf und sagte: »Ich kenne die Sorte, wie Sie es sind. Diese ganze Szenerie hier ist eine Art Falle ohne Köder, bis man hineingetreten ist ...«

Cissie schloß einen Moment die Augen, bevor sie hervorbrachte: »Wenn ... wenn Sie nicht sein Sohn wären, würde ich Mr. Glazier rufen, um Sie hinauszuwerfen.«

»Mr. Glazier?« Er nickte ihr zu. »Das ist doch der vom Parterre, nicht wahr? Ich habe von ihm gehört.«

»Oh, mein Gott!« Sie wandte sich von ihm ab, ging durch das Zimmer ans Fenster und blickte einige Minuten hinunter auf die Straße. »Mr. Emmerson, ich bin in großer Sorge, ich bin in Sorge um meinen Sohn. Ihr Vater hat es übernommen, sich für mich darum zu kümmern. Ich erwarte ihn jede Minute ... Also«, sie wandte sich zu ihm um, »wenn ich Ihnen schwöre, daß Sie sich täuschen, werden Sie gehen? Ich möchte keinerlei Aufregung. Er wird ... er wird es Ihnen erklären.« Sie machte ihre charakteristische, weite Handbewegung. »Aber, es gibt wirklich nichts zu erklären, nichts, gar nichts.« Sie faltete jetzt die Hände vor ihrer Brust und ging langsam auf ihn zu. »Ihr Vater kommt hierher. Wir trinken zusammen eine Tasse Kaffee, wir unterhalten uns ...« Sie paßte den Schritt ihren Worten an, und ihr Körper wiegte sich leicht wie in einem Rhythmus. »Er liebt Musik und alte Möbel und ...«

»Sie brauchen sich nicht anzustrengen. Wofür halten Sie mich denn? Seh ich aus wie ein grüner Junge?«

»Hören Sie auf! Hören Sie auf!« Ihre Stimme, die wie ein Schrei kam, erschrak ihn. In diesem Moment hörte man Geräusche vom Gang, als ob sich eine kleine Tür schloß, dann schnelle Schritte, und als er sich umwandte, stand sein Vater im Zimmer.

Laurie sprang auf und blickte diesen großen, rotwangigen Mann an. Sein Gesicht war dunkelrot angelaufen. Sein Vater hatte auf jeden Fall einen schweren Schock bekommen und versuchte, sich nun wieder zu fassen.

»Was tust du hier?«

Das klang nicht wie die Stimme seines Vaters. Sie hatte eine Kraft, die er nicht mit dem Mann, der vor ihm stand, in Zusammenhang bringen konnte. Er hatte einen anderen Menschen vor sich als den, den er von zu Hause kannte. Natürlich, in diesem Hause lebte er ja auch ein anderes Leben. Er war clever, er bestand aus zwei verschiedenen Wesenszügen. Man sagte ja, daß er gut sei vor Gericht. Nicht umsonst war er ein berühmter Anwalt.

Diese Frauengeschichte war vielleicht schon Jahre hindurch so gelaufen. Das erklärte auch, weshalb dieses zweifellos attraktive Stück Weib sich in ihn verliebt hatte.

John ging mit schwerem Schritt auf Cissie zu. Laurie registrierte, wie zärtlich, liebevoll und in einer Art stummer Bewunderung er sie ansah. Leise sagte er zu ihr: »Es tut mir leid, daß das geschehen mußte, sehr leid.« Sie antwortete ihm: »Ich habe versucht, es zu erklären.«

Da brach plötzlich Lauries ganze Wut heraus. Er schrie sie an, und seine Stimme gellte: »Es tut dir leid. Es tut euch beiden nur leid, daß es herausgekommen ist! Aber was ist mit meiner Mutter? Ich nehme an, es ist noch nicht bekannt, daß meine Mutter am Rande eines Nervenzusammenbruchs steht?« Er blitzte seinen Vater an. »Ich bin heute zum Arzt gegangen, was du ja nicht konntest, weil du anderweitig beschäftigt warst. Der Arzt hat mir gesagt, daß sie Kummer hat, daß sie etwas bedrückt. Das ist seit Wochen schon so. Vielleicht ist euch auch noch nicht bekannt, daß sie seit Wochen von diesem Rendezvous hier weiß?«

John öffnete den Mund, um etwas zu sagen, doch er brachte keinen Ton heraus. Sein Herz klopfte wie rasend. Ann hatte davon gewußt? Nein, nein, das konnte nicht sein. Sie hätte sicher etwas gesagt, irgend etwas Leises, Sarkastisches, das ihm zeigen sollte, daß sie Wert auf ihren guten Namen, ihre Stellung in dieser Stadt legte. Doch mehr hätte sie nicht gesagt, denn das war das einzige, was sie wirklich treffen konnte. Doch, wenn sie es gewußt hatte, weshalb hatte sie nicht davon gesprochen? Sein Herz dröhnte in seinen Ohren, und dann durchfuhr ihn ein Schmerz, daß er zusammensackte. Er blickte immer noch Laurie an und versuchte, etwas zu sagen. Das letzte, an das er sich erinnerte, war Cissies Arm, der sich um ihn legte, und ihre Stimme, die ihn flehentlich bat: »Oh, Mr. Emmerson. Oh, Mr. Emmerson. Nur das nicht.«

»Jetzt sehen Sie, was Sie getan haben. Oh, mein Gott!«

Sie kniete neben John auf dem Boden und stützte seinen Kopf auf ihre Knie. Laurie beugte sich ebenfalls neben seinen Vater und blickte in sein lebloses Gesicht.

»Sie haben ihn umgebracht! Sie allein!«

»Seien Sie doch ruhig!« Er zerrte an der Weste seines Vaters und legte sein Ohr auf seine Brust. Dann sah er zu ihr hoch und sagte: »Er ist nicht tot.«

»Es ist Ihre Schuld.« Sie beugte ihren Kopf, während sie sprach, und dann strömten ihr die Tränen über die Wangen. Dann schrie sie ihn an: »Sitzen Sie doch nicht da wie ein Ölgötze. Los, holen Sie einen Arzt!«

Er rappelte sich auf und spürte, wie die Angst auch in ihm hochstieg.

Obwohl das Herz seines Vaters noch schlug, sah er aus wie tot. Wieder befahl sie mit lauter, sich fast überschlagender Stimme: »Gleich unten in der Cromwell Road ist ein Arzt. Bell, Doktor Bell. Los, gehen Sie schon und holen ihn.«

Er rannte die Treppen hinunter und nahm zwei Stufen auf einmal. Dabei rannte er fast einen alten Mann um, der ihm entgegenkam. Er rannte auf die Straße hinaus, zur Cromwell Road und stoppte an der Tür des Arztes.

Die Frau, die ihm öffnete, sagte: »Die Sprechstunde ist geschlossen.«

Er keuchte, daß sein Vater im Greystone Block einen Herzanfall gehabt habe. Zögernd holte sie den Arzt, der, als er Laurie sah, erstaunt rief: »Oh, hallo. Was ist denn los? Sie sind doch der junge Emmerson, oder?«

»Ja, ja, Herr Doktor. Mein Vater hat einen Herzanfall gehabt.«

»Wo ist er? In seinem Büro?«

»Nein, gleich nebenan, in einer der Wohnungen.«

»Ich komme sofort mit Ihnen.«

Es dauerte nur wenige Minuten, bis der Arzt, der Laurie schnaufend die Treppe heraufgefolgt war, ins Zimmer trat. Cissie kniete immer noch in derselben Stellung.

»Legen Sie seinen Kopf auf den Boden«, sagte der Arzt, »und holen Sie ein Kissen.«

Wenige Minuten später ordnete der Arzt an: »Telefonieren Sie nach einem Krankenwagen. Nennen Sie meinen Namen und sagen Sie denen, daß sie schnell machen sollen.«

Jetzt hatte die Furcht Lauries Wut völlig verdrängt. Wieder rannte er die Treppe hinab und hinaus auf die Straße. Doch dann hielt er plötzlich inne, weil er nicht wußte, wo er eine Telefonzelle finden konnte.

Geistesgegenwärtig erinnerte er sich daran, daß er eine in der Nähe der Garagen gesehen hatte, auf der Rückseite des Gebäudes.

Nachdem er den Anruf getätigt hatte, stand er in der Zelle, setzte seinen Ellbogen auf das Telefonbuch und stützte seinen Kopf in die Hand. Was hatte er getan? WAS HATTE ER GETAN? Wie kam er denn überhaupt dazu, zu ihr ins Haus zu gehen? Er hätte warten sollen. O ja, jetzt wußte er, daß er hätte warten sollen. Jetzt, da es zu spät war, um noch etwas zu ändern.

Er ging langsam ins Haus zurück und die Treppe hinauf. Sein Vater lag immer noch wie leblos am Boden. Der Arzt stand neben der Couch und blickte zu ihm hinunter. Die junge Frau stand neben ihm, die Hände fest unter dem Kinn gefaltet, als ob sie betete. Als er ins Zimmer trat, fragte ihn der Arzt: »Wie ist es geschehen? Hat es irgendeinen Anlaß gegeben?«

Nach zwei ächzenden Atemzügen, die so klangen, als würde ein Kind schluchzen, sagte sie: »Nein. Es ist plötzlich geschehen.«

Der Arzt wandte sich jetzt Laurie zu und fragte: »Sind Sie durchgekommen?«

Er nickte, sagte jedoch nichts.

»Hat er diese Attacken schon vorher gehabt?«

»Ich weiß nicht«, sagte er. »Nein.«

»Doch, er hat sie gehabt. Er hat sie schon vorher gehabt.« Der Arzt wandte sich Cissie zu. Er wußte nicht, wer sie war, wußte nur, daß sie nicht Mrs. Emmerson war. Doch sie schien mehr über den Mann dort am Boden zu wissen als der eigene Sohn. Irgend etwas stimmte da nicht. »Wie viele?« fragte er.

»Ich weiß von einem, einem sehr schlimmen ... doch ... doch, doch nicht so wie dieser.«

»Wann war das?«

Sie überlegte einen Moment und sagte dann: »Im letzten November.«

Der Arzt hob die Brauen, blickte wieder auf den Boden, drehte sich dann dem Fenster zu und sagte: »Aha, da sind sie schon.«

Als John auf die Bahre gelegt worden war, folgten Laurie und der Arzt den beiden Männern. Als Laurie kurz vor dem Ausgang war, zögerte er und drehte sich nach Cissie um, die in der Mitte der Diele stand. Er sah, wie sie die Lippen zusammenpreßte, ihren Kopf herumwarf und dann heftig ausstieß: »Sie! Sie!«

2. Die Ursache

Es war nach Mitternacht, als Laurie seine Mutter vom Krankenhaus nach Hause brachte. Sein Vater war wieder bei Bewußtsein, doch der Arzt hielt es für besser, daß sie ihn nicht sehen sollte, denn sie war selbst in schlechter Verfassung.

Seit dem frühen Abend, als er nach Hause zurückgejagt war und ihr gesagt hatte, was geschehen war – daß sein Vater einen Herzanfall erlitten und ins Krankenhaus gebracht hatte werden müssen –, war auch sie einem Zusammenbruch nahe gewesen. Während sie im Wartezimmer gesessen hatten, hatte sie kaum etwas gesagt. In den ersten zwei Stunden war sie wie erstarrt und in dumpfem Schmerz gefangen gewesen. Erst gegen elf Uhr nachts, als sich die Tür geöffnet hatte und diese Frau hereinkam, war wieder Leben in sie gekommen.

Er war auf die aufrechte Gestalt im grauen Mantel zugegangen und hatte leise gesagt: »Was wollen Sie denn hier?« Sie hatte an ihm vorbei zu seiner Mutter geblickt, und er hatte sich umgewandt und bemerkt, daß seine Mutter sie erkannte. Dann hatte sie gesagt: »Sie wissen, weshalb ich hier bin. Ich bin gekommen, um mich nach Ihrem Vater zu erkundigen.« Es war eine Würde in ihrer Haltung, eine Ruhe in ihrem Ton, die ihn reizten und ihn dazu herausforderten, sie zu attackieren und bloßzustellen. Was er getan hätte, wenn nicht in diesem Augenblick die Nachtschwester gekommen wäre, konnte er nicht sagen. Doch er blickte sie haßerfüllt an, als sie zur Schwester sagte: »Können Sie mir bitte sagen, wie es Mr. Emmerson geht?« Und nachdem sie gehört hatte, daß es in Johns Befinden noch keine Veränderung gegeben habe, schaute sie ihn lange und verächtlich an, bevor sie das Wartezimmer verließ.

Nachdem die Schwester ebenfalls gegangen war, hatte seine Mutter zum erstenmal gesprochen. »Woher wußte sie, daß er krank ist?« sagte sie.

Als er ihr nicht antwortete, hatte sie sich ihm zugewandt, und ihre Stimme war tief und rauh, als sie sagte: »Also?«

Er hatte sich auf einen Stuhl gesetzt, ehe er sagte: »Es ist in ihrem Haus geschehen.«

»Und du warst dort?«

Er hatte seinen Blick gesenkt.

»Weshalb? Weshalb warst du dort?«

»Mutter.« Er hatte es flehend gesagt. »Laß uns doch jetzt nicht darüber sprechen. Warte, bis wir zu Hause sind. Bitte.«

Und nun waren sie zu Hause.

Er öffnete die Haustür, und sie ging an ihm vorbei. Die immer so beherrschte Frau war nicht mehr vorhanden. Ihre Finger bewegten sich ruhelos, und ihr Kopf ruckte in merkwürdigen Zuckungen hin und her. Sie riß sich ihren Mantel vom Körper, als sie durch die Halle ging, warf ihre Tasche auf den Tisch und hinterher den Hut. Dann eilte sie in die Wohnhalle.

Er folgte ihr langsam und fragte sich, was nun geschehen würde. Er hatte sie noch nie so erlebt und es nicht für möglich gehalten, daß es jemals soweit kommen könnte.

»Also!« Sie wandte sich ihm zu. »Sag es mir. Ich will es jetzt wissen. Erkläre mir bitte, wie es kam, daß du dort warst, als das geschah.«

»Jetzt beruhige dich doch, Mutter, und setz dich erst mal.« Er trat auf sie zu, die Hand ausgestreckt, doch sie wich vor ihm zurück. Noch niemals war sie vor ihm zurückgewichen. Doch jetzt schien sie eine Berührung mit ihm absolut vermeiden zu wollen.

»Ich will die Wahrheit. Hörst du mich? Ich will die Wahrheit.«

»Bitte«, schrie er sie an. »Wenn du es unbedingt willst, dann sage ich dir die Wahrheit. Du weißt ja, was hier schon eine ganze Weile los ist.«

»Was meinst du?«

»Du hast mich ja um die Wahrheit gebeten, oder?«

Als sie ihm keine Antwort gab, sagte er: »Ich habe nichts von dieser Sache gewußt, ehe Val es mir heute abend gesagt hat.«

»Val? Was weiß sie? Sie weiß gar nichts.« Ihr ganzer Körper, die Hände, der Kopf – alles bebte vor Erregung.

»Tante May hat es doch gewußt, oder? Meinst du vielleicht, daß Tante May etwas für sich behalten würde? Es wußte doch jeder, daß er eine Affäre hat.«

»Er hatte keine Affäre.« Ihre Stimme war dünn, und die Worte klangen spitz, wie gespannter Draht. Einen Augenblick war sie regungslos. Dann wandte sie sich ihm halb zu, und als er von ihr wegblickte, als ob er von ihrer Einfalt angeödet sei, sagte er langsam: »Oh, mein Gott, Mutter.« Jetzt schrie sie ihn an: »Er hatte keine Affäre, er hatte keine Affäre, ich sage es dir!«

»Also gut, gut.« Wieder schrie er sie an. »Wenn du es so sehen willst, dann hatte er eben keine Affäre. Er hat dieses Mädchen einfach besucht, aber er hatte keine Affäre.«

»Das stimmt, genau das stimmt.«

»Also, jetzt sei doch bitte vernünftig. Weshalb regst du dich überhaupt so auf, wenn du meinst, daß er keine Affäre hatte?«

»Er hat keine Affäre gehabt. Ich sage es dir, er hat keine gehabt. ER HAT KEINE GEHABT.« Ihre Stimme war nun schrill, und zu seinem Entsetzen sah er, wie sie sich mit beiden Händen in die Haare griff. Ihr Gesicht verzerrte sich, der Mund stand offen, als ob sie nach Luft schnappte, und dann, mit einem lauten Aufschrei, strömten ihr die Tränen aus den Augen, und der Speichel rann ihr aus dem Mund. Dann stieß sie einen zweiten, noch markerschütternderen Schrei aus und einen dritten. Laurie sprang auf, packte sie bei den Schultern, rüttelte sie und schrie: »Laß das, Mutter! Hör auf! Hör auf!« Er versuchte, sie in die Arme zu nehmen, um sie zu beschwichtigen, doch sie wehrte sich und stieß ihn von sich weg.

»Hör doch auf!« flehte er sie an. »Schrei nicht so schrecklich! Man hört dich ja bis unten zur Straße!«

Als sie den Mund zu einem weiteren Schrei öffnete, trat er einen Schritt zurück, holte tief Atem und schlug ihr mit der flachen Hand ins Gesicht. Der Schlag nahm ihr nicht das Gleichgewicht, doch wie ein Luftballon, dem die Luft ausging, wurde ihr Körper schlaff, und sie ließ sich auf die Couch fallen.

Schluchzend lehnte sie sich zurück und starrte zu ihm empor. Er keuchte, als ob er einen Kampf hinter sich hätte. Daß Ohrfeigen ein wirksames Mittel gegen hysterische Anfälle waren, hatte er schon gehört. Doch wenn man ihm gesagt hätte, daß er dieses Mittel einmal bei seiner Mutter anwenden würde, hätte er sich an die Stirn getippt.

»Es tut mir leid.« Obwohl seine Stimme Mitleid verriet, setzte er sich nicht neben sie. Er nahm neben einem kleinen Tisch auf einem Stuhl in einiger Entfernung von ihr Platz und wartete, bis sie wieder einigermaßen zu sich gekommen war. Als sie schließlich wieder mit ihm in ruhigem Ton sprach und ihm sagte: »Er hatte keine Affäre mit ihr«, da dachte er sich: Oh, mein Gott, soll das jetzt nun wieder alles von vorn anfangen? Doch er schwieg und ließ sie weitersprechen.

»Sieh mich nicht so an, Laurie. Ich sage dir, dein Vater kann gar keine Affäre mit ... mit irgend jemand haben.«

»Was willst du damit sagen? Daß er ...?« Er sagte nicht ›impotent‹, doch sie verstand, was er sagen wollte, denn sie schüttelte den Kopf. Sie rutschte unruhig auf der Couch hin und her, strich sich mit beiden Händen übers

Haar und wandte sich dann dem großen steinernen Kamin zu, als sie sagte: »Wir waren erst eine Woche verheiratet, als er eingezogen wurde. Ich habe dich sofort empfangen.« Er wunderte sich, daß sie diesen Ausdruck gebrauchte. »Dein Vater ist drei Monate lang ausgebildet worden, bevor man ihn zu einer Einheit schickte. Am zweiten Tag haben sie dann dort in einem Lager mit Munition hantiert, und die ist explodiert. Sieben von den Männern wurden sofort getötet, etwa zehn verletzt. Deinem Vater wurde der Unterleib zerrissen.«

Er spürte, daß irgend etwas in ihm hochsprang, wie etwas Lebendiges. Es sprang von seinen Leisten hoch durch den Magen bis in die Kehle und nahm ihm den Atem.

Dann fuhr sie fort:

»Er lag neun Monate lang im Krankenhaus. Während dieser Zeit hat er zweimal versucht, sich das Leben zu nehmen, und sie haben ihn in eine Anstalt geschickt.« Ihre Stimme war ausdruckslos.

Allmächtiger Gott! Er war nie in die Kirche gegangen; er hielt nichts von Religion, denn für ihn war das alles leeres Gewäsch; doch in diesem Augenblick rief er etwas an, was außer ihm war, etwas, das den Schmerz verstand, den seltsamen Schmerz, den er jetzt erlebte, und die Jahre, die endlose Pein eines Mannes, den er verachtet hatte.

»Du warst ein Jahr alt, als er dich zum erstenmal sah. Zu der Zeit wußte ich schon, daß du alles warst, was ich an Trost hatte und jemals haben würde. Er hat gemerkt, daß ich völlig in dir aufging. Manchmal hatte ich das Gefühl, daß er darüber ganz froh war, manchmal wußte ich aber auch, daß er litt, und ich konnte nichts dagegen tun. So vergingen die Jahre. Er hatte seine Arbeit und ich … ich hatte dich.«

Er saß da und starrte sie an, und in ihm stiegen die merkwürdigsten Empfindungen hoch. Diese elegante und jetzt etwas derangierte Frau war seine Mutter. Er hatte sie immer geliebt, hatte sie verehrt und hatte sie verteidigt. Doch in diesem Moment blieb von diesen Empfindungen keine Spur mehr zurück. Ja, es war eine Empfindung für sie da, aber was war es? Haß? Nein! Nein! Nein! Wie konnte er sie hassen? Diese Umkehrung der Gefühle würde sicher vorbeigehen. Doch in diesem Augenblick wußte er, daß er, wenn sie ihn berühren wollte, zurückweichen würde, denn ob sie es wollte oder nicht, sie hatte es bewirkt, daß er den Mann verachtete, der sein Vater war. Seit jeher hatte sie ihn, ohne je ein Wort gegen ihn zu sagen, als eine unangenehme, teigige Masse hingestellt, als etwas Lauwarmes, Fades und Verweichlichtes, bis sich dieses Bild bei ihm festgesetzt hatte. Sie hatte gesagt, daß sie nur ihn hatte, aber mit jedem Atemzug hatte sie ihn an sich gebunden und den Mann, der ihr nichts nützte, ihm entfremdet.

Mit einer Intensität, die er nicht für möglich gehalten hätte, brannte sich jetzt das Bild seines Vaters in ihm ein. Dieses großen, massigen Mannes, der stets blinzelte, des Eunuchen, der sich hinter dem ständigen Lächeln verbarg. Du guter Gott! Er hatte das ungewöhnliche Bedürfnis, seinen Kopf auf die Arme zu legen und zu weinen. Er wußte, daß er sein Leben lang von Reue gepeinigt werden würde, wenn sein Vater sterben würde. Er drehte langsam seinen Kopf und blickte die Frau an, die in den letzten wenigen Minuten seine Empfindungen zerstört hatte, seine Empfindungen, die sie alleine aufgebaut hatte. Er stöhnte: »Wenn du gewußt hast, daß zwischen den beiden gar nichts gewesen sein kann, weswegen hast du dann dieses ganze Theater gemacht?«

Ungerührt beobachtete er sie, während sie die Augen schloß und sich auf die Lippen biß, bevor sie sagte: »Du verstehst das nicht. Das kann ich von dir auch nicht erwarten. Aber … aber in letzter Zeit, dieses letzte Jahr, nicht erst, seitdem ich wußte, daß ich dich verlieren werde … Nein, nein«, sie schüttelte heftig den Kopf, »schon vorher. Da habe ich gespürt ... da habe ich gespürt ... Oh! Ich kann das nicht erklären.« Sie senkte den Kopf. »Vielleicht war es die Reue, weil ich ihn so behandelt hatte, weil ich ihn ausgeschlossen habe. Ich weiß es nicht. Ich weiß nur, daß ich schon eine ganze Weile versucht habe, ihm nahezukommen, diesen schrecklich traurigen Blick aus seinen Augen zu nehmen. Der war schon seit Jahren da, doch irgendwie ist er mir in letzter Zeit mehr aufgefallen. Und dann ... und dann zu Weihnachten, als ich zuerst von dieser Angelegenheit erfuhr, da wußte ich ... da wußte ich, daß es zu spät war. Ich wußte, daß ich ihn verloren hatte. Ich glaube, ich wußte es sofort, als es anfing. Er hat niemals irgendwelche Gesellschaft gesucht, weder von einem Mann noch von einer Frau. Und dann hat er dieses ... dieses Etwas, das ich hätte haben können, das viel dauernder gewesen wäre als alles, was geschlechtliche Liebe vermag, dieses Etwas, nachdem ich nur hatte die Hand ausstrecken müssen ... das hat er dann jemand anderem gegeben.«

Ihre Lippen öffneten sich, und er sah, wie sie nervös ihre Lippen benetzte. Einen Moment dachte er, sie würde wieder die Herrschaft über sich verlieren. Doch es geschah nicht. Sie schloß hastig ihren Mund, preßte die Finger gegen die Lippen und sagte dann: »Ich habe dir gesagt, daß du es nicht verstehen würdest. Ich erwarte es auch nicht von dir, denn ich kann es selbst nicht verstehen. Wenn jemand mir vor drei oder vier Jahren gesagt hätte, daß ich auf ihn eifersüchtig werden könnte, daß ich fast verrückt werde bei dem Gedanken, daß er in der Gesellschaft einer anderen Frau glücklich ist, dann hätte ich laut hinausgelacht. Ja, noch vor zwei Jahren hätte ich gelacht. Ich habe niemals ein normales Eheleben gehabt, weshalb sollte ich also eifersüchtig sein? Doch selbst so habe ich die Hölle durchgemacht. Ich hatte wahnsinnige Angst, daß es jemand entdecken könnte, daß die Leute Mitleid mit mir haben würden. Aber jetzt – das ist ganz seltsam –, jetzt ist es mir ganz gleich, was sie wissen. Ich fühle, daß er sterben wird, und ich werde daran denken, daß dieses Mädchen, das so gewöhnlich aussieht, ihm das einzige Glück während der letzten sechsundzwanzig Jahre gegeben hat. Denn er ist in letzter Zeit glücklich gewesen. Das ist es, was so schwer zu ertragen ist. Ich habe gewußt, daß er glücklich war. Er war noch niemals so unbekümmert und entspannt, und er hat vergeblich versucht, es zu verbergen. Erst letzte Woche habe ich gehört, wie er im Bad leise vor sich hin gesummt hat. Das war wie ein Messer, das durch mich durchgestoßen wurde.« Sie wurde still, die eine Hand lag auf ihrem Schoß, die andere mit der Handfläche nach oben auf der Sofalehne. Er saß immer noch da und starrte sie an. Er war nicht fähig, zu ihr zu gehen oder ihr auch nur ein bißchen Trost zu geben, denn es war in ihm nichts mehr für sie übriggeblieben. Mit ihrem Geständnis hatte sie den letzten Rest von Mitgefühl von ihm genommen, sie selbst hatte das Bild eines schönen, fast überirdischen Wesens, das an ein blutleeres Individuum gekettet war, zertrümmert.

Er sah sie jetzt wie einen Blutegel, der alle Zuneigung aus ihm heraussaugte und nichts für den Mann übrigließ, der ihn gezeugt hatte und den er brauchte, ja brauchte ... Und jetzt hatte die verabscheute, verkrüppelte Kreatur Trost gefunden. Ja, da war eine Nähe – keine körperliche Nähe – mit jemand anderem, und plötzlich stellte sie auf einmal fest, daß sie ihn haben wollte, daß sie ihn brauchte. Nach sechsundzwanzig Jahren der Isolation, nachdem sie ihn eingefroren hatte, da taute sie ihm gegenüber auf und mußte feststellen, daß es zu spät war.

Doch er fragte sich, ob er bei dem allen keine Schuld hatte. Hätte er sich nicht, als er erwachsen wurde, auch darum bemühen können, seinen Vater mit seinen eigenen Augen zu sehen? Weshalb hatte er immer nur das gesehen, was andere in ihm sahen? Männer wie Arnold Ransome und Michael Boyd schätzten ihn beide sehr. Und sie waren nicht die einzigen. Doch nein, er hatte ihn immer nur so gesehen, wie sie ihn sah. Ja, irgendwie mußte man ihm selbst ebenso die Schuld geben wie ihr. Nicht in seiner Kindheit, als er noch nicht reif genug war, um ein eigenes Urteil zu haben. Nein, aber in diesen letzten Jahren und gerade in der allerletzten Zeit hätte er diesem Mann eine Art Kameradschaft geben können, diese seltene Art von Kameradschaft, die zwischen einem erwachsenen Sohn und seinem Vater manchmal existierte.

Als er sah, wie sie von der Couch aufstand, rührte er sich nicht. Sie sagte leise: »Ich gehe hinauf.« Dann blickte sie auf sein abgewandtes Gesicht und fügte hinzu: »Du gibst mir die Schuld, ja? Du bist entsetzt!«

Er stand ebenfalls auf, blickte sie aber nicht an und sagte: »Es hat keinen Zweck, jetzt irgend jemand Schuld beizumessen, aber, um die Wahrheit zu sagen, ja, ich bin entsetzt. Ich ... ich hab das Gefühl, daß er eine verdammt schwere Zeit gehabt hat.«

Die Eindringlichkeit ihres Blickes zwang ihn, sie anzusehen, und er bemerkte, daß sie müde und elend, ja sogar alt aussah. Ihre Eleganz war verschwunden, die Lackschicht aus Sanftheit und Liebenswürdigkeit war ihr genommen, und sie sah so normal wie irgendeine andere Frau aus, so normal, wie er sie noch nie erlebt hatte. Doch diese Veränderung löste bei ihm kein Mitgefühl aus. Er wußte, daß er viel Zeit brauchen würde, bevor solche Gefühle wiederkehren würden. Er war immer noch wie erstarrt durch die kaltblütige, diabolische Behandlung eines Menschen, den sie durch lange Jahre hindurch dazu gebracht hatte, sie zu ernähren, ihre Kleider zu bezahlen und einen aufwendigen Haushalt zu führen.

Sie verließ das Zimmer, ohne noch etwas zu sagen, und als er oben ihre gedämpften Schritte hörte, blickte er zur Decke hinauf. Frauen waren tückisch und grausam. Wenn so etwas ihm geschehen würde, wenn er morgen früh hinausgehen und von einem Auto überfahren werden würde und sein Geschlechtsleben erledigt wäre, wie würde Val dann reagieren? Wenn sie schon verheiratet wären, wie würde sie reagieren? Genauso wie seine Mutter reagiert hatte. Er nickte bekräftigend. Nur würde Val noch einen Schritt weiter gehen. Sie würde sich entweder von ihm scheiden lassen oder dafür sorgen, daß sie woanders ihre Befriedigung beziehen würde. Sie würde dafür sorgen, daß sie das, was sie am nötigsten brauchte, auch bekäme.

Langsam stand er auf und ging aus dem Zimmer und die Treppe hinauf. Als er über den Flur lief, blickte er in seines Vaters Zimmer, und es überkam ihn ein so fürchterliches Schuldgefühl, daß er seinen Kopf senken mußte. Als er in seinem eigenen Zimmer war, knipste er das Licht nicht an, sondern tastete sich zu seinem Bett und ließ sich darauf fallen. Seine Hände griffen nach dem Kissen, und er drückte es fest gegen seinen Mund.

Am nächsten Morgen um halb neun erschien die Familie Wilcox vollzählig im Haus. Ann war schon aufgestanden. Sie war seit sechs Uhr unten. Zu der Zeit hatte sie das Krankenhaus angerufen. Jetzt hatten sich James und May mit ihr in die Wohnhalle zurückgezogen, und Valerie begann Laurie im Arbeitszimmer eine Szene zu machen. Laurie stand da, die Hände auf den Schreibtisch gestützt, und ließ sie reden.

»... Und wann hättest du es uns gesagt? Heute nacht? Morgen? Kannst du dir denn nicht vorstellen, wie uns zumute war, als Millie kam und uns gesagt hat, daß er im Krankenhaus ist ... daß man ihn bei dieser Frau abgeholt hat und daß du dort warst? Warum mußtest du denn dort hingehen? Weshalb hast du mir nicht wenigstens gesagt, wohin du gehst?«

Laurie wandte seinen Kopf zur Seite und schwieg. Valerie fuhr fort: »Vater ist wütend. Er sagt, daß du ein verdammter Narr bist und daß es dich nichts angeht ...«

»Und was hast du gesagt?« Seine Stimme klang geduldig und ruhig. Sein Kopf war immer noch von ihr abgewandt.

»Nun, wenn du es wissen willst, ich sag genau dasselbe. Es ist schon schlimm genug, daß der Name deines Vaters im Zusammenhang mit ihr in der ganzen Stadt herumgetragen wird, und nun sorgst du auch noch dafür, der Geschichte mehr Publicity zu geben. Und Millie hat erzählt, daß du mit dieser Frau gestritten hast. Miss O'Neill hat dich gehört. Das ganze Haus war in Aufruhr. Bist du denn verrückt geworden?«

Jetzt wandte er sich ihr zu, doch seine Stimme war nicht mehr ruhig. Er zog die Lippen auseinander, so daß die Zähne sichtbar wurden. »Ja, ich bin verrückt. Doch ich werde noch verrückter werden, wenn du nicht sofort den Mund hältst. Und außerdem möchte ich dich daran erinnern, daß dein Vater zwar mein Boß ist, solange ich arbeite, daß er jedoch nicht das Recht hat, mir zu sagen, was ich in meiner freien Zeit tun kann. Genauso kann ich hingehen, wohin ich will, und sprechen, mit wem ich will. Ja, und streiten, mit wem ich will ... Ebenso kann ich auch zu Bog's End gehen und die Nacht über bei Bella Pickford bleiben und meinen Spaß an allem haben, was sie zu bieten hat. Ja, das kann ich alles tun, und ich würde dich bitten, es nicht zu vergessen!« Er preßte jetzt seine Hand auf ihre Brust. Doch sie rührte sich nicht. Ihr kühler Blick musterte ihn, und sie sagte: »Ja, ja, das kannst du alles tun. Und was Bella Pickford betrifft, so bin ich davon überzeugt, daß du sie gut gekannt hast, das war zweifellos der Fall.«

»Zweifellos«, sagte er und nickte zustimmend. »Zweifellos.«

Nachdem sie sich eine Weile feindselig angestarrt hatten, wandte er sich zum Schreibtisch und begann einige Papiere an sich zu raffen. Auf einmal war ihre Stimme fast sanft, als sie sagte: »Oh, Laurie, es tut mir leid. Aber, du mußt zugeben, daß es vernichtend ist. Selbst wenn wir nicht heiraten würden – unsere Familien sind doch schon so lange miteinander verbunden, und du hast es uns nicht gesagt ... wir mußten es durch das Dienstmädchen erfahren!«

»Und die hat euch sicherlich eine dramatische Beschreibung aller Vorfälle gegeben. Sie hat offensichtlich ihren Beruf verfehlt, sie hätte Reporterin werden sollen.«

»Es wäre gar nicht nötig gewesen, daß wir es von Millie gehört hätten, wenn du dich wie ein normaler Mensch benommen hättest! Aber, jetzt wollen wir das lassen. Sag mal, wie ist die denn?«

»Wie ist wer?« Er wandte ihr den Kopf zu, blickte jedoch durch sie durch.

»Die Nutte da oben in der Wohnung.«

Er sah ihr jetzt direkt ins Gesicht und sagte ruhig: »In ihrem Aussehen ist sie nicht mehr eine Nutte als du.« Er wußte selbst nicht, ob das seine wirkliche Meinung von dieser Frau war oder ob er es sagte, um Val zu ärgern. Er war von allem, was er in der letzten Nacht erfahren hatte, noch so aufgewühlt, daß er nicht normal denken konnte.

»Wie bitte?«

»Du hast mich gefragt, wie sie aussieht, und ich hab es dir gesagt.«

»Danke. Also gut, dann lassen wir mal das Äußere aus dem Spiel. Was hast du zu ihr gesagt?« Val gab sich Mühe, ihren Zorn zu bändigen.

»Daran kann ich mich nicht erinnern.«

»Du kannst dich nicht daran erinnern, was du zu ihr gesagt hast? Du bist zu ihr gegangen, um ihr zu sagen, daß sie die Hände von deinem Vater lassen soll, und du kannst dich nicht daran erinnern?«

»Nein, ich kann mich nicht daran erinnern. Ich kann mich nur daran erinnern, was sie zu mir gesagt hat.«

In diesem Augenblick hörte man das Geräusch einer zuschlagenden Tür und dann die Stimme von James Wilcox, die rief: »Wo bist du, Laurie? Bist du da, Val?« Die Tür des Arbeitszimmers wurde aufgerissen, und der kleine Mann kam hereingestürzt.

»Ah, da seid ihr ja. Ich hab gerade mit deiner Mutter gesprochen und ihr gesagt, daß sie alles mir überlassen soll.«

»Und was hat sie dazu gesagt?«

»Sie hat dasselbe gesagt, was alle Frauen sagen: Sie könne mit ihren eigenen Angelegenheiten selbst fertig werden. Doch du weißt ja, was dabei herauskommt ... Aber nun zu diesem Weibsstück, das du letzten Abend gesehen hast, diese sogenannte Mrs. Thorpe. Was hast du für einen Eindruck von ihr?«

Laurie blickte seinen zukünftigen Schwiegervater an, fuhr sich über die Lippen und gebot sich, bis zehn zu zählen, kam aber nicht weiter als bis fünf, als er sagte: »Mein Eindruck von ihr war, daß sie eine außerordentlich gut aussehende Frau ist, mit überdurchschnittlich gutem Geschmack und außerdem jemand, der nicht leicht einzuschüchtern ist.«

James Wilcox kniff die Augen zusammen und fixierte Laurie eindringlich, bevor er sich an seine Tochter wandte und sagte: »Habt ihr beiden Streit gehabt?«

Als keiner von beiden etwas sagte, fuhr er fort: »Na gut, das spielt jetzt auch keine Rolle. Im Augenblick ist etwas viel Wichtigeres zu tun. Also, Laurie.« Er deutete mit der Hand, die Finger fest aneinandergelegt, wie mit einer Pistole auf ihn. »Wenn dein Vater wieder gesund wird, ist es sehr wahrscheinlich, daß er dieses Spielchen weitertreiben wird. Wer weiß, es könnte sogar sein, daß er die Scheidung will. Sobald diese Thorpe-Typen ihre Hände auf einen anständigen Mann gelegt haben, hat er nichts mehr zu hoffen. Also gut.« Er streckte seinen kleinen Brustkorb vor. »Es ist ein Glück, meine ich, daß ihr Junge in der Klemme steckt. Ja, ich sage, es ist ein Glück, und so meine ich es auch.« Er wies mit dem Kopf in Richtung Laurie. »Ich hab die beiden bei anderer Gelegenheit schon vor mir gehabt, aber diesmal werde ich ihr in dieser Stadt die Hölle so heiß machen, daß sie froh ist, wenn sie woandershin kann.«

»Hast du vor, den Jungen abzuurteilen oder sie?«

»Wie meinst du das?«

»Genauso wie ich es sage. Bevor der Junge überhaupt vor Gericht erscheint, hast du ja schon dein Urteil fertig. Hab ich recht?«

»Jetzt sieh mal her, Laurie. Ich interessiere mich nicht für deine altruistischen Theorien. Ich kenne meinen Job als Richter, und ich kenne die Typen, mit denen ich es hier in dieser Stadt zu tun habe, und ich handele dementsprechend. Außerdem bedarf ich keiner Nachhilfestunden in Rechtsdingen!«

»Nein?«

»NEIN! Und vergiß bitte nicht, mit wem du sprichst.«

»Vater.« Valerie nahm ihn am Arm, und als er sich ihr zuwandte, sagte sie: »Überlaß das bitte mir, ja? Bitte.«

»Ha!« Der Ausruf Lauries machte die beiden auf ihn aufmerksam. Sie beobachteten, wie er Papiere in seine Aktentasche steckte, sie schloß und dann an ihnen vorbei in die Halle ging.

»Wo willst du denn hin?«

»Ich gehe ins Büro.« Laurie zog seinen Mantel an. »Du hast mich oft genug daran erinnert, daß ein unpünktlicher Mann nur bis zur ersten Leitersprosse kommt. Ist das nicht so?« Er nahm seinen Hut, ging hinaus und ignorierte dabei Valeries Stimme, die scharf und schrill hinter ihm her tönte: »Laurie!«

Er würde nicht den Wagen seiner Mutter nehmen, wie er es manchmal tat. Den von seinem Vater hatte er nie benutzt, und er hätte es auch heute nicht getan, wenn er hier gewesen wäre. Aber er war immer noch dort, wo er ihn letzte Nacht abgestellt hatte, in den Ställen hinter dem Büro.

Als er an der Straße angekommen war, stieg er nicht sofort in den Bus, sondern ging zur nächsten Telefonzelle und rief von dort die Klinik an.

Die Schwester sagte, daß sich wenig verändert habe, doch habe sie den Eindruck, als ob er durchhalten würde. Und ja, er könne ihn jederzeit besuchen. Nachdem er den Hörer aufgelegt hatte, stand er da und starrte ihn an. Jemand sollte jetzt bei ihm sein und neben ihm sitzen. Der verdammte alte Wilcox und sein Job. Ach, verdammt sie alle zusammen. Er nahm den Hörer noch einmal auf, warf wiederum vier Pennys ein und wählte seine eigene Nummer. Als Mrs. Stringer antwortete, sagte er: »Sagen Sie Mutter bitte, daß ich sie für einen Moment sprechen möchte.« Dann fragte er: »Ist Mrs. Wilcox noch da?«

»Ja, Mr. Laurie.« Die Stimme von Mrs. Stringer war sehr leise. »Dann sagen Sie Mutter bitte nur, daß jemand sie sprechen möchte. Können Sie das tun?«

»Ja, Mr. Laurie.«

Einige Sekunden später hörte er die erregte Stimme seiner Mutter sagen: »Ja?«

»Ich bin es ... Laurie. Ich wollte nur wissen, ob du sofort zum Krankenhaus gehst. Wenn nicht, dann will ich mich zu ihm setzen.« Es trat eine kurze Pause ein, bevor sie antwortete. »Ja, ich werde sofort gehen.«

»Also gut. Ich werde dann zum Abendessen kommen.«

»Gut.«

»Auf Wiedersehen.«

»Auf Wiedersehen.«

Sie behandelten sich gegenseitig wie zwei Fremde.

Lauries Büro war einer von vier kleinen Räumen, die neben einem dunklen Korridor lagen; die anderen waren von zwei Stenotypistinnen besetzt und der Privatsekretärin von James Wilcox. Die Türe von Wilcox' Arbeitszimmer lag direkt gegenüber, auf der anderen Seite des Korridors, und obwohl er ein lebhafter Mann war, in Gebärde und Sprache laut und aufdringlich, so schlug er doch selten die Tür zu. Daher konnten seine Mitarbeiter, die in ihren kleinen Verschlägen saßen, meist nicht bemerken, wann ihr Boß ankam. Doch an diesem Morgen war es anders: die Tür vom Boß knallte, und gleich danach ertönte im Zimmer seiner Sekretärin die Klingel. Eine Minute später klopfte die Sekretärin an Lauries Türe, und nachdem er sie aufgefordert hatte hereinzukommen, trat sie ein, schloß die Tür schnell hinter sich und zischte: »Seine Hoheit möchte Sie sprechen. Die Haare stehen ihm zu Berge. Haben Sie gehört, wie er seine Tür geknallt hat?«

Laurie hatte seit Jahren gut mit Miss Patterson zusammengearbeitet, und es gab bezüglich ihrer Meinung über den Boß keine Geheimnisse zwischen ihnen.

»O. k., Pattie.« Laurie nickte ihr zu, und sie verzog sich schnell. Er folgte ihr nicht sofort, sondern überlegte sich, welche Taktik er anwenden sollte, wenn der alte Junge unerträglich werden sollte. Ob er ihm anbieten sollte, zu kündigen? Nein, das konnte er nicht tun, denn da war ja immerhin noch Val. Val! Wie sehr wünschte er, das letzte Jahr ungeschehen zu machen. Dieser Gedanke trieb ihn aus dem Zimmer.

Er ging über den Korridor und klopfte an die Tür. Als er das Zimmer betrat, prallte er auf den Rücken von James Wilcox. Er kannte diesen Rücken recht gut, da er ihn schon bei manchen Gelegenheiten betrachten durfte: die Hände nach hinten verschränkt, die kurzen Beine gespreizt, die Schultern hochgezogen, den Kopf gesenkt. Das bedeutete nichts Gutes. Ihm schoß ein seltsamer Gedanke durch den Kopf. Er war froh, daß er diesen Mann niemals »Onkel« genannt hatte. Es war nicht schwer gewesen, »Tante May« zu sagen, doch irgend etwas blieb ihm in der Kehle stecken bei dem Gedanken, James Wilcox »Onkel« zu nennen.

»Also, jetzt hör mal, Laurie.« Die Stimme war betont höflich. »Wir haben da wohl privat etwas zu erörtern, nicht wahr?« Diese letzten Worte folgten, während Mr. Wilcox sich gemessen umdrehte und zu seinem Schreibtisch ging. Er setzte sich und deutete auf den Stuhl gegenüber.

Nach kurzem Zögern nahm Laurie Platz und beobachtete, wie James Wilcox zum Angriff überging.

»Also«, sagte er, die Schultern immer noch hochgezogen und nach vorn gekrümmt, den Zeigefinger ausgestreckt, der mit unheilvoller Langsamkeit hin und her schwenkte. »Du brauchst mich nicht daran zu erinnern, daß ich im allgemeinen dagegen bin, private Affären im Büro abzuhandeln. Es gibt außerordentliche Umstände, und ich bin der Meinung, daß diese Angelegenheit darunter fällt. Also wollen wir gleich damit beginnen. Valerie hat mir gesagt, daß du in letzter Zeit in mancher Hinsicht etwas schwierig gewesen bist. Aber, aber.« Der Finger drohte schneller. »Wenn meine Tochter nicht mit mir sprechen kann, mit wem denn dann sonst? Immerhin sind wir bald eine Familie, und daher sollten wir keine Geheimnisse voreinander haben … Na, ich will ja gar nicht so weit gehen, denn jeder Mann hat nun mal seine Geheimnisse.« Die Weisheit dieser Feststellung ließ seinen Kopf bedeutsam nicken. »Zuerst mal diese Geschichte, daß du uns nichts von dem Kollaps deines Vaters erzählt hast. Das fällt ja nun wirklich nicht unter die Rubrik Geheimnisse, sondern unter die allgemeinen menschlichen Verhaltens. Dann, daß du in das Haus dieser Person gegangen bist und ebenfalls kein Wort davon gesagt hast. Und, was war die Folge davon? Dein Vater wäre nicht da, wo er jetzt ist, wenn du dich nicht eingeschaltet hättest. Solche Dinge können mit mehr Geschick besser erledigt werden. Bei solchen Typen wie dieser Thorpe kommt man mit derlei Kraftakten nicht weiter. In so einem Fall geht es nicht ohne Gesetz. Solche Leute haben immer Angst davor. Die reißen alle ihr Maul weit auf und machen eine Menge Lärm, bis man ihnen das Gesetz vor die Nase hält, und dann beginnen sie zu kriechen. Das habe ich immer wieder erlebt. Und jetzt werde ich noch einen Schritt weitergehen.« Mr. Wilcox' Körper schaukelte nun zwischen Schreibtisch und Stuhl vor- und rückwärts. »Wie ich dir schon heute morgen gesagt habe, wird die ganze Angelegenheit, wenn dein Vater sich erholt, mit größter Wahrscheinlichkeit weitergehen, und es könnte zu einer Scheidung führen. Das werden wir doch nicht haben wollen, oder?« Er wartete nicht auf eine Antwort, sondern fuhr fort: »Ich möchte also ... daß du mir versprichst, dich in keiner Weise mehr einzumischen. Überlaß mir diese Sache und gehe nicht in die Nähe dieser Frau und sprich nicht mit ihr. Das ist außerordentlich wichtig.«

»Wieso meinst du, daß ich deine Anordnungen befolgen werde?« Lauries Stimme klang hart wie Stahl.

Mr. Wilcox nahm keinen Anstoß an Lauries Ton, sondern sagte ruhig: »Du siehst doch, was gestern abend dabei herausgekommen ist, oder?«

»Dafür hatte ich meine Gründe.«

»Du könntest ja noch mal deine Gründe haben, aber ich warne dich. Du überläßt das bitte mir. Geh nicht in die Nähe dieser Frau. Solche Typen sind wie Dynamit.«

Als Laurie über den Schreibtisch ins Gesicht dieses kleinen Mannes blickte, hatte er das überwältigende Bedürfnis, es mit seiner flachen Hand nach hinten zu drükken, und zwar so weit und schmerzhaft nach hinten wie möglich. Er malte sich aus, wie er den Kopf von Mr. Wilcox langsam nach hinten quetschte, seine Füße nach oben schossen und er dann als ein lächerliches Häufchen Elend auf dem Boden liegen würde.

Laurie rieb sich über die Stirn, stand auf und sagte kühl: »Ich glaube kaum, daß es meinem Vater recht wäre, wenn Sie sich dieser Sache annehmen, Sir.« Die Unverschämtheit, mit der er »Sir« aussprach, blieb Wilcox nicht verborgen. »Jetzt paß einmal gut auf, mein Junge.« Er war aufgestanden, und sein Kinn reckte sich kampflustig nach vorn. »Rede in diesem Ton nicht mit mir, das möchte ich mir doch sehr verbeten haben. Und außerdem hast du in dieser Sache gar nichts zu sagen, denn es ist deine Mutter, die darüber zu entscheiden hat. Ich weiß gar nicht, weshalb ich überhaupt mit dir spreche.«

»Ich nehme an, daß die Antwort meiner Mutter nicht anders sein wird als meine. Sie wird es kaum wünschen, daß Sie sich in die Angelegenheiten meines Vaters einmischen.«

»Du gehst zu weit.« Mr. Wilcox griff sich an seinen Nacken und massierte ihn. »Du vergißt dich, du bist nicht klug, du bist sogar sehr unklug. Kein Mensch, der es in dieser Welt zu etwas bringen will, schlägt nach der Hand, die sich ausstreckt, um ihm zu helfen. Ich sage dir, du könntest zu weit gehen, viel zu weit.«

»War das alles, Sir?«

James Wilcox, der jetzt zornrot war, drehte sich wütend herum, ging zum Fenster, legte die Hände hinter den Rücken und spreizte die Beine. Es war, als ob er sich nicht gerührt hatte, seit Laurie eingetreten war.

In seinem eigenen Zimmer saß Laurie dann da, den Kopf auf die Hände gestützt. Er hatte schon lange gewußt, daß es einmal soweit kommen würde. Mit Val verheiratet zu sein, die beiden Familien noch enger miteinander verbunden, jeden Morgen die gleichen ausgefahrenen Handgriffe und Arbeiten tun, eine Partnerschaft zu akzeptieren, die gar keine war, weil er sich den Launen des kleinen Mannes völlig unterwerfen mußte. Nein, das konnte er nicht aushalten. Doch wie sollte er es anstellen, da herauszukommen? Er wußte jetzt, daß es nicht Liebe war, was er für Val empfunden hatte. Niemals war es Liebe gewesen. Vielleicht hätte er anders empfinden können, wenn sie nicht von Anfang an alles, was er zu geben hatte, ständig und ohne Rücksicht aus ihm herausgeholt hätte. Er steckte in der Klemme und wußte nicht, wie er jemals da herauskommen sollte.

3. Vater und Sohn

John sah seinen Sohn an, der neben seinem Bett saß. Er war froh, daß er da war. Er schien Teil der großen Stille zu sein, die ihn erfüllte. Eine Stille, die er nicht stören durfte, eine Stille, in der sein Herz ganz schwach klopfte. In dieser Stille war er seltsam zufrieden; bis auf etwas, was hin und wieder kam, ein kleiner beharrlicher Gedanke, der kam und wieder ging. Er verschwand immer wieder, wenn sie ihm seine Pillen gaben. Im Moment tauchte der kleine beharrliche Gedanke wieder auf, und mit ihm der leise Drang, etwas zu tun. Und er fühlte, daß Laurie ihm dabei helfen konnte.

Wenn er gewußt hätte, daß sein naher Tod ihm seinen Sohn näherbringen könnte, hätte er schon vor langer Zeit etwas dazu getan. Er brauchte gar nicht darüber nachzudenken, um zu erkennen, daß der junge Mann, der jetzt Abend für Abend neben ihm saß, nicht derselbe war, mit dem er lange Jahre zusammengelebt hatte. Dieser Mann war sein Sohn, das fühlte er; nach all diesen Jahren fühlte er es. Die Mauer, die zwischen ihnen emporgewachsen und jedes Jahr höher geworden war, war zerbröckelt. Sie war verschwunden. Es war, als ob sie niemals dagewesen wäre. Ja, sie war dagewesen; er hatte erlebt, wie sie Stein für Stein hochgewachsen war. O ja, sie war dagewesen. Doch jetzt nicht mehr. Aber was hatte das ausgelöst? Er bewegte seine Hand auf der Decke langsam auf Laurie zu, und schleppend sagte er: »Laurie, willst du etwas für mich tun?«

»Ja, Vater, alles. Sag es mir.« Laurie beugte sich vor.

»Mrs. Thorpe. Sie ist … sie ist in Not … Der Junge kommt vor Gericht … Ich … Ich … hab mich darum bemüht, aber … aber Arnold will sich nicht damit befassen ... Ich möchte, daß du zu ihr gehst und sie dazu bringst, dir alles zu sagen ... über Bolton ... den Gemüsehändler.«

Laurie blickte seinen Vater bekümmert an. Das war das letzte, was er sich wünschte, dieser Frau noch einmal gegenüberzutreten. Zweifellos war sie das, was man ihr nachsagte, doch hinsichtlich der Beziehung zwischen ihr und seinem Vater hatten sie unrecht gehabt. Alle hatten sie unrecht, doch nur seine Mutter und er und die beiden Betroffenen wußten es ... Oder doch nicht? Wußte es die Frau überhaupt? Es war unwahrscheinlich. Doch, wenn nicht, weshalb ...?

»Wirst du gehen, Laurie?«

»Ja. Mach dir keine Sorge, ich werde es tun ... Ich werde mich darum kümmern.«

John legte seine Hand auf die seine, und er spürte den leichten Druck seiner Finger. »Danke. Ich danke dir ... Bolton, auf den Mann kommt es an ... Er ist ... er hat Angst ... Frag Mrs. Thorpe ... Sie wird dir alles erklären.«

»Ja, ja, natürlich. Mach dir keine Sorge. Ich verstehe es.«

Er sah, wie sein Vater nach Luft rang, und er hielt seine Hand ganz fest, als er sagte: »Überlaß es nur mir, alles wird in Ordnung kommen, mach dir keine Sorge.«

»Laurie?«

»Ja, Vater?«

»Sie ist ... sie ist eine gute Frau. Sehr, sehr gut.«

Er senkte die Augen.

»Es war nichts ... nichts zwischen uns ... was deine Mutter verletzen könnte.«

»Das weiß ich.«

Sie blickten einander an.

»Mach dir keine Sorge. Ich weiß es. Ich weiß alles.« Seine Stimme war sanft, als ob er zu einem Kind sprechen würde, zu einem traurigen Kind. Indem er versuchte es zu trösten, verstand er all seine unausgesprochenen Sorgen.

Johns Kopf preßte sich tiefer ins Kissen, als ob er zwischen seinem Gesicht und dem seines Sohnes mehr Abstand schaffen wollte, um ihn genauer ansehen zu können ... So, das war es also. Ann hatte es ihm gesagt. Es war nicht, weil er beinahe gestorben wäre oder vielleicht auch starb, sondern, weil er es wußte. Mein Gott, nach all diesen Jahren. Aber ... aber, was machte es denn jetzt noch aus? Wenn dadurch diese Empfindung zwischen ihnen entstanden war, wenn es sie schließlich nähergebracht hatte, was machte es dann aus? Irgendwie nahm es ihm das schwere Gewicht der Scham über eine Unzulänglichkeit. Doch nun gab es dafür eine andere Last zu tragen.

Johns Hand krampfte sich erregt um Lauries. »Du wirst ... es doch nicht weiter ... du wirst es nicht weitersagen?«

»Nein! Nein!« So tief und überzeugend kamen die Worte aus ihm heraus, daß John beruhigt war und seine Erregung nachließ.

Um seinen Vater noch weiter zu überzeugen, sagte Laurie mit leisem Lächeln: »Du hast die Wilcox-Sippschaft noch nie leiden können, Vater, nicht wahr? Nun werde ich dir auch ein Geheimnis verraten: Mir geht es genauso.«

Johns Gesicht verzog sich zu einem schwachen Lächeln, und es flackerte ein Licht in seinen Augen, das eine gewisse Belustigung andeutete. Zusätzlich jedoch lag auch Erstaunen in seinem Blick.

»Und ... da ist auch noch etwas anderes, Vater.« Er zögerte kurz. »Ich kann diese Ehe nicht schließen, Vater.« Er machte wieder eine Pause und beobachtete das Gesicht seines Vaters. »Oh, Vater, das tut mir leid. Ich hätte dir das nicht sagen sollen. Ich wollte dich nicht beunruhigen.«

Laurie fühlte einen warmen Druck auf seiner Hand, während sie einander ansahen. Dann sagte John ruhig: »Ich bin froh.«

»Wirklich?«

»Ja, sie ... sie paßt nicht zu dir ... gar nicht ...«

»Aber behalt es für dich, ja? Denn sie weiß es noch nicht. Ich meine Val. Und ich möchte Mutter jetzt nicht aufregen. Es wird sich alles zu seiner Zeit aufklären. Und es wird einen fürchterlichen Spektakel geben. Ich ... ich muß zugeben, daß ich etwas kalte Füße bei dem Gedanken habe. Ich weiß auch noch nicht, wie ich es anstellen soll. Ach, ich hätte es dir nicht sagen sollen. Ich hatte es auch gar nicht vor, als ich gekommen bin.« Er hob beteuernd die Hand. »Doch, ich hab mir dann gedacht, du wirst es verstehen. Ich hatte einfach das Bedürfnis, es jemandem zu sagen.«

Wieder fühlte er den Druck von Johns Finger. Dann flüsterte sein Vater: »Es wird nicht einfach sein, sie werden dir die Hölle heiß machen.« Er begann wieder nach Luft zu ringen.

»Du hast zu viel gesprochen. Sei jetzt ruhig, bitte, und sprich nicht mehr.« Laurie strich über den Rand des Kopfkissens.

Sie schwiegen eine Weile, bis John wieder sprach, diesmal noch mühsamer. »Warte nicht ... warte nicht, bis deine Mutter kommt. Geh jetzt zu Cis... zu Mrs. Thorpe. Willst du das tun?«

»Ja.«

»Jetzt?«

»Ja.«

»Ich bin dann ruhiger.«

»Mach dir keine Sorge. Ich werde mich um alles kümmern.« Er stand auf. »Ich schau morgen bei dir vorbei und erzähl dir, wie alles gelaufen ist.«

John nickte. Dann streckte er seine Hand aus, umfaßte Lauries Hand und murmelte: »Danke. Danke für alles ... alles, Laurie.«

Die Dankbarkeit und Demut in der Stimme seines Vaters war zuviel für Laurie. Er wandte sich schnell ab und verließ das Zimmer, ging eilig den Korridor hinab, der zur Privatstation gehörte, und dann durch die Haupthalle. Auf der Straße angekommen, suchte er nach dem Platz, an dem der Wagen seines Vaters geparkt war. Gestern hatte ihm sein Vater gesagt: »Nimm ihn, laß ihn nicht verkommen.« Er hatte es so gesagt, als tue er ihm einen Gefallen damit.

Er saß jetzt im Wagen und konnte sich nicht entschließen, den Motor anzulassen. Ihm war verdammt unbehaglich zumute. Was sollte er ihr sagen? Wie sollte er überhaupt beginnen? Sollte er warten, bis es dunkel war, bevor er zu ihr ging? All diese neugierigen Leute auf den Treppen, besonders die liebe Mrs. Orchard und die liebe Miss O'Neill, die Privatdetektive der Familie Wilcox. Also, was sollte er tun? Er konnte schließlich nicht endlos hier sitzen bleiben. Wenn er nach Hause führe, würde Val ihn ins Gebet nehmen. Sie würde auf der Lauer liegen und sich auf ihn stürzen, so wie sie es in den letzten drei Nächten getan hatte.

Er trommelte nervös mit den Fingern aufs Lenkrad. Ach was, warum sollte er nicht einfach losfahren und die Sache hinter sich bringen? Verdammt, wie unangenehm es ihm war, dieser Frau noch mal gegenüberzutreten. Mit der würde er nicht fertig werden, das war ihm jetzt schon klar.

Als er beim Greystone Block angekommen war, parkte er vor dem Büro seines Vaters, an der Stelle, wo er vor fünf Abenden den Wagen seiner Mutter geparkt hatte, und ging zur Nummer 10. Er stieg so leise wie möglich die Treppe hinauf und kam oben an, ohne jemand getroffen zu haben. Dann klingelte er zum zweitenmal an der Wohnung Nummer 4.

Als sich die Tür öffnete, stand der Junge da, den er neulich kurz gesehen hatte. Er blickte in das blasse Gesicht mit den großen Augen und dem blonden Haarschopf darüber. Solch ein Gesicht konnte Modell für Michelangelos Engel gestanden haben. Und dies war der Junge, dem man vorwarf, ein kleines Mädchen belästigt zu haben! Doch taten das nicht alle kleinen Jungen und dazu noch ohne besondere Aufforderung? Und die kleinen Mädchen änderten sich wenig, wenn sie erwachsen wurden. Sie wurden sogar meist noch schlimmer. Er konnte hören, wie Val sagte: »Was ist los? Willst du es nicht haben?« ES. ES! Es war nicht nur der Verstoß gegen das männliche Vorrecht, was ihn abstieß, es war auch die Geschmacklosigkeit ihrer Annäherung. Wenn so etwas passierte, mußte man es der Erziehung zuschreiben. Eine gewöhnliche Professionelle würde manchmal mehr Feingefühl haben, als Val es hatte. Er fragte sich, wo sie es herhatte. Von ihrer Mutter? Oder dem alten Mann? Nach dem Aussehen der Menschen konnte man sowieso nicht urteilen. Val würde wahrscheinlich vor den Mädchen ihrer Klasse sogar spröde wirken. Der Gedanke an die Mädchen machte ihm erst wieder den Jungen bewußt, obwohl er ihn die ganze Zeit angesehen hatte. »Ist deine Mutter da?« fragte er.

»Ja«, sagte der Junge, rührte sich jedoch nicht.

»Wer ist da?« Er hörte, wie ihre Schritte durch die Diele kamen.

Sie erschien an der Tür und blickte ihn an. Sie schob den Jungen beiseite, ehe sie sagte: »Was wollen Sie?«

»Ich möchte mit Ihnen sprechen.«

»Ich habe nichts mit Ihnen zu besprechen. Gehen Sie jetzt bitte. Ich will nicht noch mehr Scherereien mit Ihnen haben.«

Er fühlte, wie ihm das Blut aus dem Gesicht wich. »Mein Vater hat mich geschickt«, sagte er ruhig.

Er sah, wie besorgt sie war. Sie fuhr sich über die Lippen und betrachtete unschlüssig ihren Sohn. Dann sagte sie widerwillig: »Kommen Sie herein.«

Im Wohnzimmer stellte sie sich an den Kamin und fragte auffordernd: »Also?«

Er stand in einiger Entfernung von ihr, neben der Couch, seinen Hut in der Hand. Er war verwirrt, blickte von ihr zu dem Jungen, der dastand, als schaue er aus dem Fenster, und sagte dann endlich: »Mein Vater ist besorgt wegen ...« Er nickte mit dem Kopf in Richtung Pat. »Er hat mir gesagt, daß er den Fall übernehmen wollte. Er konnte mir aber nicht alles erklären und hat gemeint, Sie könnten mir die Einzelheiten erzählen. Etwas über einen Gemüsehändler namens Bolton.«

Er sah sie an und merkte, wie schnell ihr Atem ging. Sie trat von einem Fuß auf den anderen und strich sich mit beiden Händen nervös durch die Haare. Ihre Stimme klang erregt, als sie sagte: »Ich kann mir nicht denken, daß Sie dabei etwas tun können. Mr. Ransome hat sich der Sache angenommen.«

»Mam, Mam.« Der Junge wandte sich um und ging auf sie zu, die Stimme ebenso aufgeregt wie ihre. »Er hat gesagt, daß er ihm geschrieben hat. Das ist alles, Mam. Ich hab's dir doch gesagt. Du mußt aber persönlich zu ihm. Anders geht es doch nicht!«

»Ich bin ja bei ihm gewesen, oder? Ich bin zweimal bei ihm gewesen. Du weißt ja, was er gesagt hat. Wenn ich noch mal hingehe, dann ...« Sie schloß einen Moment die Augen, schüttelte den Kopf und schob den Jungen von sich. Dann sagte sie: »Laß das jetzt und geh hinaus. Überlaß das bitte mir.«

Der Junge blickte zu Laurie. Dann senkte er den Kopf und ging schweigend hinaus zur Diele. Doch sobald sie hörte, wie er die Wohnungstür öffnete, lief sie ihm nach und rief: »Geh nicht weit fort, höchstens um den Block, hörst du? Sei in zehn Minuten wieder hier. Hast du mich gehört?«

Sie bekam keine Antwort. Als sie zurückkam und an Laurie vorbeiging, sagte sie:

»Ich habe die Türe offengelassen; es gibt nichts, was Sie für mich tun können.«

»Hat es einen Sinn, wenn ich sage, daß es mir leid tut?«

»Nein, es hat keinen Sinn, wenn Sie so etwas sagen.« Sie fuhr ihn an, und ihre Stimme war bitter. »Sie kommen in mein Haus und beleidigen mich, Sie stellen mich vor all meinen Nachbarn bloß, und das Schlimmste von allem, Sie verschulden bei Ihrem Vater einen Herzanfall. Und dann meinen Sie, es sei alles damit getan, daß Sie sagen, es täte Ihnen leid. Sie wissen gar nicht, was es heißt, wenn einem etwas leid tut. Ihresgleichen weiß das nicht.« Sie lief im Zimmer auf und ab und spuckte ihm die Worte entgegen. »Sie sind so herrlich sicher bei allem, was Sie tun, denn Sie gehören ja zu den oberen Zehntausend! Sie sind gut etabliert, haben eine angesehene Position in der Stadt und meinen, Sie könnten mit den Leuten umgehen, wie Sie wollen. Eine gute Adresse haben, zu der richtigen Gesellschaft und zu den richtigen Clubs gehören – dann ist man unfehlbar! Sie können machen, was Sie wollen – niemals wird sich jemand an Sie heranwagen! Niemand kann in Ihr Haus kommen und Sie beleidigen … O nein, denn Sie gehören ja zu denen, die auf der Sonnenseite des Daseins stehen!«

Er beobachtete sie, während sie ihm ihre Vorwürfe entgegenschleuderte, und er erinnerte sich an seine Mutter, wie sie in der vorigen Nacht reagierte. Mit einem Unterschied – dieses Mädchen würde den Kopf nicht verlieren. Er sagte ruhig: »Sie irren sich. Sie haben alles falsch aufgefaßt.«

»So, habe ich das?« Sie baute sich direkt vor ihm auf. »Schließlich bin ich schon eine ganze Weile im Beruf, und ich bin oft Ihrem Typ begegnet. Sie haben gesagt, daß Sie meinen Typ kennen, und ich sage, daß ich Ihren kenne. Ich begegne ihm ständig – es sind immer kleine Parvenüs. Sie haben ihre Jobs durch das Geld ihrer Väter oder ihrer Mütter oder weil sie Freunde in hohen Stellungen haben. Wenn sie sich auf ihren eigenen Grips verlassen mußten, würden sie sehr bald stempeln gehen müssen, jedenfalls die meisten, das kann ich Ihnen versichern.«

»Haben Sie auch so über meinen Vater gedacht?« Seine Stimme klang jetzt scharf.

»Nein, das habe ich nicht. Ihr Vater ist anders, ganz anders als Sie und die Leute Ihrer Art. Ihr Vater ist Anwalt, ich weiß. Aber im Grunde ist er immer noch ein einfacher Mann, der in dem Bauernhaus lebt, in dem er geboren worden ist. Außerdem ist Ihr Vater ein armer, einsamer Mann, der nicht unter seinesgleichen lebt. Er hat nichts Überhebliches an sich. Er braucht einfache Dinge, einfache Menschen. Er ist einsam ... sehr einsam.« Ihre Stimme stockte, und in ihren Augen bildeten sich Tränen. Sie schluckte zweimal, bevor sie fortfuhr: »Ich habe noch nie einen Menschen getroffen, der so allein, so einsam ist wie dieser Mann. Und dafür muß es einen Grund geben. Ich wußte nicht, was es war, aber nachdem ich Sie und Ihre Mutter gesehen habe, ist das nicht schwer zu erraten.«

»Danke vielmals. Ich nehme an, Sie fühlen sich jetzt wohler.«

Ihre Augen verengten sich zu zwei Schlitzen. »Da haben wir es schon, kühl und routiniert, immer die passende Antwort parat. Alles und jedes wird sofort an die richtige Stelle gerückt, nicht wahr?«

»Ich bitte Sie«, sagte er, »vergessen Sie doch einen Moment mal das Persönliche. Sie haben gesagt, daß Sie meinen Vater gern haben. Sie können viel tun, um ihn zu beruhigen, wenn Sie erlauben, daß ich in dieser Angelegenheit etwas unternehme.«

»Sie können nicht mehr tun, als im Augenblick sowieso geschieht, und so gern ich auch auf Ihren Vater hören möchte, so wenig gern möchte ich Hilfe von Ihnen haben. Ist das klar?«

»Ja«, sagte er, »das ist klar.« Sie funkelten einander an. Und weil er den Schmerz in ihren Augen nicht ertragen konnte, wanderte sein Blick über die Einrichtung. Aufgebracht zischte sie ihn an. »Los, fragen Sie schon, wie ich in den Besitz all dieser Kostbarkeiten gelangt bin!«

Er sah sie fragend an, schwieg aber. Sie fuhr fort: »Sicher ist das aber gar nicht nötig, nicht wahr? Sie wissen ja schon, wie ich dazu gekommen bin. Durch die Männer, die ich gehabt habe, dutzendweise. Manchmal stehen sie schon auf der Treppe Schlange! Das glauben Sie doch, nicht wahr?«

»Reden Sie keinen Unsinn.«

»Unsinn, sagen Sie? Ich rede Unsinn? Als Sie gestern hier hereingestürmt sind, haben Sie mich behandelt, als sei ich eine Prostituierte vom Bog's End!« Sie streckte den Arm weit aus und hob abwehrend die Hand. »Sagen Sie jetzt nichts weiter. Ich will Ihre Entschuldigungen nicht hören, ich möchte nur, daß Sie jetzt verschwinden. Und ich wäre Ihnen sehr dankbar, wenn Sie nicht wiederkommen würden. Ist das ebenfalls klar?«

Langsam senkte er den Kopf und starrte auf den Boden. Ebenso langsam drehte er sich um und ging hinaus.

Als er auf dem ersten Treppenabsatz angekommen war, hörte er, wie eine Tür aufgeschlossen wurde. Allerdings nicht die, die er gerade hinter sich gelassen hatte. Er registrierte, daß die Privatdetektive bei der Arbeit waren. Doch es machte ihn nicht einmal mehr zornig, denn er schien innerlich abgestorben zu sein. Abgestorben, weil er gedemütigt worden war. Er war so behandelt worden, wie er Wilcox gern behandelt hätte. Wilcox hatte auch versucht, ihn fertigzumachen, aber in einer völlig anderen Art.

Er wollte gerade in den Wagen steigen, als er ein leises »Hallo« hörte. Er schaute sich um und sah den Jungen an der Ecke des Häuserblocks stehen und ihm zuwinken. Er überlegte kurz, ging dann aber zu ihm. Als er vor ihm stand, streckte der Junge die Hand nach ihm aus und zog ihn in den Schatten der Hauswand. Dann blickte er ihn prüfend an und sagte: »Sie will nicht, daß Sie es tun, ja?«

»Du meinst, ihr helfen?«

Er nickte.

»Nein, sie will nicht, daß ich ihr helfe.«

Der Junge biß gedankenverloren an seinen Fingernägeln, bevor er Laurie wieder ansah. »Ich habe es nicht getan, ich schwöre es. Ich schwöre, daß ich nichts darüber weiß.«

»Das ist die Wahrheit?«

»Ja, das ist die Wahrheit. Wirklich und ehrlich die Wahrheit.«

»Komm mal mit.« Laurie zog ihn weiter den Weg hinunter, der zu den Garagen führte. Dann blieb er stehen, blickte den Jungen eindringlich an und sagte: »Erzähl mir genau, was an dem Sonnabend vormittag geschehen ist.«

»Also, das war so.« Pat nagte an seiner Unterlippe, schluckte und begann zu erzählen: »Ich geh jeden Sonnabend zu Mr. Bolton, um ihm bei den Bestellungen zu helfen und was sonst noch so anfällt. Ich geh um neun hin und bin ungefähr um eins fertig. Dann treffe ich mich mit meiner Mam in einem Café beim Markt, um ihr zu helfen, die Einkäufe nach Hause zu tragen. Das hat sich so eingespielt. Mr. Bolton gibt mir manchmal zwei Schilling, drei, je nachdem. Doch ich bleibe immer hinten, weil ich ja noch nicht arbeiten darf. Ich bin ja erst zehn Jahre, und er darf uns erst anstellen, wenn wir vierzehn sind. Deshalb sagt er immer, ich soll hinten bleiben und mich nicht sehen lassen. Wenn irgend jemand kommt, fremde Leute, dann soll ich einfach so tun, als ob ich da draußen spiele wie die anderen Jungen, die sich herumtreiben und sich die halbfaulen Früchte aus den Kisten holen. Das ist bei dem Schuttabladeplatz, wissen Sie, wo die alten Autos hinkommen. Sie kennen das, ja?«

»Ja«, nickte Laurie.

»Also, am Sonnabend morgen hab ich die Bestellungen fertig gemacht und Mr. Bolton gefragt, ob es noch mehr gibt. Er hat gesagt, nein, da war es fünf vor eins. Er hat mir drei Schilling gegeben, und als ich die Straße runtergegangen bin, erinnere ich mich, daß die Uhr am Rathaus eins geschlagen hat. Dann bin ich beim Schuttplatz vorbeigekommen, und Barrie Rice, ein Junge, den ich kenne, und Tim Brooks, ein anderer Junge, der älter ist als ich, beinahe vierzehn, die kommen dahergerannt, aber so komisch, als ob sie sich verstecken wollten. Tim Brooks hat mich an der Schulter gepackt und mit sich gezogen, und ich sage: ›Laß mich gefälligst! Was ist denn los mit euch?‹, aber er zieht mich hinter einen Wagen, und ich habe mir gedacht, daß sie spielen oder von der übrigen Clique gejagt werden oder so was. Und ich hab noch mal gefragt: ›Was ist denn los?‹ Dann hab ich gesagt, daß ich gehen muß, weil meine Mam wartet, doch Tim Brooks hat mich festgehalten und gesagt, daß Barrie ihm helfen soll, obwohl Barrie gesagt hat, daß er mich gehen lassen soll. Dann haben sie mich zu dem Unterstand geschleppt hinter Tollingtons Fabrik und wollten mich dort nicht rauslassen, wenigstens Tim Brooks nicht. Er hat immer wieder gesagt: ›Du bist mit drin, Pat Thorpe, du bist mit drin.‹ Da hab ich Angst gekriegt, weil er mich früher schon mal reingelegt hat. Wissen Sie, er hat eine Bande gehabt, bei der ich auch war, und einmal hat er mir einen Kugelschreiber und ein Schlüsseltäschchen gegen ein paar Medaillen eingetauscht, die ich hatte, und danach hat er geschworen, daß er es nicht getan hat und ich sie von Smith's geklaut hätte. Wenn die Band am Sonnabend immer herumgezogen ist, war es so ein Spiel, wer am meisten von Woolworth oder Smith oder Craig klauen kann. Doch ich hab das nie mitgemacht wegen meiner Mam. Aber er hat geschworen, daß ich es getan hab, und hat gesagt, daß ich ihm nie eine Medaille gegeben hätte. Auf jeden Fall war ich also da in dem Unterstand, und dann kam die Polizei. Ich hab überhaupt nicht gewußt, was das alles soll, und hab das auch gesagt. Aber Tim Brooks hat gesagt, daß ich nur so tue und daß ich auch dabei war. Dann hat mir die Polizei meinen Schlips gezeigt; damit war ich für die schuldig. Es war ja auch mein Schlips, aber ich hab ihn gar nicht angehabt, denn ich hab ihn letzte Woche verloren, zusammen mit meinem Pullover. Er ist mir geklaut worden, als ich mich zum Turnen umgezogen hab. Dann hat die Polizei Barrie Rice gefragt, ob ich bei ihnen mitgemacht hab, und der hat ja gesagt. Er hat nämlich Angst vor Tim Brooks und mußte deswegen ja sagen. Das ist die Wahrheit, Mister, so wahr ich hier stehe. Ich würde so etwas nie tun, ich würde nie meiner Mam weh tun, denn sie hat sich damals furchtbar aufgeregt und hat Angst gehabt. Ich würde sie nie wieder aufregen. Und auch sonst würde ich so was nie tun, was die gesagt haben.«

Als er seinen Kopf senkte, sagte Laurie: »Hast du einen Schlips getragen, als die Polizei mit dir gesprochen hat?«

»Nein, nur ein Hemd mit offenem Kragen.«

»Wo lebt dieser Barrie Rice?«

»In der Portland Street, Nummer 4.«

»Und deine Mutter ist bei Mr. Bolton gewesen?«

»Ja. Sie ist zweimal dagewesen, doch er kümmert sich gar nicht um sie, weil sie eine Frau ist.« Er schüttelte langsam den Kopf, als er wiederholte: »Sie ist eine Frau, wissen Sie.«

Dieser Umstand schien ihm zu genügen, um zu erklären, weshalb seine Mutter keinen Eindruck auf Mr. Bolton gemacht hatte.

Als Laurie sich den Jungen betrachtete, sah er auf einmal vor sich, wie er vor dem alten Wilcox stand. Er hörte die Stimme des Richters, wie er die einleitenden Worte sagte, mit seiner bekannten allmächtigen Gebärde. ›Du und deinesgleichen, ihr seid eine Gefahr für unsere Gesellschaft, und ich werde an dir ein Exempel statuieren. Du bist verdorben und wirst dich nur dann bessern, wenn du unter strengste Aufsicht kommst. Ich bin überzeugt davon, daß dies nie geschehen wäre, wenn du unter der geeigneten elterlichen Kontrolle gewesen wärst ...‹ Das Gesicht von Pats Mutter schob sich vor das von Mr. Wilcox, und Laurie dachte daran, wie Wilcox erklärt hatte, er würde ihr die Hölle heiß machen in dieser Stadt.

»Wo ist sein Laden?« fragte er.

»Cox Road.«

»Beschäftigt er sonst noch jemand?«

»Nein. Jetzt nicht. Er hatte auch größere Jungen angestellt, doch er ist mal gestraft worden, wegen etwas, was im Laden passiert ist. Ich weiß nicht, was es war. Doch hinterher hat er dann lange keine Hilfe mehr gehabt.«

»Also, jetzt hör mir mal zu«, sagte Laurie. »Du gehst hinauf und kümmerst dich um deine Mutter. Sag ihr aber nicht, daß du mich gesehen hast oder mir etwas gesagt hast, ja?«

»Ja.« Er nickte.

»Und ich werde sehen, was ich tun kann.«

»Danke. Danke, Mister.« Er wollte gehen, zögerte dann aber und drehte sich noch einmal zu Laurie um. Er blickte ihm ernst ins Gesicht und sagte: »Meine Mam ist nicht schlecht. Sie nicht. Sie ist gut. Ich bin immer im Haus. Meine Mam ist nicht schlecht.«

Mein Gott! Das war fürchterlich, entsetzlich. Laurie wich Pats Blick verlegen aus. Als er den Jungen wieder ansehen konnte, sagte er sanft: »Denk nur immer so von deiner Mutter.«

»Aber das ist wahr.« Die Nervosität war aus der Stimme des Jungen geschwunden und hatte einer leisen Aggressivität Platz gemacht. »Alle lieben meine Mam. Sie ist lustig, sie ist glücklich, wenigstens war sie es ... und sie ist spaßig, ich meine, es macht Spaß, bei ihr zu sein. Außer in der letzten Woche, bei dieser Sache, und seit es Mr. Emmerson schlechtgeht. Sie mag Mr. Emmerson gern. Aber sie ist gut. Sie könnte jederzeit heiraten, aber sie will nicht. Ted, das ist Mr. Glazier, der unten im ersten Stock wohnt, läßt sich scheiden und will sie heiraten, aber ich hab gehört, wie sie ihm gesagt hat, daß sie nicht will. Er wird unten im Süden leben, aber sie will überhaupt niemanden mehr heiraten. Bei uns bleibt auch nie jemand nachts im Haus ... Sie ist gut.«

Zehn Jahre war er alt und verteidigte seine Mutter! »Bei uns bleibt nie jemand nachts im Haus.« Er beugte sich zu ihm hinunter, bis sein Gesicht auf gleicher Höhe mit dem seinen war. »Mach dir deswegen keine Sorge. Ich glaube, daß deine Mutter gut ist, ich glaube es. Geh jetzt aber, geh und leiste ihr Gesellschaft.« Er schob ihn sanft fort und sagte dann: »Warte noch mal. Wo kann ich dich am besten erreichen, wenn ich es möchte?«

»Ich geh in die Remington Road School.«

»Sehr gut, Pat.« Er streckte seine Hand aus und berührte die Schulter des Jungen. »Wenn ich dich brauche, komm ich zur Schule.«

Pat nickte ernst und ging.

Laurie stieg in den Wagen, fuhr zur Cox Road und hielt gegenüber dem Gemüseladen. Er war geschlossen. Unschlüssig blieb er im Wagen sitzen. Der Laden hatte eine Doppelfront, die frisch gestrichen war, ebenso wie die Fenster darüber. Dort hingen hübsche Vorhänge, und es sah aus wie eine Wohnung. Auf der rechten Seite des Ladenfensters befand sich eine Tür, die knallrot angestrichen war, und er nahm an, daß es die Tür zur Wohnung war. Es könnte sein, daß Mr. Bolton über seinem Laden wohnte.

Laurie stieg aus dem Wagen und ging über die Straße. Nach kurzem Zögern drückte er auf die Klingel. Die Tür öffnete sich langsam, doch es machte sich niemand bemerkbar, bis von der Treppe oben eine Stimme ertönte: »Ja, was ist?«

Er blickte hinauf und sah eine Frau mit der Hand auf einem Flaschenzug.

»Lebt Mr. Bolton hier?«

»Ja, wer sind Sie?«

»Ist es möglich, daß ich ihn spreche?«

»Er sitzt gerade über seinen Geschäftsbüchern.«

»Ja, es dauert nur ganz kurz.«

»Wer ist da?« Ein Mann erschien neben der Frau. Er beugte sich vor und blickte die Treppe hinunter. »Was wollen Sie?«

»Ich ... ich möchte nur mal kurz mit Ihnen sprechen, wegen des Jungen, Pat Thorpe.«

Er sah, wie die Frau einen Schritt zurücktrat und hörte, wie sie leise sagte: »Ich wußte, daß es deswegen ist, ich wußte es ja. Sag ihm, wohin er gehen soll.«

»Passen Sie mal auf«, sagte der Mann, ging etwas in die Knie und beugte sich weiter vor, machte aber keine Anstalten hinunterzukommen. »Ich habe nichts zu sagen über diesen kleinen Schlingel. Was ich zu sagen hatte, hab ich der Polizei gesagt.«

Laurie machte einen Schritt vor in den Korridor und sah zu dem Mann hinauf. »Sie wollen also immer noch sagen, daß Sie ihn an dem bestimmten Sonnabend vormittag nicht beschäftigt haben?«

»Nicht an diesem und auch nicht an anderen. Ich hab alle Hände voll zu tun, wenn ich die kleinen Lumpen hinten von meinem Hof wegjagen muß. Alle zusammen sind das nichts als Diebe und Spitzbuben.«

Laurie schüttelte resigniert den Kopf. »Sie erinnern sich doch an den Jungen, Pat Thorpe, oder?«

»Ja, an den erinnere ich mich allerdings, weil ich ihm ständig gesagt hab, daß er verschwinden soll. Im übrigen ... ich weiß ja gar nicht, wer Sie sind. Außerdem ist es mir auch verdammt egal. Gehen Sie gefälligst und schließen Sie die Türe hinter sich.«

Laurie musterte Mr. Bolton mit scharfem Blick, dann drehte er sich wortlos um und schloß die Türe.

Als er im Wagen saß, dachte er: Mein Gott, was sind das für Typen! Und er ist noch dazu ein Lügner. Das war ihm schon im ersten Augenblick aufgefallen.

Bolton. Bolton. Der Name ging ihm nicht mehr aus dem Sinn. Er hatte ein besonders gutes Gedächtnis für Namen und vergaß fast nie einen. Bolton. Bolton. Kannte er den Namen von Klienten? Bei seinen eigenen war er nicht, soviel war klar. Doch irgendwo hatte er den Namen Bolton auf einem Ordner gesehen. Wo konnte er das denn gesehen haben, außer im Büro? Bolton. Bolton. Plötzlich wußte er es. Natürlich, bei Wilcox. Unter den Ordnern des Alten hatte er den Namen Bolton gesehen! Um einige der Klienten kümmerte er sich selbst. Er konnte sich nicht daran erinnern, wie lange es her war, daß er den Namen dort gesehen hatte, doch es war natürlich schon lange her, bevor der Alte begonnen hatte, die Sachen wegzuschließen. Es war sicher schon einige Jahre her, und Bolton konnte inzwischen eine andere Firma beauftragt haben. Doch es bestand immerhin die Möglichkeit, daß es nicht der Fall war. Auf einmal fiel ihm noch etwas ein, und jetzt wußte er, daß es nicht der Fall war. Es war im Eßzimmer der Wilcox' gewesen, wo an jedem Wochenende, im Sommer und Winter, eine große Schale mit Obst aufgestellt war. James hatte eine Vorliebe für Obst. Er konnte sich daran erinnern, daß May Wilcox es einmal gesagt hatte, und er hatte immer wieder gedacht, daß sie eine Menge Geld für Obst ausgaben, was eigentlich mit dem knappen Budget von Tante May gar nicht zu vereinbaren war. Nur für das »Dinner um acht« wurde extra zum Einkaufen in die Stadt gefahren. Natürlich konnte er sich auch täuschen, es konnte alles ein Wunschdenken sein, doch er würde der Sache auf jeden Fall morgen einmal nachgehen. Manchmal waren die unwahrscheinlichsten Vermutungen auch die zutreffendsten.

Jetzt mußte er sich einmal um die Wohnung von Barrie Rice kümmern.

Als er an der Nr. 4 Portland Street angekommen war, zögerte er, bevor er den Wagen verließ. An der offenen Tür stand nämlich eine Frau mit ausufernden Proportionen, die Arme über dem Bauch verschränkt. Sie befand sich in lebhafter Unterhaltung mit einer anderen Frau. Ob sie die Mutter des Jungen war, konnte er natürlich nicht ahnen, doch er spürte echtes Unbehagen, sich ihr zu nähern. Doch da er nun schon einmal den Wagen angehalten hatte und von den beiden gemustert wurde, hielt er es für besser auszusteigen.

Als er auf den Bürgersteig trat, wandte er sich an die dicke Frau und sagte: »Ich suche eine Mrs. Rice.«

»Ich bin Mrs. Rice.« Sie hielt die Arme weiter verschränkt.

»Ist es möglich, daß ich Ihren Sohn Barrie sprechen kann?«

»Sind Sie von der Polizei?«

»Nein, ich bin nicht von der Polizei.«

»Dann können Sie auch nicht mit ihm sprechen.«

»Aha. Ich bin aber von einer Anwaltsfirma.«

»Wir haben die Anwälte Thompson und Curry. Sind Sie einer von denen?«

»Nein, das sind wir nicht.«

»Also, Mister, wenn Sie was wissen wollen, dann gehen Sie zur Polizei, weiter kann ich Ihnen nichts sagen.« Mrs. Rice nickte ihm zu, dann ihrer Freundin, und ohne zu zögern stieg Laurie wieder in seinen Wagen und fuhr los.

Als er am nächsten Morgen um halb sieben nach unten kam, war er nicht überrascht, seine Mutter schon vorzufinden. Seit sein Vater krank war, war sie jeden Morgen vor ihm unten gewesen. Er fragte sich, ob sie überhaupt schlief, doch er erkundigte sich danach. Die Mauer, die zwischen ihm und seinem Vater gestanden hatte, war jetzt zwischen ihm und seiner Mutter.

Wenn sie miteinander sprachen, geschah es so ruhig, als ob der eine die Gefühle des anderen respektierte. Es kam ihm selbst merkwürdig vor, daß er sie seit Tagen nicht berührt hatte, nicht ihre Hand gehalten hatte oder ihr auch nicht einen Abschiedskuß gegeben hatte, was zur üblichen Morgenprozedur gehörte. Konnte das Band, das sie so innig zusammengehalten hatte, vollständig durchschnitten sein?

Obwohl er erst um neun im Büro sein mußte, verließ er das Haus schon um Viertel nach acht und jagte mit dem Auto die Straße hinab, als ob der Teufel hinter ihm her wäre. Das war ein Teil des Ausweichmanövers, von dem er wußte, daß es nicht mehr lange dauern könnte.

Donnerstag war Gerichtstag. Ein Tag, der sich entspannend auf die Büroroutine und die Nerven auswirkte. Doch an diesem Morgen konnte er sich nicht so recht daran erfreuen. Erstens hatte er einen Kater, weil er in der Nacht zu lange im Club geblieben war und natürlich zuviel getrunken hatte. Aber er hatte zu Hause nicht von Valerie abgefangen werden wollen. Er hatte sogar den Umweg über Handleys holprigen Weg gemacht und war von der oberen Seite in die Hauptstraße gefahren. Und dann war da diese Bolton-Angelegenheit. Wenn heute nicht der einzige Tag wäre, an dem er die Ordner untersuchen könnte, hätte er es noch aufgeschoben.

Er hörte, wie die Büromädchen eintrafen, und als er Miss Pattersons festen Schritt auf dem Gang hörte, ging er zu ihr. »Kann ich Sie wohl mal einen Moment sprechen, Pattie?« sagte er.

»Ja, natürlich, aber erst muß ich mich mal ausziehen.« Sie lachte ihn an, fuhr sich über ihr graues Haar und sagte: »So früh schon da, und das an einem Donnerstag? Was ist denn los? Übrigens, Sie sehen müde aus. Haben Sie gesumpft?«

»Das nicht gerade, Pattie. Ich hab mir nur etwas gegönnt heute nacht.«

»Oh, Sie Schlimmer. Das wird Ihnen bald vergehen.«

Er schnitt eine Grimasse, und sie kicherte. Dann sagte er: »Pattie, ich brauche Ihre Hilfe. Ich benötige eine kleine

Information. Vor allem, können Sie mir sagen, ob der Alte die Bücher von Bolton, dem Gemüsehändler, bearbeitet?«

»Bolton? Ja, das tut er, schon seit Jahren. Sein Zeug kam erst letzte Woche herein.«

»Meinen Sie, ich könnte mir das einmal ansehen?«

»Ich wüßte nicht, warum Sie es nicht können sollten. Doch ... doch, warten Sie mal.« Sie tippte kurz mit der Hand auf seinen Arm. »Vielleicht hat er sie weggeschlossen, das tut er manchmal. Ich kann mich ja nicht mit all den Akten befassen, oder? Ich muß mich auch um die Honorare kümmern und die Adressen schreiben und all das.«

»Könnten Sie bitte einmal nachsehen?«

»Ja, ja, das kann ich. Doch was wollen Sie wissen?«

»Nur ein ganz kleines Detail.«

»Wird es Unannehmlichkeiten machen?« Sie blickte ihn ängstlich an.

»Oh, nein, nein.« Er schüttelte den Kopf. »Ich werde auch nicht lange brauchen. Wenn Sie es in mein Zimmer bringen könnten, wäre es besser, denn vielleicht kommt er doch mal schnell vorbei, und dann will ich nicht bei ihm überrascht werden.«

»O je, nein.« Sie lachte ihr hohes dünnes Lachen. »Am Donnerstag können wir so einen Spaß schon gar nicht brauchen. Also gut.« Sie zwinkerte ihm zu. »Ich schau gleich mal nach.«

»Danke, Pattie.« Er lächelte ihr freundlich zu und ging dann hinaus.

In seinem Zimmer angekommen, setzte er sich hin und dachte nach. Seit er in dieser Firma mitarbeitete, waren gewisse Namen für ihn gleichbedeutend mit Erfolg oder Mißerfolg gewesen. Jahr für Jahr hatte er den Aufstieg oder Niedergang der Geschäfte miterlebt, die mit diesen Namen verbunden waren. Als er sich qualifiziert hatte, überließ ihm Wilcox eine Reihe von Klienten, und mit der Zeit waren es immer mehr geworden, doch er wußte, daß auf den Geschäftsbüchern oft Namen standen, die ihm kein Begriff waren. Es kamen dicke Pakete an, die adressiert waren an »Mr. Laurence Emmerson« und darunter: »James Wilcox, beeid. Rechnungsprüfer«. Und es kamen dicke Pakete an, adressiert an: »James Wilcox, Esq. beeid. Rechnungsprüfer« und darunter »Privat«.

Er glaubte nicht, daß der Alte sich auf irgendwelche krummen Sachen einließ, denn dazu war er viel zu gescheit. Doch es gab eine ganze Menge Dinge, die ein Rechnungsprüfer tun konnte, um die Bürde eines Klienten zu erleichtern. Dazu gehörte, daß er nicht zu viele Fragen stellte, mit der Hoffnung, daß der Steuerprüfer ähnlich dachte. Doch er wollte ja gar nicht den Ordner von Bolton sehen, um dem Alten etwas anzuhängen. Er hatte die Hoffnung, daß er sich vielleicht ein besseres Bild von diesem Mann machen könnte und vielleicht eine Möglichkeit, in irgendeiner Weise einen Druck auf ihn auszuüben, damit er die Wahrheit aus ihm herausbrachte. Die ganze Sache war ja nicht mehr als ein unbestimmtes Gefühl. Doch er hatte immer an unbestimmte Gefühle geglaubt, und vielleicht war es diesmal die einzige Chance, um das Schicksal des Jungen noch zu wenden. Er konnte den kleinen Jungen einfach nicht vergessen, und er konnte auch diese Frau nicht vergessen. Je mehr er in der letzten Nacht getrunken hatte, desto deutlicher hatte er sie vor sich gesehen.

Die Tür öffnete sich, und Miss Patterson trat ein. Sie flüsterte: »Hier sind sie. Er hat sie noch nicht in der Hand gehabt. Doch ich bitte Sie, wenn er zufällig kommt, dann gebe ich Ihnen ein Signal mit dem Telefon, und Sie lassen sie sofort verschwinden!« Sie nickte ihm verschwörerisch zu.

»Danke, Pattie. Ich werde sie nicht lange brauchen. Danke.« Er lächelte ihr zu, und sie ging eilig hinaus.

Sachkundig sortierte er den Inhalt des großen Pakets. Unter der Überschrift »Wiederbeschaffung« stand der

Preis eines neuen Lieferwagens, und auf der anderen Seite das, was er für den alten bekommen hatte. Es waren im Laden Umbauten vorgenommen worden, die sich auf 200 Pfund beliefen. Die Rechnungen waren alle unterzeichnet. Dann war ein dickes Bündel von wöchentlichen Rechnungen des Grossisten da und außerdem ein Buch mit der Überschrift »Löhne«. Daraus entnahm er an erster Stelle, daß der Gemüsehändler seiner Frau zehn Pfund in der Woche dafür zahlte, daß sie im Laden mithalf. Das war auch ganz richtig, denn sie würde dafür Steuern zahlen müssen. Dann stand unter der Überschrift »Gelegenheitsarbeiten« auch »Fahrer: Sonnabend von 1 bis 6, 2 Pfund 15«. Darunter stand die Endsumme des Jahres. Dann war darunter eine Eintragung, die Laurie sofort hellwach machte: »Zwei Jungens, Einpacken von Bestellungen: Sonnabend 9 bis 1,30 Schilling«, und darunter stand die Endsumme des Jahres: »78 Pfund.«

Laurie biß sich vor Aufregung auf die Lippen, lächelte aber zufrieden, als er die Papiere wieder in den Umschlag steckte. Nicht schlecht, daß er diese Vermutung gehabt hatte, gar nicht schlecht.

Er trug den Umschlag wieder in das Zimmer von Miss Patterson, legte ihn ihr auf den Schreibtisch und sagte: »Tun Sie das bitte wieder dorthin, wo es war, Pattie. Und denken Sie daran, Sie haben mir nie diesen Umschlag gegeben, ich bin selbst in sein Zimmer gegangen und habe ihn geholt.«

»Es wird doch deswegen keine Unannehmlichkeiten geben, Mr. Emmerson?« fragte sie vorwurfsvoll.

»Nicht für Sie, Pattie, nicht für Sie.« Er grinste sie an. »Denken Sie dran, Sie wissen nichts davon.«

»Oh, daran werde ich auf jeden Fall denken.«

»Also gut, Pattie. Und vielen Dank, vielen Dank.«

Als er wieder in seinem Zimmer war, ließ er sich mit Arnold Ransome verbinden, und das erste, was Arnold fragte, war: »Wie geht es deinem Vater?«

»Oh, heute schon viel besser, Arnold. Der Arzt scheint mit ihm zufrieden zu sein.«

»Sehr schön. Oh, wie mich das freut. Am Donnerstag abend, als ich ihn sah, war ich wirklich sehr erschrocken.«

»Er macht sich große Sorge wegen dieser Thorpe-Angelegenheit, Arnold. Du weißt doch, der kleine Junge aus dem Gebäude nebenan.«

»Ja, ich weiß, ich weiß. Ich kümmere mich darum, und es ist nicht nötig, daß man ihn weiter deswegen beunruhigt.«

»Hast du den Gemüsehändler gesehen?«

»Nein, aber ich habe ihm geschrieben.«

»Das ist ein schlauer Bursche, Arnold, und er ist ein Lügner. Ich glaube dem Jungen, wenn er sagt, daß er dort gearbeitet hat. Vater war irgend etwas auf der Spur, das hat er mir gesagt.« Er dämpfte seine Stimme. »Dieser Bolton hat der Polizei erklärt, daß er noch nie irgendwelche Jungens beschäftigt hat. Trotzdem hat er bei seiner Einkommensteueraufstellung dreißig Schilling pro Woche angegeben, für zwei Jungen, die sonnabends von neun bis eins arbeiteten.«

»Bist du da sicher, Laurie?«

»Ich hab es gerade mit eigenen Augen gesehen.«

»Oh.« Laurie konnte sich vorstellen, wie Arnold jetzt mit den Fingern auf den Schreibtisch trommelte. Dann sagte er: »Das ist ja alles ganz schön und gut, aber man wird es vor Gericht beweisen müssen, und wir werden den alten Wilcox dazu bringen müssen, die Aufstellung vorzulegen, und ich glaube nicht, daß er das tun wird. Er wird der Ansicht sein, daß die Angelegenheiten seiner Klienten niemand etwas angehen. Und noch etwas anderes: An diesem Fall hat er persönliches Interesse. Du weißt ja vielleicht weshalb, Laurie?«

»Ja, ich weiß es.«

Nach kurzem Schweigen sagte Arnold: »Ich kann mir nicht vorstellen, daß uns das sehr viel nützt.«

»Meinst du wirklich?«

»Ja. Ja, das meine ich. Wenn dieser Bursche darauf besteht und sagt, daß er niemand angestellt hat und wir das Gegenteil beweisen müssen, dann brauchen wir Zeit.«

»Es könnte aber doch gelingen?«

»Ja, es könnte gelingen, doch inzwischen wird der Junge da sein, wo der alte Wilcox ihn haben will, denn ich kann mir nicht vorstellen, daß wir bei so geringen Beweismitteln eine Zurückverweisung erreichen können. Es wird sich ja immer nur um mündliche Aussagen handeln können, wenn wir die Steuerbelege nicht vorweisen können. Und was das betrifft, müssen wir sehr vorsichtig sein, denn der Gemüsehändler könnte ja auch den Spieß umdrehen.«

»Ja, ich verstehe, was du meinst.«

»Natürlich kann man den Fall immer wieder eröffnen.«

»Nächste Woche ist die Verhandlung, nicht wahr?«

»Ja, die Vorverhandlung. Wilcox hat versucht, die Sache schon für heute durchzusetzen, doch das kleine Mädchen leidet immer noch unter dem Schock, und die Mutter sagt, daß sie nicht erscheinen kann. Daher wurde der Termin um eine Woche verschoben.«

»Das ist wenigstens etwas. Danke, Arnold.«

»Trotzdem, du hast nicht ganz unrecht. Ich muß mir das noch einmal überlegen. Wenn wir genügend Zeit haben, könnte es den ganzen Fall noch ändern. Tatsächlich bin ich sogar überzeugt, daß es so sein wird. Doch wir brauchen Zeit, wir brauchen einfach Zeit ... Und dann, Laurie: es wird Wilcox fürchterlich aufregen, das ist dir doch klar?«

»Ja, das ist mir klar.«

Es herrschte eine lange Pause, bevor Arnold sagte: »Nun gut, solang dir das klar ist! Auf Wiedersehen, Laurie.«

»Auf Wiedersehen, Arnold.«

Er starrte seinen Schreibtisch an. Das Gericht war pingelig genau, knifflig und arbeitete langsam. Arnold sagte, daß es auf die Zeit ankäme, und inzwischen würde Mr. James Wilcox dafür sorgen, daß der kleine Junge in ein Heim käme. Damit würde er die Mutter nicht nur vernichten, sondern auch das öffentliche Urteil beeinflussen. Wie er schon gedroht hatte, er würde ihr die Hölle so heiß machen, daß sie sich nach einem anderen Wohnort umsehen müßte. Mittags aß Laurie im Stadtzentrum, wie schon die ganze Woche, und ging dann in die Klinik. Als er durch den Haupteingang trat, sah er Cissie herauskommen, doch sie tat so, als ob sie ihn nicht erkennen würde, und blickte starr geradeaus.

Sobald er seinen Vater sah, wußte er, daß sie nicht bei ihm gewesen sein konnte. Er lag so da wie immer, an ein Kissen gelehnt, ruhig und fast heiter, und er glaubte nicht, daß er so unbeteiligt daliegen würde, wenn er sie gesehen hätte. Wahrscheinlich war sie nur an der Pforte gewesen, um sich nach ihm zu erkundigen.

»Wie geht es dir?« Er setzte sich neben ihn ans Bett.

»Oh, danke, schon viel besser. Deine ... deine Mutter ist gerade gegangen.«

»Gerade gegangen?«

»Ja, etwa vor einer halben Stunde. Hast du ... hast du getan, worum ich dich gebeten habe?«

»Ja, Vater, ich hab sie gesehen.«

»Und sie hat dir alles gesagt?«

»Ja, das hat sie.«

»Hast du den Jungen gesehen?«

»Ja, ich habe Pat gesehen.«

»Nein.« John schüttelte den Kopf. »Den Ricejungen.«

»Nein, aber das werde ich noch tun.«

»Und Bolton?«

»Ich sehe ihn heute abend.« Er erwähnte nicht den ergebnislosen Besuch des letzten Tages.

»Bolton ist gerissen, Laurie, er ist ein übler Kerl. Man hat ihn schon einmal bestraft, weil er Jungen angestellt hatte, die noch zu klein waren. Außerdem existiert da noch etwas anderes, noch viel Schlimmeres bezüglich dieser Jungen, was aber nicht bewiesen werden konnte. Die haben dort in der Gegend Angst vor ihm. Deswegen sagt er auch bezüglich Pat nicht die Wahrheit.«

Laurie beugte sich zu ihm vor. »Doch, ich glaube, er wird es noch zugeben.«

»Ja?«

»Ich glaube, ich habe ihn jetzt in der Hand. Warte mal ab. Wahrscheinlich werde ich dir morgen schon mehr sagen können. Warte nur mal ab bis dahin.«

John lächelte. Seit Tagen hatte er ihn nicht mehr so entspannt gesehen. Dann wurde er auf einmal wieder ernst und sagte: »Sie wird sterben, wenn man ihr den Jungen nimmt. Er bedeutet ihr alles, was sie hat. Und der Junge ist unschuldig, da könnte ich mein Leben darauf wetten.« Er hob die Hand, und die Lippen verzogen sich zu einem leichten Grinsen. »Das, was es noch wert ist.«

»Das ist noch eine Menge wert, warte nur ab. Jetzt versuch nur, dir nicht zu viele Sorgen zu machen.«

»Meinst du?«

»Ja, natürlich.«

»Du weißt, Laurie, sterben macht mir nicht viel aus.«

»Oh, sag das nicht, bitte.« Er nahm die schlaffe blasse Hand und hielt sie fest. Während er das tat, dachte er, daß es doch seltsam war, daß er für diesen Mann jetzt so viel empfand. Und vor allem, daß diese Empfindung so viel Reue und Schuldgefühl enthielt. Vor einer Woche noch hätte er gesagt, daß er in seinem Leben nichts getan hatte, um echte Gefühle zu bewirken, daß er ihn für ebenso durchschnittlich hielt wie die übrigen seiner Zeitgenossen. Was hatte das alles zu bedeuten? Er dachte plötzlich an Val und Tony Clark und alle anderen, die vor ihm gewesen waren. Sie hatte früh mit Sex angefangen, das wußte er. Und dann dachte er an Susan Lumley, Betty Fuller und Kitty Frost. Sein gutes Gedächtnis für Namen ließ ihn auch an die allererste denken, an Henrietta Jacobson. Sie war fünfzehn und er dreizehn. Sie hatte ihn erschreckt. Sie hatte ihn wochenlang verfolgt, dann vergewaltigt, und schließlich war seine Furcht gewichen. Die Mädchen waren nachher keinerlei Problem mehr gewesen, es war alles viel zu einfach gewesen, doch irgendwie waren sie alle gleich: sie übereilten alles, bedrängten ihn, waren fordernd und maßten sich männliche Vorrechte an.

Mutter hatte recht. Was sein Vater für Mrs. Thorpe fühlte, war wahrscheinlich etwas sehr viel Stärkeres als jedes Gefühl, das mit dem Geschlechtstrieb zusammenhing.

Als er ihn anblickte, kam zu seinen Empfindungen noch eine andere dazu, die ihn am allermeisten überraschte. Er war eifersüchtig auf seinen Vater. Eifersüchtig auf diesen Mann, den er so lange verachtet hatte! Was war denn bloß mit ihm los? Er war von der ganzen Geschichte schon so mitgenommen, daß er wohl bald einen Psychiater aufsuchen müßte.

»Hast du es Val schon gesagt?« fragte John.

»Was? Oh, das. Nein, da hab ich noch Hemmungen.«

»Je länger du es aufschiebst, desto schwerer wird es sein. Bist du dir denn sicher, daß du einen Bruch willst?«

»Das ist ungefähr das einzige, was ich ganz sicher will.«

Sie blickten einander an, ernst und aufrichtig. »Dann ist es gut«, sagte John sanft. »Aber versuch es so bald wie möglich hinter dich zu bringen.«

4. Mr. Bolton

Es war gerade fünf Uhr geworden, als Laurie in Mr. Boltons Laden trat. Der Gemüsehändler, der gerade einige Früchte in einer Kiste sortierte, drehte sich zu ihm um: »Ja, Sir, was kann ich ...?« Er blieb mitten im Satz stecken, als er ihn erkannte; sein stereotypes Lächeln verschwand, und er fauchte: »Schon wieder Sie. Ich habe Ihnen doch gesagt ...!« Die letzten Worte waren langgezogen und klangen wie eine Drohung.

»Ja, ich weiß. Aber jetzt habe ich Ihnen etwas zu sagen, Mr. Bolton. Wollen wir es in Ruhe besprechen – oder nicht? Mir ist es gleich.«

In Lauries Stimme war etwas, was Mr. Boltons nächste Bemerkung zurückhielt. Er stierte ihn eine Weile wütend an, bevor er sagte: »Kommen Sie hier herein, aber machen Sie es kurz.«

Er stieß eine Tür auf und ließ Laurie hineingehen. Dann ging er zu der Treppe, die aus dem Packraum herausführte, und rief: »Gladys! Laden!«

Unmittelbar darauf kam Mrs. Bolton die Treppe hinab. Als sie Laurie erblickte, blieb sie wie angewurzelt stehen, doch Mr. Bolton knurrte sie an: »Kümmer dich um den Laden. Ich bin sofort wieder da. Eine Minute, länger nicht. Also, was ist?«

»Sie haben mir gestern abend erklärt«, fing Laurie ohne Umschweife an, »daß Sie niemals kleine Jungen beschäftigen. Das haben Sie auch der Polizei erklärt. Stimmt das?«

»Das stimmt.«

»Sie lügen, Mr. Bolton.«

»Ich habe Sie gewarnt, Freundchen.« Mr. Boltons Gesicht verzog sich zu einer häßlichen Grimasse.

»Sie lassen Ihre Geschäftsbücher durch James Wilcox

bearbeiten, nicht wahr?« Laurie beobachtete, wie sich Mr. Boltons Mund zusammenpreßte. »In diesen Büchern steht folgender Eintrag: ›Für zwei Jungen für gelegentliche Arbeiten am Sonnabend vormittag bezahlt 30 Schilling; Jahresendsumme 78 Pfund.‹ Stimmt das, Mr. Bolton?«

»Sie verdammter Schnüffler.«

»Ich würde etwas sparsamer mit solchen Ausdrücken umgehen, Mr. Bolton. Sie haben noch nicht alles gehört. Ich glaube aber, daß es für den Anfang genügt. Auf jeden Fall wird es genug für den Richter sein, ob es nun Mr. Wilcox ist oder ein anderer.«

»Wer, zum Teufel, sind Sie denn überhaupt? Und warten Sie nur, bis der alte Wilcox das herausbekommt!«

»Zufällig bin ich sein Buchhalter.«

»Das werden Sie nicht mehr sehr lange sein, Freundchen, denn der wird Sie bei lebendigem Leib häuten.«

»Weshalb sollte er denn? Er weiß ja nicht, daß Sie an Ihren Büchern herumbasteln. Er hat sie in gutem Glauben geprüft, nicht wahr, Mr. Bolton? Sie haben unterzeichnete Quittungen, darunter auch von Ihrem gelegentlichen Fahrer?« Dies letzte war ein Versuchsballon, doch er merkte, daß er seine Wirkung nicht verfehlt hatte.

»Sie sind ein cleverer Junge, was? Warten Sie nur, bis ich es dem alten Wilcox sage!«

»Ach, was den alten Wilcox betrifft, so würde ich mir da keine weiteren Gedanken machen, wenn ich Sie wäre«, sagte Laurie mit aufreizender Gelassenheit. »Ich würde mir viel eher wegen der Polizei Gedanken machen. Sie werden es Mr. Wilcox sowieso nicht sagen, daß ich hier gewesen bin.«

»Das werde ich allerdings tun, das kann ich Ihnen verraten.«

»Nein, das werden Sie nicht. Ich werde jetzt einen kleinen Handel mit Ihnen machen, Mr. Bolton. Ich könnte ja auch direkt zur Polizei gehen und denen Ihre Bücher zeigen und ihnen sagen, daß Sie bezüglich des Thorpejungen gelogen haben. Aber das würde mir gar nicht so viel nützen. Ich möchte, daß Sie etwas anderes tun, Mr. Bolton. Ich möchte, daß Sie zur Polizei gehen, Sie selbst, und dort sagen, daß Ihnen ein Fehler unterlaufen ist. Sagen Sie ihnen, daß Sie an jenem bestimmten Sonnabend morgen in Eile waren und sich jetzt daran erinnern, daß Sie Patrick Thorpe bis ein Uhr beschäftigt haben. Daher konnte er bei der Bande nicht dabeigewesen sein, als die Jungen das kleine Mädchen überfallen haben. Sie werden ausnahmsweise einmal die Wahrheit sagen, nicht wahr, Mr. Bolton? Die werden nicht allzu nachsichtig sein, wenn Sie es nicht tun. Denn es ist ja nicht Ihr erstes Delikt in dieser oder anderer Hinsicht, hm?« Mr. Bolton schluckte. Er schluckte dreimal, bevor er sagte: »Der Teufel soll Sie holen!«

»Es liegt ganz bei Ihnen. Wahrscheinlich werden Sie bestraft werden und ein schönes Sümmchen blechen müssen, doch das dürfte nur ein Tröpfchen sein, gemessen an dem, was der Steuerprüfer mit Ihnen machen wird. Denn es gibt ja nicht nur den Fall von der gelegentlichen Arbeit am Sonnabend, nicht wahr, Mr. Bolton?«

Das war der zweite Versuchsballon, der jedoch nicht allzu gewagt war. Wenn ein Mann in einer Weise seine Gaunereien betrieb, dann tat er es auch auf andere Weise.

Daß dies wieder ein Schuß ins Schwarze war, zeigte sich, als der Gemüsehändler ihn anknurrte: »Sie sind ein schmutziger Erpresser!«

»Wie bitte?« Es klang wie eine höfliche Erkundigung.

»Ich werde es nicht tun.« Boltons Stimme kam tief aus seiner Kehle. »Ich werde mir doch nicht von so einem jungen Bürschchen wie Ihnen imponieren lassen!«

»Das würde ich mir sehr gut überlegen, Mr. Bolton. Ich gebe Ihnen vierundzwanzig Stunden Bedenkzeit. Besprechen Sie es doch einmal mit Ihrer Frau. Frauen sind in manchen Dingen außerordentlich vernünftig. Doch ich muß Sie warnen. Wenn Sie nur einen Ton darüber Mr.

Wilcox sagen, werde ich mich nicht mehr zurückhalten. Dann gehe ich direkt zur Polizei. Ich würde mich gar nicht wundern, wenn Sie dies alles hier verkaufen müßten«, er machte eine weite Handbewegung, »damit Sie diese schrecklichen Leute vom Finanzamt zufriedenstellen können. Und glauben Sie ja nicht, daß Mr. Wilcox seinen Mund halten wird. Sie müssen wissen, daß er sehr bald mein Schwiegervater wird.«

Die Überraschung war gelungen. Boltons Gesicht spiegelte Ungläubigkeit und Zorn wider. »Sie können mich morgen jederzeit in meinem Büro erreichen. Fragen Sie nach mir persönlich, Mr. Laurence Emmerson.«

Als er zurück durch den Laden ging, hatte er das Gefühl, daß Mr. Bolton ihn am liebsten mit einem schweren Gegenstand erschlagen hätte. Er zitterte, als er den Zündschlüssel drehte, und hatte Mühe, den Gang einzulegen. Als er eine Weile gefahren war, hielt er an, lehnte sich in den Sitz und wischte mit dem Taschentuch über sein Gesicht. Er hatte etwas in Gang gebracht, und wenn es so ablief, wie er es sich vorstellte, würde dem Jungen nichts geschehen. Doch was würde mit ihm selbst passieren?

Im Laden war er kein bißchen stolz darauf gewesen, wie er den Mann behandelt hatte. Außerdem hatte er jetzt der Tatsache ins Auge zu schauen, daß er sich in Bolton einen gefährlichen Feind geschaffen hatte.

5. Val

»Es geht ihm schon viel besser.« Sie saßen zusammen beim Abendessen. Nur sie beide, doch es war gedeckt wie immer. Er sah zu ihr hinüber, schluckte seinen Bissen hinunter und sagte dann: »Ja.«

»Laurie.«

»Ja, Mutter.«

»Ich habe das Gefühl, wir sollten miteinander sprechen.« Sie legte Messer und Gabel hin. »Du hast in einer Woche eine totale Umkehrung gemacht.«

»Wie meinst du das?«

»Du weißt genau, was ich meine, mein Lieber.« Sie schüttelte den Kopf. »Dein Vater hatte früher nie recht, und ich hatte immer recht, und jetzt hat er immer recht, und ich habe nie recht. Aber, du solltest wissen, daß es nie nur Schwarz oder Weiß gibt.«

»Es tut mir leid, wenn du es so siehst.«

»Du weißt, daß es stimmt, und ich … ich hätte es niemals für möglich gehalten, daß du dich gegen mich wendest, wenn ich dir die Wahrheit sage. Ich … ich glaube nicht, daß ich dir die Geschichte deines Vaters erzählt hätte, wenn ich gewußt hätte, daß es zwischen uns zum Bruch kommen wird.«

»Aber das ist doch nicht so.« Er hörte ebenfalls auf zu essen und beugte sich zu ihr.

»Ich würde es auch gerne so ansehen, aber ich kann es nicht, Laurie. Doch wie es auch sei, was ich dir sagen möchte, ist dies: Vielleicht können wir jetzt neu anfangen. Alles ist jetzt gesagt, es gibt nichts mehr zu verbergen, wenigstens nicht zwischen uns, und – und es wäre schön, wenn wir wieder gut miteinander auskommen könnten, bis … bis du verheiratet bist.«

Er beobachtete, wie sie mit gesenkten Augen ein Stück Brot brach. Ruhig sagte er: »Ich werde nicht heiraten.«

»Du wirst nicht ... soll das bedeuten ...? Oh, Laurie.«

Zum erstenmal seit Tagen nahm er wieder ihre Hand und sagte: »Reg dich bitte nicht auf.«

»Ich reg mich nicht auf, gewiß nicht, jedenfalls nicht meinetwegen. Doch, weshalb nicht?«

»Oh, dafür gibt es viele Gründe. Ich kann den alten Burschen einfach nicht leiden. Und Tante May ebensowenig. Ja, ich weiß.« Er hob eine Schulter. »Ich würde ja auch nicht sie heiraten, aber ... sie sind alle miteinander verfilzt, und wir haben seit Wochen nichts anderes getan als gestritten.«

»Man sagt ja, daß das nicht ungewöhnlich ist bei einem verlobten Paar, obwohl dein Vater und ich ...«, sie senkte den Kopf, und er überging die Anspielung schnell, indem er sagte: »Aber, das ist etwas ganz anderes. Es waren ja nicht nur Kräche oder Meinungsverschiedenheiten, die wir hatten, sondern es ist unsere ganze Lebensauffassung.« Er machte eine Pause. Sie hatte immer noch den Kopf gesenkt, als er sagte: »Es tut mir leid.«

»Ach, das spielt keine Rolle, Laurie.« Sie blickte ihn an, und ihre Augen drückten Zärtlichkeit und Verständnis aus. Außerdem war da eine gewisse Erleichterung, das konnte er sehen.

»Du hast sie nie wirklich leiden können, nicht? Ich meine, Val.«

»Nein, Laurie, ich habe sie nie gemocht. Doch ... doch das soll nicht heißen, daß ich froh darüber bin, weil – ja weil ich glaube, daß du heiraten solltest.« Sie zog die Augenbrauen hoch. »Das kommt dir vielleicht merkwürdig vor, doch ich habe einfach das Gefühl, du solltest heiraten, und – und von uns beiden fortgehen.«

Sie blickten einander an, und sie wartete auf seine Reaktion. Sie fiel anders aus als erwartet. Laurie nickte. »Du weißt jetzt seit Tagen, ja sogar seit Wochen, daß ich mich danach sehne, wieder als freier Agent arbeiten zu können, daß ich gerne kommen und gehen kann, wann ich will. Daß ich nicht ständig durch Hupen, Winken oder Anhalten den Leuten meine Höflichkeit bezeugen muß. Man kommt hier doch kaum über die Straße, ohne daß einen jemand sieht.« Er war aufgestanden und stand am französischen Fenster des Gartenzimmers und schaute hinaus.

Als sie vorsichtig fragte: »Ist vielleicht jemand anderes aufgetaucht?«, wandte er sich zu ihr um. »Jemand anderes? Nein. Mein Gott, hast du denn nicht zugehört? Ich möchte frei sein. Einfach nur frei.«

»Aber es ist alles schon so weit gediehen, und May wird sicher verrückt werden. Außerdem ist noch dein Vater da. Du solltest es ihm besser nicht sagen.«

»Er weiß es schon.«

»Oh, Laurie!«

»Es hat ihm gutgetan. Es wirkte auf ihn wie eine Injektion.«

»Du meinst wirklich ...« Sie nickte dann und sagte: »Ja, ja, wahrscheinlich hast du recht. Er hat sie ja nie wirklich gemocht.« Sie schwieg eine Weile, bevor sie leise hinzufügte: »Es wird Schwierigkeiten geben, Laurie. Ich bezweifle, ob Val das so einfach hinnehmen wird. Oder auch James ...«

»Ja, ich bezweifle das auch. Doch ich muß es jetzt hinter mich bringen, sowohl was James als auch was Val betrifft. Schließlich geht es um mein Leben, und ich weiß, daß ich diese Ehe nicht durchstehen könnte.«

Er trat jetzt vom Fenster zurück. »Wirst du ins Krankenhaus gehen? Ich kann dich dorthin bringen und kurz mit raufkommen. Dann habe ich etwas zu erledigen. Ich kann dich später wieder abholen, wenn du willst.«

»Ja, das wäre schön.« Es klang so, als sei sie dafür dankbar, daß er mit ihr ins Krankenhaus wollte.

Zehn Minuten später stand sie angezogen in der Halle. Laurie musterte sie ernst. »Ich hoffe, wir schaffen es, die

Barrikade zu überwinden.« Sie sah ihn liebevoll an und lachte dann leise. »O ja, Laurie, das werden wir.«

Sie stiegen vor dem Krankenhaus aus, gingen durch die Halle, dann durch die Privatabteilung bis zur Nr. 7. Laurie öffnete die Tür, schloß sie im nächsten Moment jedoch wieder. Er nahm seine Mutter beim Arm, führte sie schnell über den Korridor zur Halle und in eines der Wartezimmer. Das Zimmer war leer, und er nahm sie bei den Schultern. »Es bedeutet sicher nichts, gar nichts. Er hat es mir gesagt, und sie hat es mir auch gesagt.« Er sah, wie sie die Augen schloß und ihre Lippen zusammenpreßte.

»Ich muß mich setzen«, sagte sie. Als sie saß, nahm er ihre Hände und sagte: »Es sieht schlimm aus, aber sie hat sich vielleicht von ihm verabschiedet.«

»Ja, ja.« Sie schüttelte langsam den Kopf. Er wußte, daß sie ihm nicht glaubte. Die Frau, die John gerade geküßt hatte, hatte sich nicht nur einfach von ihm verabschiedet, nein, das hatte vielmehr wie ein Siegel für die Zukunft ausgesehen.

»Bleib bitte mal hier«, sagte er. Als er in der Halle angekommen war, sah er, wie Cissie gerade das Krankenhaus verließ. Er lief wieder ins Wartezimmer und sagte: »Es ist alles in Ordnung. Aber jetzt hör mal zu. Laß dir nicht anmerken, daß du etwas gesehen hast. Wenn sie gehört haben, daß die Tür aufgegangen ist, können sie auch gedacht haben, daß es eine Schwester war. Sie haben mich nicht gesehen. Ich sag dir, es ist alles in Ordnung, du kannst mir glauben. Komm jetzt, komm.« Er berührte ihr Kinn mit der alten Zärtlichkeit. »Laß dir nicht anmerken, daß du aufgeregt bist, denn das wäre nicht gut für ihn.«

Sie hatte keine Tränen in den Augen, doch sie holte tief Atem, bevor sie sagte: »Ist schon gut. Kommst du mit?«

»Nein, ich werde ihn sehen, wenn ich zurück bin. Ich hab dir ja schon gesagt, daß ich etwas zu erledigen habe. Wie lange möchtest du bleiben?«

»Etwa eine Stunde. Aber das spielt keine Rolle. Du

brauchst dich nicht zu beeilen.« Ihre Stimme klang matt und leblos.

Er verließ sie im Korridor und drückte ihren Arm, bevor er sich umwandte. Etwas von dem alten Gefühl für sie war wieder da, aber er war jetzt sehr verärgert.

Er hatte vorgehabt, zur Wohnung dieser Mrs. Thorpe zu gehen, um ihr mitzuteilen, was sich mit Bolton ereignet hatte. Er wußte, daß sie ihn sicher nicht sehr freundlich empfangen würde, doch er wollte ihr nur die Sorge um den Jungen nehmen. Aber jetzt war er so wütend auf sie, daß er sie am liebsten zusammengeschlagen hätte. Er sah es noch vor sich: wie sie sich über das Bett seines Vaters beugte, die Arme um ihn gelegt und ihr Haar herabhängend, so daß es sie wie eine Hülle umgab. Er konnte sie wieder hören, als er neulich nacht bei ihr war, wie sie sich verteidigt hatte und die Unschuldige spielte, so daß er sich vorkam wie ein Erzschurke ... Na, die sollte nur warten, bis er ihr die Meinung sagte!

Als er am Greystone Block angekommen war, wußte er, daß sie noch nicht da sein konnte, und das paßte ihm sehr gut. Er würde das Empfangskomitee für sie spielen. Er stieg die Treppe hinauf und gab sich diesmal keine Mühe, leise zu sein. Ihm waren die anderen Leute egal, die ihn eventuell beobachteten. Er empfand nur Abscheu für sie, dieses billige kleine Weibsstück! Eine gute Frau! Natürlich wollte sein Vater gut von ihr denken, denn der war jetzt reif dafür, hinters Licht geführt zu werden. Nun, ihn würde sie nicht hinters Licht führen. Er würde ihr klarmachen, daß seine Mutter sie schonungslos bekämpfen würde, und wenn sie gewänne, würde der Geldhahn für sie zugedreht sein. Diese Tatsache würde sie dann sicher abschrecken.

Als er auf dem obersten Treppenabsatz angekommen war, stand die Tür offen, und der Junge erwartete ihn.

»Ich hab zuerst gedacht, daß es meine Mam wäre«, sagte er. »Sie ist nämlich nicht da.« Er sah Laurie vertrauensvoll an. »Ich weiß, aber ich möchte gern auf sie warten.«

»Kommen Sie rein.« Der Junge ließ die Tür auf und folgte ihm ins Wohnzimmer. »Haben Sie mit jemand gesprochen? Ich meine mit Mrs. Rice oder Mr. Bolton? Haben Sie etwas erreicht?«

Als er den kleinen Jungen ansah, dachte er, daß der alte Wilcox doch recht hatte, was sie betraf. Vielleicht kannte er diese Typen nicht gut genug und wußte nicht, wie man mit ihnen umgehen mußte.

»Oh, ja. Ich habe sie beide gesehen. Doch nicht den Jungen, die Mutter des Jungen, Mrs. Rice. Sie war nicht sehr gesprächig. Aber ich glaube doch, daß alles gut wird. Ich habe Mr. Bolton gesprochen. Ich werde … ich werde bis morgen alles genau wissen.«

»Sie meinen … Sie meinen, daß er die Wahrheit sagen wird?«

»Ich hoffe es, aber du darfst mit niemand darüber reden, hast du verstanden?« Sein Zorn betraf nicht den Jungen. Er tat ihm immer noch leid.

»O ja, ja, Mister. O ja.«

»Glaubst du, daß deine Mutter lange fort sein wird?«

»Nein, sie muß gleich zurück sein. Sie ist nur eben ins Krankenhaus gegangen, um … um Ihren Vater zu besuchen.«

»Sie ist nicht noch woanders hingegangen?«

»Nein. Sie hat mir gesagt, daß ich hierbleiben soll und das Haus nicht verlassen darf und daß sie sofort wieder zurück ist. Wollen Sie sich nicht setzen?« Der Junge machte dieselbe einladende Bewegung zur Couch hin, die Cissie auch immer machte.

»Nein, ich möchte lieber etwas herumgehen.«

Dabei schaute er sich ein Möbelstück nach dem anderen an. Sie hatte ihr Geld nicht schlecht angelegt.

Als er zum Flügel kam, sagte er zu dem Jungen: »Spielst du Klavier?« Es interessierte ihn gar nicht, ob er spielte oder nicht, doch der Junge stand da und beobachtete ihn unablässig.

»Ich lerne gerade, ich lerne seit einem Jahr, aber meine Mam spielt sehr schön. Sie kann alles spielen, auch das schwere Zeug. Beethoven und Bach.«

Sie konnte wohl mehr als Beethoven oder Bach spielen, dachte er zynisch.

Sie hörten sie beide auf der Treppe. Die Tür schloß sich, doch beide rührten sich nicht.

Cissie trat ein und blieb an der Tür stehen. Sie blickte von ihrem Sohn zu Laurie und ließ ihn dann nicht mehr aus dem Auge. Als sie ihre Handtasche und ihren Mantel abgelegt hatte, blickte sie ihn immer noch an. Dann befahl sie Pat, ohne ihn anzusehen: »Geh in dein Zimmer.«

»Aber, Mam, Mr. Emmerson ... Mr. Emmerson weiß etwas Neues.«

»Geh in dein Zimmer, Pat.«

Der Junge ging langsam ins Schlafzimmer, und erst als sich die Tür geschlossen hatte, ging sie zum Kamin, knipste das elektrische Feuer an, gab dem Puff einen Tritt, setzte sich und versuchte, ihren Rock übers Knie zu ziehen. Dann sagte sie kühl: »Nun, weshalb fangen Sie nicht an? Ich warte.«

Als er immer noch schwieg, begann sie: »Es überrascht mich, daß es Ihnen die Sprache verschlagen hat. Ich kann Ihnen aber das Stichwort geben. Ich bin ein Luder. Ich bin all das, was Sie von mir denken. Sie haben doch gerade den Beweis dazu gesehen, nicht wahr? Sie sind ins Zimmer Ihres Vaters gekommen und haben beobachtet, wie ich ihn geküßt habe und ihn im Arm hatte.« Als sie bemerkte, wie er zusammenzuckte, fuhr sie fort: »O ja, ich weiß genau, daß Sie es waren, zusammen mit Ihrer Mutter. Sie waren nicht schnell genug mit dem Türeschließen. Und wissen Sie was? Ich werde Ihnen keine Erklärung abgeben.«

Wenn man sagen wollte, daß ihm der Wind aus den Segeln genommen war, so wäre das ein sanfter Ausdruck, doch seine Wut wurde um so größer. »Was meinen Sie denn damit zu erreichen?« brachte er mühsam heraus. »Wenn Sie glauben, daß mein Vater Ihretwegen meine Mutter verlassen würde, so irren Sie sich sehr.«

»So, tue ich das? Mein lieber Herr Alleswisser, dann werde ich Ihnen mal etwas sagen. Wenn ich gewollt hätte, dann hätte ich Ihren Vater schon vor Wochen oder sogar Monaten dazu anstiften können, Ihre Mutter zu verlassen.« Sie hob langsam ihren kleinen Finger und fügte hinzu: »Mit Leichtigkeit.«

Er sagte geringschätzig: »Sie befinden sich in einem großen Irrtum, liebe Frau. Es gibt Dinge von meinem Vater, die Sie nicht wissen. Wenn Sie es wüßten, würden Sie auch wissen, daß Ihre Sache absolut hoffnungslos ist.«

»Es gibt nichts, Mr. Emmerson, was ich von Ihrem Vater nicht weiß. NICHTS. NICHTS. Haben Sie mich verstanden? Sie werden doch kaum wollen, daß ich weiter ins Detail gehe, oder?«

Er fühlte, wie er blaß wurde. Sein Vater hatte es ihr also gesagt. Es war soviel zwischen ihnen gewesen, daß er es ihr sagen konnte.

»Sie wollen doch sicher nicht, daß ich weiterspreche, oder?« Sie stand plötzlich auf, ging zu einem Eckschrank, holte eine Flasche Whisky heraus und einen Siphon, goß etwas Whisky in ein großes Glas, spritzte bis zum Rand Soda darauf und ging dann mit dem Glas in der Hand zurück durchs Zimmer und sagte: »Ich biete Ihnen keinen Drink an, denn ich könnte versucht sein, etwas hineinzutun.«

»Typen wie Sie sind noch zu etwas anderem gut, nämlich zu billigem Geplapper.« Er sagte es höhnisch grinsend, was ihm in der nächsten Minute allerdings verging. Der Inhalt des Glases hatte sich über ihn ergossen, und der Whisky-Soda troff aus seinen Haaren und hatte sein Hemd total durchtränkt. Unbeweglich stand sie vor ihm, eine Hand auf den Mund gepreßt, die andere noch das leere Glas haltend. Ihre Augen waren schreckgeweitet, sie schien gar nicht zu begreifen, daß sie die Überschwemmung verursacht hatte. Dann fiel ihr das Glas aus der Hand, und sie warf sich mit verzweifeltem Schluchzen auf die Couch.

Er stand immer noch an derselben Stelle, als der Junge an ihm vorbei zur Couch rannte und rief: »Oh, Mam, Mam!« Laurie zog ein Taschentuch heraus und trocknete damit notdürftig sein Gesicht. Es war merkwürdig, wie sie weinte, nicht hoch und hysterisch, sondern ein tiefes, ersticktes Geräusch, das so klang, als ob sie Weinen nicht gewohnt wäre. Auch der Junge weinte jetzt und stammelte: »Oh, Mam, Mam, laß es doch. Oh, wein doch nicht, Mam ...« Dann stand der Junge auf einmal vor ihm, fast bedrohlich, und die Tränen tropften vom Kinn wie Regen. Er schrie ihn an: »Meine Mam ist gut, ja, sie ist gut.«

Vielleicht war es der Versuch des Jungen, seine Mutter zu verteidigen, was Cissie wieder auf die Beine brachte. Sie griff Pat an der Schulter, schob ihn von Laurie fort ins Schlafzimmer und sagte dort zu ihm: »Es ist schon gut. Geh hinein. Ich komm gleich zu dir. Bitte, bleib dort.« Sie schloß die Tür des Schlafzimmers und kam langsam wieder herein. Mit gesenktem Kopf sagte sie: »Es tut mir leid, daß ich das getan habe.«

»Kann ich ein Handtuch haben?«

Ohne den Kopf zu heben, ging sie zur Küche und kam mit einem Handtuch zurück.

Er steckte sein nasses Taschentuch ein, wischte sich mit dem Handtuch über Gesicht und Hals, dann an der Weste und an seinem Mantel herab.

Sie stand einige Schritte von ihm entfernt und blickte ihn, immer noch schluchzend, an. Nach einer Weile sagte sie: »Weshalb sind Sie gekommen? Es gibt doch immer nur Kummer.«

»Ich ... ich wollte Ihnen nur etwas sagen, wegen des

Jungen. Ich habe mir gedacht, es wird Sie vielleicht erleichtern.«

Er wunderte sich selbst über seine veränderte Haltung. Sein Zorn war verraucht, als ob die Abspülung mit Whisky und Soda ihn weggewaschen hätte. Er sagte: »Ich glaube, ich kann Bolton dazu bekommen, die Wahrheit zu sagen. Morgen werde ich es wissen.«

Sie schluckte heftig und flüsterte dann: »Das können Sie?«

Er nickte und war immer noch über sich selbst erstaunt. »Wie auch immer er sich verhält, ich habe ihn in der Hand. Ich glaube, Sie brauchen sich keine Sorgen mehr zu machen.«

»Und ... und Sie sind gekommen, um mir das zu sagen?«

»Nun ...«, er schloß die Augen und wandte sein Gesicht einen Moment von ihr ab, bevor er sagte: »Das war zuerst meine Absicht. Doch dann habe ich auf dem Weg hierher meine Mutter beim Krankenhaus abgesetzt.«

Jetzt senkte sie den Blick und sagte reumütig: »Ich habe Ihrem Vater auf Wiedersehen gesagt. Es war das erste Mal, daß ich ihn geküßt habe. Das erste Mal, daß es zwischen uns irgendeine Liebkosung gegeben hat, aber ... aber er hat mir erzählt, hat mir erzählt von ... von seinem Leben. Vom Krieg hat er gesprochen und von dem, was ihm geschehen ist, und er hat es mir aus einem bestimmten Grund gesagt, und in diesem Augenblick habe ich ihn mehr geliebt als irgend jemand anderen in meinem Leben. Und ... und ich kann es Ihnen nun sagen, ganz ruhig, daß ... daß ich, wenn er mich darum gebeten hätte, bei ihm zu bleiben, damit er glücklich ist, dann hätte ich es getan, doch er hat mich nicht gebeten. Er ... er fühlt sich Ihrer Mutter gegenüber verantwortlich. Und ich sage es Ihnen jetzt auch – sie ist es nicht wert. Eine Frau ...« Sie schluckte, und auf einmal war wieder dieses trockene, rauhe Geräusch ihres Schluchzens da. »Eine Frau, die lange, lange Jahre mit einem Mann zusammenleben kann, sechsundzwanzig Jahre, und es fertigbringt, daß er so einsam wird, wie Ihr Vater es ist, die kann nicht viel wert sein, jedenfalls meiner Meinung nach.«

Er blickte zu Boden, als er die Worte wiederholte, die er zuvor von seiner Mutter gehört hatte: »Ein reines Weiß und ein reines Schwarz gibt es in keinem von uns.«

»Ach, das sagt man so, aber ich glaube, daß ihre Behandlung nichts anderes war als eine Form subtiler Grausamkeit. Nicht, daß er etwas gegen sie gesagt hat, er hat bis heute morgen kaum jemals etwas über sie gesagt, und wenn, dann nur sehr milde. Doch ich kenne Frauen, ebenso wie ich Männer kenne, und er brauchte es mir nicht erst zu sagen, was sein Gesicht so traurig gemacht hat. Es hat mich von Anfang an gewundert, aber jetzt kann ich es verstehen.«

»Ihr Junge hat vorhin gesagt, daß Sie eine gute Frau sind. Ich kann dasselbe von meiner Mutter sagen. Sie ist eine gute Frau.«

»Es hängt immer davon ab, was Sie unter ›gut‹ verstehen.« Sie sprachen jetzt so ruhig, als ob sie sich über etwas Theoretisches unterhielten. Als sie beide aufhörten zu sprechen, hatte er das Gefühl, flüchten zu müssen, doch er blieb stehen. Sie ging wieder zum Kamin und legte die Hand auf den Sims. »Wie haben Sie denn Mr. Bolton in die Zange bekommen?«

»Es wäre mir lieber, Sie würden nicht fragen.«

Sie nickte. »Nun, das ist auch nicht so wichtig, die Hauptsache ist, Sie haben es geschafft. Und ... und, glauben Sie mir ...« Sie machte noch einmal eine Pause, bevor sie sagte: »Ich bin Ihnen dankbar.« Sie wandte sich ihm halb zu. »Es scheint vielleicht nicht so ... aber, was gerade geschehen ist, das ist etwas anderes, nicht wahr? Das hat nichts zu tun mit Pat und dieser Sache mit dem Gericht.«

Er nickte ernst und sagte: »Ja, das ist etwas völlig anderes. Ich gehe jetzt.«

Sie wandte sich vom Feuer ab und ging auf ihn zu. Sie sah sehr traurig aus, und ihre Stimme war voller Reue. »Es tut mir schrecklich leid. Ich habe so etwas noch nie getan.«

»Es gibt ja bei allem ein erstes Mal. Jedenfalls sagt man das so, nicht wahr?« Dann wurde ihm plötzlich bewußt, daß er nichts Banaleres hätte sagen können. »Auf Wiedersehen«, sagte er.

»Auf Wiedersehen.« Sie nickte ihm zu, rührte sich jedoch nicht von der Stelle. Er ging aus dem Zimmer, verließ ihre Wohnung und fuhr zum Krankenhaus zurück.

Als er ins Krankenzimmer trat, hörte er, wie sein Vater in seiner langsamen, mühsamen Weise zu seiner Mutter sprach. Er hielt ihre Hand und schien zu versuchen, ihr eindringlich etwas zu erklären.

Er kam sich ungeschickt vor, als er fragte: »Wie geht es dir?«

»Oh, ich fühle mich heute gut, recht gut«, sagte John. Er lächelte Laurie zu. »Ich hab gerade deiner Mutter gesagt, daß ich in ein oder zwei Wochen zu Hause sein werde.«

Ann blickte Laurie an, als sie sagte: »Der Arzt rät zu einer Seereise. Wir haben gerade darüber gesprochen.«

»Oh, das wäre ja ausgezeichnet«, freute sich Laurie. »Genau das, was du brauchen kannst, um dich wieder ganz zu erholen.« Sie sprachen noch eine Weile, dann verabschiedete sich Laurie und ging auf die Tür zu. Er wartete nicht ab, um zu sehen, ob sich die beiden küßten oder nicht. Im Wagen sprachen sie wenig, doch sobald sie zu Hause in der Wohnhalle waren, sagte er: »Es ist alles in Ordnung, du brauchst dir keine Gedanken zu machen.«

»Was meinst du?«

»Ich habe sie gesehen. Es … es war … Ja, sie hat sich von ihm verabschiedet und … und das war das erste Mal, daß es geschehen ist … Ich meine, daß so etwas bei ihnen geschehen ist.«

»Laurie! Du bist doch nicht wieder bei dieser Frau gewesen? Warum denn bloß?« Ihre Stimme klang erschrocken.

»Ihr Junge ist in Gefahr. Vater hatte den Fall angenommen. Arnold hat ihn dann übernommen und hat es natürlich auf ganz legale Weise versucht. Doch man kann mit Typen wie diesem Bolton nicht legal umgehen ... Oh.« Er hob die Hand. »Vergiß es wieder. Es hat nichts mit dir zu tun. Ich kann dir nur versichern«, sagte er und nahm ihre Hände in die seinen, »du brauchst dir keine Gedanken zu machen. Weißt du, was sie gesagt hat? Sie hat gesagt, daß Vater dich liebt ... Also.« Es war ganz leicht, »Verantwortung« mit »Liebe« zu vertauschen, und es tat niemandem weh. Im Augenblick war es wichtig, daß man ihr Sicherheit und Trost gab.

»Woher weiß sie es denn?« Entrüstung lag in ihrer Stimme. »Ich weiß nicht, aber sie hat es gesagt.« Als er ihr zusah, wie sie an ihrem Taschentuch zupfte, dachte er, daß dies ein gänzlich anderer Mensch war als die Mutter, die er noch vor einer Woche gekannt hatte. Die Dame mit der kühlen Fassade und der arroganten Art war verschwunden, und die Frau, die an ihre Stelle getreten war, war menschlich, ja fraulicher.

»Es wird alles gut werden, du brauchst dir keine Sorgen mehr zu machen, nimm einfach alles so, wie es kommt, ja?«

In diesem Augenblick schrillte die Klingel der Haustür. Er kannte dieses bestimmte Klingeln und grinste: »Da haben wir es schon. Wie habe ich gerade gesagt: Nimm alles, wie es kommt.«

Sie nahm seine Hand. »Sei sanft mit ihr. Für ein Mädchen ist so was sehr schlimm.« Sie schüttelte langsam den Kopf. »Ich habe es dir nicht gesagt, aber sie war gestern abend hier. Mrs. Stringer hatte eine Nachricht hinterlassen.«

»Ich bin im Arbeitszimmer«, sagte er, ging dann schnell hinaus und durch die Halle in das Zimmer, in dem die Schlacht stattfinden sollte.

Schlimm für ein Mädchen. Valerie war aber kein Mädchen. Seine Mutter lebte noch in diesem Jahrhundert, doch Valerie war eine Frau von morgen. Sie war eine Amazone, eine kleine allerdings. Doch seine Natur wehrte sich dagegen, von einer Amazone beherrscht zu werden, ganz gleich welcher Größe. Er hörte, wie seine Mutter sagte: »Er ist im Arbeitszimmer, Valerie«, und ihre Stimme klang sanft.

Dann trat Valerie ein. Er saß an seinem Schreibtisch, als ob er schon lange dagesessen hätte, hatte einen Füller in der Hand und blickte auf, als sie mit dem Rücken an der geschlossenen Tür im Zimmer stand. Sie erwiderte seinen fragenden Blick und lächelte zu seiner Überraschung, bevor sie sagte: »Ich habe nicht die Absicht, auf den Berg und den Propheten anzuspielen.« Sie kam auf ihn zu. »Viel zu tun gehabt?«

»Ja. Ja.«

»Mädchen!« begann sie unvermittelt. »Oh, ich kann allmählich den Anblick von Mädchen nicht mehr ertragen. Flehende Augen, feuchte Lippen, verschwommene Gedanken.« Sie warf sich in einen Ledersessel und streckte ihre gutgeformten Beine aus. Dann musterte sie ihn von der Seite und sagte: »Du wirst es nicht für möglich halten, aber eine von denen schwärmt für mich. Sie hat mir heute eine Pralinenschachtel gebracht. Ich nehme an, es ist so eine Art Mutterinstinkt. Sie ist sechzehn und schon fast eins siebzig.« Sie lachte.

Es war ihm klar, daß nun von ihm eine witzige Bemerkung erwartet wurde. Als er es nicht tat und sie auf seine mangelnde Bereitschaft nicht reagierte, wußte er, daß sie einen bestimmten Plan verfolgte. Wahrscheinlich hatte sie ihn mit ihrer Mutter besprochen, die ihr geraten hatte, einen kühlen Kopf zu bewahren. Nicht daß Valerie überhaupt einen Ratschlag brauchte. Sie gehörte zu den Typen, die stur auf ihr gestecktes Ziel losgingen und über Leichen stiegen, wenn es nötig war. Sie gehörte nicht zu den Menschen, die Kompromisse suchten.

»Hast du Lust auszugehen?«

»Nein, heute nicht.«

»Ach, ich eigentlich auch nicht. Ich hätte mir meine Arbeit mitbringen können, aber ich hab heute genug von dem Zeug.«

Er strich sich mit der Hand über eine Braue. Es würde schwerer werden, als er gedacht hatte.

»Oh, ich hab ganz vergessen, es dir zu sagen. Wir haben noch ein Hochzeitsgeschenk bekommen. Mein Vetter aus Bromwich, du weißt doch, der von der Elektrofirma. Einen Toaster. Ich wette, das ist Ausschußware. Ich könnte außerdem wetten, daß wir noch ein halbes Dutzend davon bekommen werden.«

Er rührte sich nicht.

»Hast du gehört, was ich gesagt habe, Laurie?«

Er merkte an ihrer Stimme, daß sie sich kaum mehr beherrschen konnte. Es würde für sie ebenso schwer werden, sich diplomatisch zu verhalten, wie es für ihn schwer werden würde, das zu tun, was er tun mußte.

»Ja, ich habe gehört, was du gesagt hast.«

»Verdammt noch mal, weshalb antwortest du denn dann nicht?« Sie war aufgestanden und blickte jetzt auf ihn hinab. »Ich bin mit dem besten Willen hierhergekommen, die letzten vier Tage zu vergessen, weil ich weiß, daß du dir Sorgen wegen deines Vaters gemacht hast und all dem anderen verflixten Zeug. Doch was finde ich hier vor? Eine undurchdringliche Mauer, und ich habe keine Vorliebe für undurchdringliche Mauern, Laurie. Jetzt sei vernünftig ... komm jetzt endlich raus damit, ganz egal, was es ist.«

Er legte seine Arme auf den Tisch, faltete die Hände und blickte sie lange an, bevor er sagte: »Ich kann es nicht durchführen, Val.« Er schüttelte den Kopf. »Ich kann es einfach nicht.«

Es überkam ihn ein entsetzliches Mitleid, als er sah, wie sie versuchte, mit dem Schock fertig zu werden. Sogar Valerie, dieses selbständige, vorlaute Wesen, verlor kurz die Fassung. Schließlich brachte sie hervor: »Du willst mir doch nicht sagen, daß du unsere Ehe meinst?«

Er biß sich fest auf die Lippe und nickte.

Sie richtete sich steif auf.

»Du erklärst mir in aller Ruhe, daß es aus ist?«

»Ich bin gar nicht ruhig, Val, mir ist scheußlich zumute.«

»Ach, wirklich! Immerhin nett zu wissen, daß du auch etwas beunruhigt bist. Würdest du mir jetzt vielleicht einmal erklären, weshalb du im augenblicklichen Stadium unserer Bekanntschaft beschlossen hast, mich fallenzulassen?«

»Schau doch, Val«, sagte er und schüttelte verzweifelt den Kopf. »Ich ... ich glaube eben, daß wir nicht zusammenpassen, daß es einfach nicht gehen würde.«

Sie trat vom Tisch zurück, verschränkte die Arme und blickte ihn eine Weile an, bevor sie sagte: »Und das hast du jetzt gerade festgestellt?«

»Nein, ich muß ehrlich mit dir sein ...«

»Oh, ja, laß uns ehrlich sein. Mach weiter ...«

»Bitte, Val, bitte. Ich hätte es dir schon eher sagen sollen, aber ich wollte dich nicht verletzen.«

»Du wolltest mich nicht verletzen! Du sparst es dir bis zur letzten Minute auf und sagst, du wolltest mich nicht verletzen! In sechs Wochen soll die Hochzeit stattfinden, für den 12. Juli ist sie festgesetzt, erinnerst du dich daran? Wir sind dabei, ein Haus zu kaufen. Wir haben schon fast die ganzen Möbel besorgt, und du kannst einfach ruhig dasitzen und mir sagen ...« Sie würgte, als ob sie das Ausmaß seiner Dreistigkeit nicht fassen könne. Dann fuhr sie in langsamem, bedrohlichem Ton fort: »Oh, nein, Laurie, das kannst du mir nicht antun. Du wirst mich doch nicht vor der ganzen Stadt lächerlich machen. Denke daran, ich arbeite in einer Mädchenschule. Siebenhundert Mädchen! Du weißt nicht, wie Mädchen in der Meute reagieren, Laurie. Doch ganz unabhängig davon wirst du es mir sowieso nicht antun. Ich werde dafür sorgen, daß du zu deinem Wort stehst, selbst wenn wir schon nach drei Monaten die Scheidung einreichen. Nein, du wirst mich nicht sitzenlassen … du wirst mich nicht sitzenlassen.« Ihr Körper schnellte auf einmal nach vorn. Sie schlug mit den Händen auf den Schreibtisch und brachte ihr Gesicht ganz nahe an das seine heran. »Wir werden am 12. Juli heiraten!«

»Du kannst mich nicht dazu zwingen, dich zu heiraten, Val.« Er lachte bitter auf, um seine Erregung zu verbergen.

»Kann ich nicht? Oh, du kennst deine Valerie noch nicht. Unsere Stadt würde keinen Mann dulden, der sein Mädchen kurz vor der Hochzeit im Stich läßt, das Mädchen, das sein Kind bekommt.«

Sie trat einen Schritt zurück und weidete sich an seinem entsetzten Gesicht. Als sie sich lange genug daran erbaut hatte, ging sie mit festem Schritt aus dem Zimmer.

6. Mr. Bolton erinnert sich

Es war am nächsten Morgen um elf Uhr, als Mr. Bolton Laurie anrief. »Ist da Emmerson?« fragte die Stimme am anderen Ende des Telefons.

»Ja, hier ist Mr. Emmerson.«

»Hier ist Bolton.«

Es trat eine Pause ein, und auch Laurie schwieg.

»Sie können Ihren Willen haben.«

Noch eine Pause.

»Also, ich habe es gesagt, ja?«

»Waren Sie bei der Polizei?«

»Nein, noch nicht.«

»Gut, dann können Sie mich noch mal anrufen, wenn Sie dort gewesen sind. Ich werde bis sechs Uhr hier sein.«

»Zum Teufel mit Ihnen!«

»Das gleiche wünsche ich Ihnen, Mr. Bolton …«

Es war gerade halb sechs, als das Telefon läutete. Als er den Hörer abnahm, erwartete er Boltons Stimme zu hören, doch es war eine Frau, die sagte: »Ich möchte bitte Mr. Emmerson sprechen.«

»Am Apparat«, sagte er.

»Hier ist, hier ist Mrs. Thorpe … Ich weiß nicht, wie ich beginnen soll, doch die Polizei war da, und Mr. Bolton war auf der Wache und hat gestanden, daß er einen Fehler gemacht hat und daß Pat an dem Sonnabend bis ein Uhr bei ihm gewesen ist. Hören Sie noch?«

»Ja, ja. Ich höre noch. Ich bin sehr froh.«

»Man sagt, das sei ganz wichtig, um ihn freizusprechen, und … wenn die anderen Jungens ein Geständnis ablegen, dann würde er ganz freigesprochen werden. Es besteht keine Hoffnung, daß Tim Brooks das tut, aber

Barrie Rice könnte es tun. Ich werde versuchen, mit seiner Mutter zu sprechen.«

»Ich zweifle daran, daß Sie bei ihr ein offenes Ohr finden.«

»Oh, warum?«

»Ich bin neulich abend bei ihr gewesen, und ich habe den Eindruck, daß sie ein zweiter Fall Bolton ist. Ich würde sie Mr. Ransome überlassen.«

Es entstand jetzt so langes Schweigen, daß er gerade fragen wollte: ›Hören Sie noch?‹, als schon ihre Stimme erklang, die leise sagte: »Das war sehr nett von Ihnen. Sie waren so nett, und ... nach all dem, was gestern abend geschehen ist, habe ich ein ganz scheußliches Gefühl.«

»Ach, vergessen Sie das doch. Ich glaube ... ich glaube sicher, daß alles gut werden wird. Mr. Ransome wird sich noch mit Ihnen in Verbindung setzen. Ich habe deswegen schon mit ihm gesprochen. Er glaubt, daß schon in der jetzigen Situation Ihr Junge freigesprochen werden wird.«

»Oh, ich danke Ihnen. Ich danke Ihnen. Ich ... ich möchte Ihnen noch viel mehr meinen Dank ausdrücken, aber ich kann es nicht. Ich ... ich weiß nicht, was ich sagen soll.«

»Sie brauchen gar nichts zu sagen.«

»Auf Wiedersehen, Mr. Emmerson.«

»Auf Wiedersehen, Mrs. Thorpe.«

So, das also hatte wenigstens geklappt! Befriedigt rieb sich Laurie die Hände.

Als er nach Hause kam, wartete Mrs. Stringer schon auf ihn. »Madam hat mir aufgetragen, ich möchte Ihnen ausrichten, daß sie nicht vor sieben zu Hause ist, Mr. Laurie, doch Miss Valerie ist drüben im Wohnzimmer.«

»Danke, Stringy.« Seine Stimme war ausdruckslos. Er nahm Hut und Mantel ab, stellte seinen Aktenkoffer auf einen Stuhl, wusch sich die Hände, trank einen großen Schluck kalten Wassers und ging dann in die Wohnhalle.

Valerie saß auf dem Sofa. Sie sah etwas blasser aus als gewöhnlich, doch sonst war keine Veränderung an ihr zu bemerken. Es war weder eine Spur von Nervosität zu erkennen noch eine Spur von Hysterie. Er schloß die Tür hinter sich und setzte sich in die Nähe des leeren Kamins. Dann sah er sie an und sagte: »Also?«

»Ich hab mir gedacht, ich sollte dir erzählen, daß die Lehrerinnen wissen möchten, was wir uns als Hochzeitsgeschenk wünschen. Miss Becker fragte mich heute. Ich habe gesagt, daß ich mich mit dir beraten werde.«

Er stand auf und stellte sich dicht hinter einen der Sessel, als er sagte: »Du bekommst gar kein Baby, Val.«

»Wie kannst du das in diesem Stadium beurteilen? Nur ich weiß schließlich, ob ich ein Baby bekomme oder nicht. Und selbst, wenn ich keins bekomme – immerhin kann man dir nicht nachsagen, daß du es nicht versucht hast, oder?«

Sein Gesicht verzog sich vor Ekel.

»Ich habe mit niemand darüber gesprochen, wie du vielleicht schon festgestellt hast, denn wenn ich es getan hätte, dann hätte Vater dich bereits um einen Kopf kürzer gemacht.« Erheitert lachte sie auf.

Er wandte sich jetzt um und sagte aus gemessener Entfernung: »Du kannst es ihm jederzeit sagen, Val, je schneller, desto besser, denn ich weiß mehr denn je, daß ich dich nicht heiraten kann.«

»Und was ist, wenn ich dich wegen Wortbrüchigkeit anklage? Ich könnte dir bei lebendigem Leibe das Fell über die Ohren ziehen, und das würde ich sogar tun. Denn je mehr Publicity, desto besser. Ich könnte dich ruinieren, weißt du das?«

Angewidert sagte er: »Tu, was du willst, Val, wirklich. Doch denke bitte daran, daß ich dich nicht heiraten werde.«

Er hatte bei Val nie Tränen gesehen, nie erlebt, daß sie den Tränen nahe gewesen wäre, doch jetzt standen sie ihr in den Augen. Doch es waren Tränen der Wut, und diese Wut ließ sie jetzt aufspringen, und sie stellte sich dicht vor ihn.

Ihre Stimme war verzerrt vor Wut: »Ich möchte dich in Fetzen reißen, dir dein blödes Gesicht zerkratzen. Sag du noch mal von deinem Vater, daß er langweilig und schlapp ist. Du siehst ihm vielleicht nicht äußerlich ähnlich, doch innen bist du genau wie er, jeder Zoll von dir. Ich könnte dich anspucken.«

Er dachte einen Augenblick, daß sie zur Tat schreiten würde, doch dann drehte sie sich um und ging zur Tür. Sie ging langsam, als ob ihre Wut sie hinderte, schneller zu laufen. An der Tür drehte sie sich noch einmal um, funkelte ihn an und zischte: »Du dreckiger Kerl! Du dreckiger, schwächlicher Kerl!«

Als der Knall der zugeschlagenen Tür durch das ganze Haus dröhnte, ging er zum Sofa und setzte sich. Dreckiger, schwächlicher Kerl! Nun gut, der Kerl hatte die erste Hürde genommen, doch am Ende der Strecke, das war ganz gewiß, würde er im Dreck landen, wie sie prophezeit hatte. Dreckiger, schwächlicher Kerl!

Er saß noch auf dem Sofa, die Augen geschlossen und den Kopf zurückgelehnt, als seine Mutter hereinkam. »Was ist los?« fragte sie. »Bist du krank?«

»Nein.« Er öffnete langsam die Augen. »Val war da.«

»Oh! ... Hat sie alles akzeptiert?«

»Ich weiß nicht, ob sie etwas akzeptiert hat. Wenn sie jedoch ausführt, was sie mir angedroht hat – und ich zweifle nicht daran, daß sie es tun wird –, so wird am Ende nicht mehr viel von mir übrigbleiben.«

»Du wirst es überleben, mein Lieber.« Sie setzte sich neben ihn. »Sie kann dich ja schließlich nicht umbringen, und sie kann dir auch nicht deine Referenzen nehmen.«

»Nein, das nicht«, sagte er und seufzte. »Doch sie kann mir jeden Penny nehmen, den ich habe, und sie weiß das. Sie wird in diesem Augenblick zusammenzählen, was

Onkel Robert mir gelassen hat und was ich in den letzten Jahren verdient habe. Aber, das ist nur die Geldseite. Was die moralische Seite betrifft, so wird sie dafür sorgen, daß mein Name in den Dreck gezogen wird. Sie wird sich als das unschuldige Mädchen darstellen, dem Unrecht geschehen ist, und sie wird das bis zum bitteren Ende durchfechten. Sie droht mir an, mich wegen Wortbrüchigkeit anzuklagen, und sie wird aus der ganzen Sache ein endloses Drama machen. Ich sehe das alles schon vor mir.«

»Es muß nicht soweit kommen. Doch wenn es geschieht, dann ist es immer noch nicht das Ende der Welt. Und wenn du deinen Job aufgeben mußt, dann sind immer noch andere da, die du annehmen kannst.«

»Wenn?« Er wandte sich zu ihr um und sah sie an. »Da gibt es kein ›Wenn‹, das ist von beiden Seiten eine todsichere Angelegenheit. Und bei dem Einfluß, den Wilcox hier in der Stadt hat, werde ich wahrscheinlich nie einen neuen Job bekommen.«

»Oh!« Ihre Stimme war hell. »Da gibt es auch noch Newcastle … und Dutzende von anderen Städten, wo du es versuchen könntest.«

»Ja, ja.« Er lächelte sie matt an und fragte dann: »Was ist mit dir und Tante May? Das wird durch mich auch zu einem Bruch führen.«

Sie stand vom Sofa auf und tätschelte ihm dabei beruhigend die Hand. »Das ist schon lange fällig. Es wird mir nicht leid tun.«

»Bist du da ganz sicher?«

»Absolut. May hat mich seit Jahren entweder gelangweilt oder gereizt … Aber, hast du schon etwas gegessen?«

»Nein«, sagte er. »Aber ich habe auch gar keine Lust.«

»Du mußt essen, und es wird auch schon fertig sein«, bestimmte sie. »Ich habe Mrs. Stringer gesagt, sie soll es ins Gartenzimmer bringen. Ich hab mir gedacht, es ist dort etwas gemütlicher als hier. Komm jetzt.« Sie wartete, bis er aufgestanden war, und fügte dann hinzu: »Hier in der Straße ist nach all dem kein Platz mehr für May und mich. Ich werde mich nach einem anderen Haus umsehen.«

Er sah sie erschrocken an. »Ihr habt doch hier schon so viel investiert. Und Vater ...«

Sie unterbrach ihn und sagte: »Dein Vater hat Stuckwände nie leiden können, dem wird eine Veränderung nur lieb sein.«

Als er ihr folgte, dachte er: Das muß sie gewußt haben, als sie das Haus renovieren ließ. Und er erinnerte sich daran, wie Cissie Thorpe gesagt hatte: ›Ich glaube, es war eine Art raffinierter Grausamkeit, wie er von ihr behandelt wurde.‹

Er wußte, weshalb sein Vater von dieser Frau so angezogen wurde: sie war wie eine Tür, die von einem dunklen Gang in ein helles Zimmer führt. In ihr war keine Grausamkeit, weder eine raffinierte noch eine andere – sie war gut ... Ja, selbst wenn sie ihn mit Whisky und Soda fast ertränkt hatte!

Laurie verließ gegen dreiviertel neun das Krankenhaus. Sein Vater hatte an diesem Abend entsetzlich müde ausgesehen. Die Schwester hatte gesagt, daß so etwas bei solchen Fällen nicht ungewöhnlich sei und daß es ihm morgen sicher schon viel besser gehen würde. Erst als er im Wagen saß, entschloß er sich, in den Club zu fahren. Ihm tat der Gedanke gut, daß er jetzt niemand Rechenschaft schuldig war. Es hatte keinen Sinn, sich etwas vorzumachen: er wußte, daß er in größte Schwierigkeiten kommen würde und daß es manche Veränderungen geben würde. Das letztere würde ihm nicht viel ausmachen. Er war an diese Stadt nur gebunden gewesen, weil seine Mutter ihn brauchte. Doch es hatte bei ihr einen Sinneswandel gegeben, und er war für sie nicht mehr so unbedingt notwendig. Das war ihm klar geworden, als sie gesagt hatte: ›Du solltest heiraten und von uns beiden fortgehen.‹ Es war so, als ob sie ihn schließlich doch noch aus dem Nest hinauswerfen wollte. Das war für ihn aber nicht schmerzlich, im Gegenteil, es war eine Erleichterung. Wenn er ehrlich war, so war es sogar eine riesige Erleichterung. Es war ihm früher nie bewußt geworden, wie sehr die Bindung an das häusliche Nest ihn verdrossen hatte. Das, was ihn entschädigt hatte, war der häusliche Komfort unter ihrer Leitung. Jetzt erkannte er, daß ihre Handlungen ihm gegenüber nichts waren als lokale Betäubungsspritzen. Er hatte jahrelang in einem Betäubungszustand gelebt.

Nun, das war endgültig vorbei, war beendet. Mancherlei war beendet.

Der Rover war zwischen zwei anderen Wagen eingekeilt, als er auf dem Krankenhausparkplatz einstieg. Weshalb der Bursche vorn im grauen Ford nicht einen Meter nach vorn fuhr, begriff er nicht.

Im Rückspiegel stellte Laurie fest, daß der Wagen sofort wegfuhr, nachdem er sich mühsam hinausmanövriert hatte. Ein Beispiel für einen rücksichtsvollen Fahrer, dachte Laurie zähneknirschend.

Im Club versorgte er sich mit einem kleinen Whisky und einem Glas Bier und plauderte mit Harry Belham, den er einige Monate nicht gesehen hatte. Harry war ein leidenschaftlicher Sportfischer und eine Autorität, was Fischereirechte betraf. Er regte sich über die verrückten dämlichen Trottel auf, die ihre Ferien in Motorjachten und Segelschiffen verbrachten und für ihre Vergnügungen die besten Flüsse im Lande verseuchten. Es war schließlich Viertel nach zehn, als er den Club verließ. Sein Wagen stand auf dem privaten Parkplatz am Seiteneingang. Es parkten nicht mehr als ein halbes Dutzend Wagen, und als er gerade den Schlüssel einstecken wollte, um die Wagentür des Rovers zu öffnen, sagte eine Stimme hinter ihm: »Hast du ein Streichholz für mich, mein Freund?«

Später erinnerte er sich daran, daß er sich umgedreht hatte, dann steil in die Höhe fuhr, als sich ihm eine Faust in den Bauch rammte, daß jemand ihn an den Schultern packte und ihn eine zweite Faust direkt unters Kinn traf. Dann hatte sich alles um ihn gedreht, er hatte zu würgen begonnen und war langsam zu Boden gesunken.

Dann spürte er plötzlich, daß ihm wiederholt etwas Scharfes in die Seite gestoßen wurde. Daß es die Spitze eines Schuhs war, wurde ihm erst klar, als er merkte, daß der Wagen hielt. Vorher war ihm gar nicht bewußt geworden, daß er überhaupt in einem Wagen lag. Dann spürte er wieder Hände, die ihn an der Schulter packten und aus dem Wagen zerrten. Er wurde gegen etwas Hartes gestoßen, und nur verschwommen nahm er wahr, daß er gegen die Wand gestoßen wurde und ihn Fäuste und Tritte von allen Seiten bearbeiteten. Er fiel zusammen, sein Bewußtsein versank, und gnädige Dunkelheit umhüllte ihn.

»Oh, mein Gott! Oh, mein Gott!« Die Worte wirbelten um ihn, als er durch die Dunkelheit wieder ans Licht tauchte. »Oh, mein Gott! Oh, mein Gott!« Die Worte wurden ständig wiederholt. Als er schließlich versuchte, seine Augen zu öffnen, stöhnte er und begann nun selbst mit schwacher Stimme zu rufen: »Oh! Oh! Polizei! Polizei!«

»Ist schon gut. Oh, mein Gott! Wer hat das getan?«

»Hilfe!«

»Versuchen Sie, das zu trinken. Los, los!«

Als der kalte Whisky seine Kehle erreichte, mußte er husten, und diese Anstrengung bewirkte einen bestialischen Schmerz in jedem Teil seines Körpers. »Oh, Gott!«

»Versuchen Sie alles zu trinken.«

»Wo ... wo bin ich? Was ist denn?« Er öffnete die Augen, so weit er konnte, und sah Mrs. Thorpe vor sich knien. Ihre blonden, langen Haare hingen ihr wirr ins Gesicht. »Wo ...?«

»Bleiben Sie ruhig liegen! Kocht denn der Kessel noch nicht? Bring das Wasser her, Pat.«

»Es ist doch schon hier.«

Der warme Schwamm auf seinem Gesicht war wie Balsam, doch der Rest seines Körpers war ein einziger Schmerz, und er spürte, daß ihm übel wurde. Er wollte sie wegschieben und begann zu würgen, doch sie sagte: »Ist schon gut, ist schon gut.« Sie hielt seinen Kopf, und er drehte sich auf die Seite und erbrach sich in die Schüssel auf dem Boden, die neben ihm stand. Als er fertig war, wischte sie ihm den Mund ab und bettete seinen Kopf sanft auf ein Kissen.

»O Gott!« Er lag zitternd da und versuchte zu begreifen, was mit ihm geschehen war. Dann schaute er sie an und sagte mit der Einfalt eines Kindes: »Warum?«

Sie schüttelte den Kopf. Ihre Stimme und ihr Körper bebten. »Ich weiß es nicht, wirklich nicht.«

»Wie … wie bin ich hierhergekommen?«

Sie schluckte und wischte sich über die nassen Augen. »Ich … ich war im Bett. Es hat geklingelt, und als ich die Tür aufgemacht hab, haben Sie da gelegen.«

Er wollte den Kopf schütteln, doch es gelang ihm nicht. Er verstand gar nichts.

»Wir müssen einen Arzt holen«, sagte sie. »Man hat Sie furchtbar behandelt. Pat!« rief sie leise. »Zieh dich mal an.« Einige Minuten später, als der Junge neben ihr stand und sagte: »Doktor Bell, Mam?«, antwortete sie: »Ja, aber mach schnell.«

Jetzt mischte sich Laurie ein und protestierte: »Warten Sie … einen Augenblick. Nein, geh nicht. Keinen Arzt. Es geht … es wird schon gehen. Helfen Sie mir hoch.«

Sie legte einen Arm um ihn, zog ihn hoch und führte ihn zur Couch, und während sie das tat, schoß es ihr durch den Kopf: erst der Vater und dann der Sohn.

Sie stopfte ihm ein Kissen unter den Kopf, kniete sich neben ihn hin und redete sanft auf ihn ein: »Bitte, lassen Sie mich den Arzt rufen. Sie sind übel dran.«

»Nein, nein. Auf keinen Fall … es gibt nur … nur noch

mehr Schwierigkeiten.« Er hatte jetzt Mühe, seine Lippen zu bewegen. »Wenn … wenn ich nach Hause könnte.«

»In diesem Zustand können Sie nicht nach Hause.« Sie schüttelte den Kopf. »Sie sind in einer schrecklichen Verfassung.«

»Können Sie fahren?«

»Ja.«

»Mein Wagen … ich weiß nicht, wo er ist. Würden Sie …« Er sah zu Pat hin, und sie sagte: »Geh bitte runter und sieh nach, ob Mr. Emmersons Wagen bei den Garagen steht. Cissie sah Laurie an und fragte: »Ist es der von Ihrem Vater?«, und als er eine zustimmende Bewegung mit dem Kopf machte, erklärte sie: »Es ist der Rover. Du weißt doch, ein großer blauer. Nimm die Taschenlampe.«

Als der Junge gegangen war, sagte sie: »Sie kommen niemals die Treppe hinunter.«

»Wenn Sie mir helfen, doch.«

Sie blickte ihn an, und ihr ganzes Mitleid lag in ihren Augen. Dann schüttelte sie ihren Kopf und murmelte: »Grauenvoll.«

»Könnten Sie … könnten Sie mir etwas schwarzen … schwarzen Kaffee geben?«

»Ja, gerne.« Sie streckte ihre Hand aus und berührte sanft sein entstelltes, verschwollenes Gesicht. Dann ging sie schnell in die Küche, war aber schon nach wenigen Augenblicken wieder zurück. Und als sie neben ihm stand, sagte sie: »Er ist gleich fertig.«

Er legte jetzt die Hand an die Hüfte, und als er stöhnte, sagte sie: »Was ist?« Er machte eine Bewegung mit dem Kopf, die andeutete, daß er es nicht wisse.

»Wollen Sie nicht versuchen sich aufzusetzen, damit ich Ihnen den Mantel ausziehen kann?« Wieder machte er eine abwehrende Handbewegung.

Dann kam Pat wieder hereingestürzt. Er stand am Ende der Couch und sagte atemlos: »Es ist kein Wagen da, Mam, und die Garagen sind alle verschlossen.«

Laurie blickte den Jungen an und überlegte. Er mußte unbedingt nach Hause. Er war in schlechter Verfassung, und es würde sogar noch schlimmer werden, das wußte er. Er mußte jetzt nach Hause geschafft werden. Er sagte jetzt zu ihr: »Können ... können Sie es ... meiner Mutter mitteilen?«

»Ja.« Sie nickte schnell. »Ich werde von unten jemand bitten, sie anzurufen.«

Er streckte die Hand aus, griff nach ihrer Hand und stöhnte bei der plötzlichen Bewegung. »Nein, das darf nicht ... das darf nicht herumgesprochen werden. Ich will das nicht. Pat ... Pat könnte anrufen.«

»Nein, er weiß nicht, wie man telefoniert. Ich werde gehen.«

Plötzlich hatte er Angst, allein gelassen zu werden, wieder in dieses Dunkel zu sinken ... oder, noch schlimmer, daß ihn noch mal jemand überfiele. Seine Hand umklammerte ihre Hand, und er flüsterte: »Lassen ... lassen Sie mich nicht allein.«

Er sah, wie ihr Gesicht plötzlich ganz zärtlich wurde. Sie wandte sich von ihm ab und sagte zu ihrem Sohn: »Du weißt doch, wo die Lime Avenue ist, ja?«

»Wenn du schnell machst, kannst du den letzten Bus erreichen, den, der vor der Ecke der Newton Road abgeht ... Wie ist die Hausnummer?« fragte sie.

»Vierundsiebzig. Auf der rechten Seite. Fast – fast am Ende der Straße.«

»Vierundsiebzig. Fast am Ende der Straße«, wiederholte sie für Pat. »Geh jetzt schnell, und wenn du den Bus verpaßt, dann lauf schnell zu Fuß. Du kannst das ungefähr in einer Viertelstunde schaffen. Sei ein guter Junge. Du fürchtest dich doch nicht, oder?«

»Nein.«

»Dann geh ... ach, warte mal.« Sie ging hinter ihm her und brachte ihn an die Türe. »Klingle und frag nach Mrs. Emmerson. Sprich selbst mit ihr und sag ihr ... sag ihr, daß sie hierherkommen soll. Sag ihr, daß sie den Wagen nehmen soll. Sag ihr, daß Mr. Emmerson krank ist. Hast du verstanden?«

»Ja, Mam.«

Laurie lag mit geschlossenen Augen da. Er hörte, wie sie zur Küche lief, und schon im nächsten Augenblick war sie wieder da, stützte ihn mit einem Arm unter seiner Schulter und hielt eine Tasse an seinen Mund. »Er ist nicht zu heiß, Sie können sofort trinken«, sagte sie.

Er nahm einen Schluck und noch einen und trank dann in zwei langen Zügen. Sie setzte die Tasse ab, und er lehnte sich zurück.

Die Benommenheit begann jetzt etwas zu weichen. Er versuchte zu denken, sich zu erinnern, was ihm geschehen war, wer ihn getroffen hatte und weshalb es geschehen war. Es waren zwei Männer gewesen, aber er hatte ihre Gesichter nicht gesehen. Noch nicht einmal das Gesicht des Mannes, der nach dem Streichholz gefragt hatte. Ja, so hatte es angefangen, ein Mann hatte nach einem Streichholz gefragt. Das war das einzige Mal, daß er jemand hatte sprechen hören. Nein, nein, nicht das einzige Mal. Etwas später noch einmal, als man ihn gegen eine Wand gelehnt hatte. Einer von ihnen hatte gesagt ... Was hatte er gesagt? ... Steuereinnehmer ... Etwas von einem Steuereinnehmer ... »Und das ist für den Steuereinnehmer!« Doch, das konnte er nicht gesagt haben, das bildete er sich nur ein. Das war nur, weil sich in seinem Kopf alles drehte. Aber nein. Nein. »Haben Sie ein Streichholz, Mister? Und das ist für den Steuereinnehmer ...« Das war dieselbe Stimme. Bolton hatte ihm etwas versprochen, und er hatte sein Versprechen gehalten.

»Bolton.« Es war ihm nicht bewußt, daß er es laut sagte.

»Wer? Bolton? Bolton hat das getan? Ja, ja, natürlich. Oh, mein Gott!« Und wieder rief sie: »Oh, mein Gott! ... Und alles unseretwegen.« Sie berührte sein verschwollenes, tiefblau gefärbtes Gesicht mit den Fingerspitzen. Seine Augen waren jetzt schon so angeschwollen, daß er kaum mehr sehen konnte. Sie war lieb. Sein Vater hatte gesagt, daß sie lieb sei, und ihr Sohn sagte, sie sei gut. Und sie war auch schön, trotz ihres zerzausten Haares war sie schön. »Weinen Sie nicht, weinen Sie doch nicht«, bat er.

Sie stieß stockend hervor: »Ich … ich habe es nicht gewollt. Ich habe es niemals gewollt und habe Ihnen beiden nur Leid gebracht, Ihnen und Ihrem Vater.«

Er streckte die Hand aus und berührte ihr Haar. Dann wurde es wieder schwarz vor seinen Augen, und ohne sich zu wehren, überließ er sich der Dunkelheit. Das letzte, an das er sich erinnerte, war, daß sie seine Hand in ihren beiden Händen hielt und sie fest an ihre Brust preßte.

Pat erwischte den letzten Bus. Es war außer ihm nur noch ein Fahrgast da, und der Schaffner sah ihn an und sagte: »Du bist noch spät unterwegs, Junge. Wo ist denn deine Mutter?«

Pat sagte: »Es ist jemand krank, und ich muß eine Nachricht überbringen.«

Als er aus dem Bus gestiegen war, rannte er den Weg hinunter, der zu der großen Straße führte; es war sehr dunkel auf dem Weg, und er fürchtete sich. In der Straße blieb er vor einer Reihe von Toren stehen und spähte zu den Nummern hinauf. Als er zur Nummer 74 kam, lief er schnell über den Kiesweg auf das Haus zu.

Vor der Eingangstür stand ein Wagen, und in der Vorhalle brannte Licht. Doch bevor er an dem Wagen vorbei war und in die Vorhalle getreten war, hörte er eine ärgerliche Stimme, wie von jemand, der stritt, was er komisch fand, denn Leute, die in so feinen Häusern wohnen, streiten nicht.

Als er dastand, den Finger zögernd über der Klingel, hörte er die Stimme eines Mannes, die sagte: »Ich warte.

Und wenn es zwei Uhr wird, bis er heimkommt, werde ich hier bleiben und ihn empfangen.« Und eine Frauenstimme, die auch ärgerlich klang, antwortete: »Wenn John hier wäre, würdest du dich nicht so benehmen.«

»Ach, daß ich nicht lache, Ann. John! John! Du hast ja schon vor Jahren eingesehen, wie wenig Mumm John hat. Komm mir nur nicht auf diese Tour!«

»Hör auf! Hör ja auf!«

Es war ein Streit. Sie stritten tatsächlich da drinnen. Vor lauter Überraschung drückte sein Finger auf die Klingel, und fast unmittelbar darauf hörte er eine Frauenstimme, die jetzt schrill wurde und rief: »Nein, das wirst du nicht tun, es ist immerhin mein ...« Dann sagte die Stimme des Mannes: »Geh mir aus dem Weg, Ann.«

In der nächsten Minute blickte Pat in das rote, zornige Gesicht eines Mannes, den er schon einmal gesehen hatte, und er war so erschrocken, daß er am liebsten umgedreht wäre und die Flucht ergriffen hätte. Obwohl er wußte, daß Mr. Bolton die Wahrheit gesagt hatte und jetzt alles für ihn besser aussah, wußte er auch, daß dies der Mann war, vor dem er nächste Woche erscheinen mußte. Ihm war in seinen Alpträumen die letzte Woche immer sein Gesicht erschienen, und es hatte genauso ausgesehen wie jetzt.

»Was willst du?« Offenbar erkannte der Mann ihn nicht, und Pat, der die Frau ansah, die neben den Mann getreten war, sagte leise: »Sind Sie Mrs. Emmerson?«

»Ja, das bin ich.« Er sah, wie sie die Finger an die Lippen legte, und er blickte noch einmal den kleinen Mann an, bevor er sagte: »Meine Mam hat mich geschickt. Sie hat gesagt, ob Sie den Wagen mitbringen können, Mr. ... Mr. Emmerson geht es nicht gut.«

»Was? Mr. Emmer... Soll das heißen, daß ... Wer bist du denn?«

»Pat ... Pat Thorpe.«

»Thorpe?« James Wilcox schrie den Namen fast heraus.

»Ja, ja, ich hab mir doch gedacht, daß ich dich kenne. Ja, natürlich, Thorpe. Und deine Mutter will den Wagen, weil es Mr. Emmerson schlechtgeht? So, so.« Er wandte sich Ann so wütend zu, daß es ihn beinahe vom Boden hob. »Jetzt ist mir alles klar. O ja. Das war es, was du versucht hast zu verbergen, und es ist ja auch kein Wunder, wenn Vater und Sohn aus derselben Quelle trinken.«

»Wie wagst du es, so etwas zu sagen! Sei sofort ruhig!«

»So, ich soll ruhig sein? Nein, Ann, im Gegenteil, ich habe ja gerade erst angefangen ... Den Wagen bringen, weil es Mr. Emmerson schlechtgeht ... Wie schlecht geht es ihm denn, junger Mann? Ist er betrunken?«

Pat beugte sich zurück, um Abstand von dem roten Gesicht zu bekommen, und er schüttelte den Kopf, als er sagte: »Nein, nein, das nicht. Er ist überfallen worden.«

»Oh ... O-h!«

Pat schaute schnell die Frau an, die aufstöhnte, und dann wieder zu dem kleinen Mann hin, der so gerade dastand, als ob er ein Lineal verschluckt hätte, mit dem Kopf wackelte und einen ganz komischen Ausdruck im Gesicht hatte. »Überfallen? So, so, jetzt wird es ja höchst interessant. Offenbar hat einem von ihren Freunden das Arrangement nicht gepaßt.«

»Meine Mam hat keine Freunde.« Als Pats Faust herausschoß und James Wilcox an der Hüfte traf, konnte man nicht sagen, wer überraschter war, er über den Angriff oder Pat über seinen eigenen Mut.

Ann nahm Pat jetzt bei den Schultern, zog ihn zur Seite und sagte mit einer überraschend ruhigen Stimme: »Geh jetzt hinaus, James. Und ich wäre dir dankbar, wenn du dort auch bleiben würdest.«

»Ich werde wiederkommen, Ann. O ja, ich werde wiederkommen, und wenn es nur ein einziges Mal ist. Denn ich werde mir diesen Schlappschwanz von Sohn vorknöpfen. Der ist erledigt, verstehst du mich, erledigt! Nicht nur in meiner Firma, sondern in der ganzen Stadt.

Und wenn er denkt, daß er woanders einen Job bekommt, so hat er sich getäuscht. Und wenn ich den Rest meines Lebens damit zubringe, ihm Knüppel zwischen die Beine zu werfen, so habe ich meine Zeit nützlich zugebracht. Und was dich betrifft, mein Junge, so werden wir uns noch wiedersehen.«

Pat, der mit weit aufgerissenen Augen zugehört hatte, sah, wie der kleine Mann fast hinausschoß, so wütend ging er davon. Dann sah er die Frau an, die die Tür schloß und sich dagegen lehnte. Sie legte einen Augenblick die Hände über die Augen, bevor sie ihn wieder ansah. Dann nahm sie ihn bei der Hand, führte ihn in einen großen weißen Raum und sagte: »Sag mir jetzt, was los ist.«

Er schaute ihr direkt ins Gesicht und begann zögernd: »Wir ... wir lagen im Bett, und es hat an der Tür geläutet, und ich habe gehört, wie meine Mam aufgestanden ist, und ich habe gewartet. Dann hat sie mir gesagt, daß ich schnell aufstehen soll, und als ich ins Zimmer gekommen bin, hat Mr. Emmerson auf dem Boden gelegen. Sie hat gesagt, sie hat ihn draußen vor der Tür gefunden.« Er schüttelte bedrückt den Kopf. »Sein Gesicht ist ganz zusammengeschlagen, es geht ihm schlecht. Meine Mam wollte unsern Doktor holen, doch er hat es nicht gewollt, er wollte Sie haben und wollte nach Hause.«

Ann starrte den Jungen immer noch an. Er war ein gutaussehender Junge, und auch die Mutter war eine gutaussehende Frau. Weshalb waren sie in ihr Leben getreten? Sie hatte ihr John genommen. Ja, das hatte sie, obwohl sie sich mit ihrem Mann, seit Laurie geboren wurde, niemals so gut verstanden hatte wie jetzt. Doch sie wußte, daß sie einen Teil von ihm verloren hatte und ihn auch nie mehr bekommen würde, denn er hatte ihn der Mutter des Jungen gegeben. Und jetzt hatte ihr Sohn etwas mit ihr angefangen. Wie konnte das geschehen? Warum? Sie gehörten zu den führenden Kreisen der Stadt, waren hoch angesehen, und die beiden hatten sich mit dieser billigen Frau eingelassen. Denn sie war billig, das konnte man ihr genau ansehen, und das konnte auch ihr gutes Aussehen nicht verbergen. Weshalb fühlten sich Männer denn immer zu diesen billigen Frauen hingezogen?

»Werden Sie nicht mitkommen?«

»Doch, doch.« Sie legte ihre Hand auf die Stirn und sagte dann: »Ich hol mir nur meinen Mantel. Komm mit.«

Eine Minute später stand er mit ihr draußen und sah zu, wie sie die Haustür schloß. Dann gingen sie in die Garage, und sie deutete im Wagen, ohne etwas zu sagen, auf den Platz neben sich.

Innerhalb von einer halben Stunde fuhr der Wagen wieder in die Einfahrt, und Pat saß wieder neben der »steifen Dame«, wie er sie insgeheim nannte, während auf dem Rücksitz Mr. Emmerson und seine Mutter saßen. Er wußte, ohne sich nach ihnen umzusehen, daß seine Mutter versuchte, Mr. Emmerson zu stützen.

»Schließ die Tür auf.« Die Dame drückte ihm einen Schlüssel in die Hand, und er kletterte aus dem Wagen und lief zur Haustür. Nach einer Weile gelang es ihm, den Schlüssel zu drehen, und er öffnete die Türe ganz weit, gerade rechtzeitig, daß sie an ihm vorbeigehen konnten, seine Mam auf der einen Seite von Mr. Emmerson und die steife Dame auf der anderen. Mr. Emmerson sah schrecklich aus, wie Menschen, so dachte er sich, die sterben müssen. Er sah schnell von dem blau-schwarzen, entstellten Gesicht weg und beobachtete aber doch noch, wie sie langsam die Treppen hinaufgingen. Als sie hinter dem Treppenabsatz verschwunden waren, stand er da, mit dem Rücken an dem dicken Eichenpfosten, von dem das Treppengeländer ausging. Er blickte um sich, und obwohl er es nicht ganz verstehen konnte, brachte er das, was er sah, mit der steifen Dame in Zusammenhang.

Oben versuchte Ann, Laurie in einen Sessel zu setzen, doch er machte eine Bewegung auf das Bett zu, und als sie ihn auf die Bettkante setzten, fiel er zur Seite, und es war Cissie, die seine Beine hob, mitsamt den Schuhen, und sie auf die Satinsteppdecke legte.

»Wir sollten ihn ausziehen.« Sie sagte es leise und blickte Ann Emmerson an, und zum erstenmal sah Ann ihr jetzt direkt ins Gesicht. Ihr eigener Ausdruck war eher etwas erschrocken, als ob Cissie etwas Ungehöriges gesagt hätte. »Ich werde jetzt gut allein fertig, danke.«

Es war eine eindeutige Entlassung, und Cissie spürte, wie ihr vor Entrüstung das Blut in den Kopf stieg. Sie wollte sich dagegen wehren, was dieser kalte Blick der Frau ausdrückte, doch war es weder die richtige Zeit noch der rechte Ort dazu. Deshalb drehte sie sich wortlos um und ging auf die Tür zu. Doch als sie sie öffnete, hörte sie eine schwache Stimme hinter sich murmeln: »Cecilia.«

Ihr Kopf fuhr herum, und sie dachte einen Augenblick, er hätte zu seiner Mutter gesprochen. Sie konnte sich nicht erinnern, daß irgend jemand sie jemals ›Cecilia‹ genannt hatte. Doch sie sah, daß er die Hand nach ihr ausstreckte. Da ging sie wieder zu seinem Bett zurück. Sie nahm seine Hand und hielt sie, und als zwischen seinen aufgeplatzten Lippen ein gemurmeltes »Danke, Danke« herauskam, da strich sie ihm sanft über den Handrücken. Dann wandte sie sich wieder um und ging an der Frau vorbei, die an der Tür stand.

Ann folgte ihr die Treppe hinab in die Halle. Dort sagte sie schließlich: »Ich werde für Sie ein Taxi bestellen.«

»Nein, vielen Dank, das ist nicht nötig, wir können gehen.« Cissies Ton war kühl, und sie fügte, während sie ihre Hand nach Pat ausstreckte, hinzu: »Es ist viel wichtiger, daß Sie einen Arzt holen, und zwar schnell. Und versuchen Sie nicht, den Überfall zu verheimlichen, sonst werden Sie es mit etwas bedeutend Ernsterem zu tun haben.«

Ann streckte sich und rief mit eisigem Hochmut: »Ich habe es nicht nötig, mich von Ihnen an meine Pflichten erinnern zu lassen, Mrs. Thorpe. Und sollte es noch ernstere Folgen dieser Angelegenheit geben, wen, so frage ich Sie, soll ich wohl dafür verantwortlich machen?«

Cissie war bei der Hallentür angekommen, drehte sich jetzt aber noch mal um: »Sich selbst, Mrs. Emmerson, sich selbst und niemand anderen. Wenn ich Ihren Mann nicht gekannt hätte, dann hätte ich auch Ihren Sohn nicht kennengelernt, und ich überlasse es Ihnen, darüber nachzudenken, wie ich, ein primitives Geschöpf – denn als das betrachten Sie mich doch gewiß –, mit einem Mann in Mr. Emmersons Position bekannt werden konnte. Denken Sie doch bitte einmal darüber nach, Mrs. Emmerson. Gute Nacht.«

Sie schob Pat vor sich hin in die Vorhalle, öffnete die Eingangstür und ging über die Einfahrt auf die Straße. Als sie die Straße verlassen hatten und auf den dunklen Weg kamen, blieb Pat stehen, umschlang ihren Körper, preßte seinen Kopf gegen sie und schluchzte: »Oh, wein doch nicht, Mam, bitte wein doch nicht.«

TEIL III

Käsebrot und Bier

1. Der Antrag

John kam vom Feldweg durch das untere Tor hinein und begann seinen Rundgang durch den Garten. Es war das letzte Mal, daß er durch diesen Garten gehen würde, und er fragte sich, ob es ihm leid tat. Die Antwort war: Nein. Nein, überhaupt nicht.

Morgen wollten sie zu ihrer Reise aufbrechen, die drei Monate dauern würde. Sie würden zuerst nach Dänemark fahren, dann rund um das Kattegat und weiter über das Baltische Meer nach Finnland. Bei der Rückreise würden sie in Stockholm das Schiff verlassen und dort eine Weile bleiben. Ann hatte das alles geplant. Sie war wirklich wunderbar gewesen, denn weder er noch Laurie hatten sich darum kümmern können. Sie hatte sogar alles geregelt, was mit dem neuen Haus zusammenhing. Er glaubte, daß er das neue Haus gern haben würde; es war nicht so groß wie dieses hier, und es war gemütlicher. Sie hatte sich mit ihm über die Einrichtung unterhalten. Ihr Geschmack hatte sich erstaunlich geändert, denn sie hatte ihm sogar geblümte Tapeten vorgeschlagen. Die Hin- und Rückfahrt zur Kanzlei würde für ihn weiter sein, denn das neue Haus lag mehr als drei Meilen jenseits der Stadtgrenze. Es lag auch ziemlich einsam, doch das störte ihn nicht. Es lag auf einer Anhöhe, und man hatte einen herrlichen Ausblick von dort. Besonders schön war das kleine Gehölz, das dazugehörte. Am Ende des Grundstücks floß ein kleiner Bach. Überhaupt war der ganze Garten sehr natürlich angelegt, mit vielen Büschen und keinen steifen Umzäunungen. Ja, er glaubte, daß er das neue Haus gern haben würde, und sie würden dort nur zu zweit sein. Würde ihm das gefallen? Warum nicht? Es würde so sein, als finge er ein neues Leben an. Alles war jetzt anders. Ja, ganz anders.

Er ging vorbei an dem Gewächshaus und dem Geräteschuppen, ging über den Heckenweg, der vom Gemüsegarten zum Rasen und den Blumenbeeten führte und am Seitenweg entlang, der zur Terrasse ging, die auf die französischen Fenster des Eßzimmers stieß.

Er setzte sich in die kleine Rosenpergola, die einen guten Windfang abgab, auf einen der schmiedeeisernen Stühle. Die Überlegungen zum Thema ›Neues Leben‹ hatten auch andere Gedanken in Schwingung gebracht und führten ihn zu einem Bereich, den er nicht weiter erkunden wollte. Er hatte sich jetzt schon eine ganze Weile eingeredet, daß er alles so nehmen würde, wie es kam, und daß schon alles gutgehen würde. Die Hauptsache war, daß er niemanden verletzen würde. Es war merkwürdig, aber er hätte bis vor kurzem überhaupt nicht für möglich gehalten, daß es in seiner Macht stand, jemand zu verletzen. Aber heute wußte er, daß er es konnte. Der Besitz dieser Macht brachte ihm allerdings keine Genugtuung.

Um diese Gedanken zurückzudrängen, wollte er gerade aufstehen, doch hörte er, wie sich in dem Zimmer am anderen Ende der Pergola eine Tür öffnete, und dann hörte er Anns Stimme, die mit Laurie sprach.

Wieder wollte er aufstehen, doch da hörte er etwas, was ihn dazu bewog, sitzen zu bleiben. »Du kannst nicht länger ausweichen. Wir haben nicht mehr viel Zeit.«

Dann Lauries Stimme, die ihr antwortete: »Es gibt nichts zu diskutieren, nichts zu besprechen, ich habe es dir doch gesagt ...«

»Wie kannst du das behaupten, wo sie doch gerade eben am Telefon gewesen ist?«

»Nun, immerhin hat sie nicht nach mir gefragt, oder doch?« Die Worte wurden gezischt.

»Nein, aber sie hat gehofft, daß du an den Apparat kommen würdest.«

»Jetzt schau mal her, Mutter.« Die Stimme von Laurie klang nun geduldig. »Ich war in einer verteufelten Situation, als sie mich gefunden hat. Sie hat in einem Monat dreimal angerufen, um sich zu erkundigen, wie es mir geht. Ich halte das nicht für besonders übertrieben.«

»Ach, versuch doch nicht, mir auszuweichen, Laurie. Ich fahre morgen, und ich kann nicht abreisen, wenn ich so beunruhigt bin. Ich muß wissen, was zwischen dir und ihr ist. Kannst du denn nicht verstehen, wie mir zumute ist? Zuerst dein Vater und jetzt du! Es ist fürchterlich für mich und geschmacklos. Ja, wirklich geschmacklos.«

John lehnte sich nach vorn, den Arm auf den Gartentisch gelegt, die Augen auf eine Grasnarbe gerichtet, die zwischen den holprigen Steinplatten der Terrasse herauswuchs. Die Unterhaltung wurde undeutlich. Er wußte, daß Ann noch redete und Laurie ihr antwortete, doch was sie sagten, konnte er nicht hören, denn in seinem Innern begann sich eine Stimme zu erheben, die immer wieder sagte: ›Laurie und Cissie. Laurie und Cissie.‹ Da preßte er seine Faust an die Brust und mahnte sich: »Ruhig, nur ruhig.« Das Geräusch in seinem Kopf ließ nach, und er hörte wieder Lauries Stimme, die jetzt tief und rauh war.

»Ich hab … ich hab diese Frau viermal gesehen, und jedesmal haben wir gestritten, nur nicht zuletzt, als ich gar nicht in der Lage war, irgend etwas zu tun. Und nun meinst du daraus schließen zu müssen, daß ich mit ihr lebe. Du bist davon überzeugt, daß ich dort angefangen habe, wo Vater aufgehört hat, nicht wahr?«

Draußen auf der Terrasse bohrten sich die Worte in Johns Kopf. ›Dort angefangen, wo Vater aufgehört hat.‹ Anns Stimme klang matt und langsam: »Es war doch ihretwegen, daß du Val aufgegeben hast, nicht wahr?«

»Oh, mein Gott! Mach mich doch bitte nicht verrückt. Ich bitte dich wirklich, mach mich nicht verrückt.«

»Und du, behandle mich nicht wie ein Kind und verlange nicht von mir zu glauben, daß du sie nur viermal gesehen und ständig mit ihr gestritten hast. Wenn das so ist, dann kann ich dir nur sagen, daß du dich in deiner Einstellung sehr geändert hast, seit dieser Nacht, als sie dich hierhergebracht hat.«

»Wie meinst du das?«

»Man hält doch nicht die Hand einer Frau und nennt sie ›Cecilia‹, wenn man sie nur viermal gesehen und sich nur gestritten hat; und außerdem wird man es dann kaum erleben, daß sie deinetwegen weint.«

»Cecilia? Ich soll ihre Hand gehalten und sie Cecilia genannt haben? Du bist doch wohl nicht ganz bei Trost. Ich wußte ja noch nicht einmal, daß sie Cecilia heißt. Ich hab sie immer nur ›Mrs. Thorpe‹ genannt.«

»Laurie, Laurie.« Sie schrie es jetzt fast heraus. »Sei doch bloß still. Ich will nichts mehr hören. Wenn vorher noch ein Zweifel in mir war, was deine Beziehung zu dieser Frau betrifft, so hast du ihn jetzt zerstreut.«

»Ich ... sage ... es ... dir ..., Mutter ...!«

»Bitte, bitte, Laurie, versuche nichts mehr zu beteuern. Ich will dich nicht noch für einen Lügner halten müssen. Aber ich kann dir eines versichern. Wilcox hat deine Karriere ruiniert, dieser Bolton hat dein Aussehen ruiniert, doch diese Frau wird dein Leben ruinieren. Sie hat dabei schon ganz schöne Fortschritte zu verbuchen. Und ich will dir dazu nur noch eines sagen. Du wirst wählen müssen. Ich meine es ernst, Laurie. Wenn du es noch weiter mit ihr treibst, dann will ich dich nicht mehr sehen. Verstehst du, was ich sage? Glaube ja nicht, daß ich nachgeben werde, denn allein der Gedanke an sie verursacht mir Übelkeit.«

Als John das Geräusch einer Tür hörte, die sich schloß, stemmte er sich schnell von seinem Sitz hoch, ging von der Terrasse zum Seitenweg und durch den Heckenweg in den anderen Teil des Gartens. Als er im Geräteschuppen war, schloß er die Tür hinter sich und setzte sich auf eine umgedrehte Kiste.

»Cissie, Cissie.« Er sagte es laut, und seine Stimme war

nicht nur traurig und zart, sondern auch vorwurfsvoll. Langsam setzte er die Ellbogen auf die Knie und stützte seinen Kopf in die Hände. Er war ein Tor gewesen, ein verblendeter Tor. Er hätte sie haben können und alles, was Leben bedeutete: Fröhlichkeit, Wärme, Verständnis und Freundlichkeit. Ja, er hätte Cissie haben können. An dem Morgen, als sie zu ihm ins Krankenhaus gekommen war, wäre sie zu allem bereit gewesen, und deswegen hatte er ihr auch alles von sich erzählt. Es war gar nicht schwer gewesen, es ihr zu sagen, doch er hatte die Wirkung nicht voraussehen können. Als sie ihn auf den Mund geküßt hatte, hätte er sie am liebsten festgehalten und sie nie mehr gehen lassen. Doch er wußte, daß er sie nicht belasten durfte mit seiner Verstümmelung. Er hatte erlebt, wie Ann dadurch seelisch verkümmert war, und durfte nicht zulassen, daß es auch Cissie geschehen würde, obwohl sie gewußt hätte, was sie auf sich nahm.

Doch Laurie hatte die Unterstellung seiner Mutter geleugnet. Vielleicht hatte er recht, und es steckte nichts dahinter. Wie konnte es auch, wenn er sie nur viermal gesehen hatte. Doch er selbst hatte sie ja nur einmal gesehen, oder zweimal, und es war geschehen. Doch er war einsam gewesen und reif für so eine Affäre – wenn man diese Beziehung überhaupt als Affäre betrachten konnte. Und er selbst war es gewesen, der Laurie zu ihr geschickt hatte, ihn gebeten hatte, zu ihr zu gehen.

Er fühlte, wie sich die alte Einsamkeit wieder seiner bemächtigte, und diesmal war es noch schmerzlicher als in all den vergangenen schweren Jahren, denn damals hatte er nichts zu verlieren gehabt, doch in den letzten paar Wochen, in denen er Cissie gekannt hatte, war das Leben wieder zu ihm zurückgekehrt. Als er sie dann wieder verlor, da hatte er seinen Sohn gefunden. Er hatte gedacht, daß es immer wieder einen Ausgleich gab ... Und jetzt, noch bevor er Laurie richtig wiedergefunden hatte, würde er ihn wieder verlieren. Denn wenn wirklich etwas dahinter steckte, dann würde es so werden, wie Ann gesagt hatte: Laurie würde von ihnen abgeschnitten sein. Sie würde es nicht ertragen können, ihn zu sehen, wegen des Mädchens. Und er würde es aus demselben Grunde nicht wagen.

»Oh, da bist du ja, mein Lieber. Weshalb sitzt du denn hier? Du fühlst dich doch nicht wieder schlecht?«

»Nein, nein.« Er richtete sich auf und nahm die Hand, die ihm geboten wurde. Als sie fest die seine drückte, dachte er sich, wie wunderbar es gewesen wäre, wenn Ann ihre Hand im letzten Jahr um diese Zeit nach ihm ausgestreckt hätte.

Doch jetzt würde zwischen ihren Händen immer Cissies Hand sein, ganz gleich, was geschehen würde. Sie wäre immer gegenwärtig.

Am nächsten Mittag um zwölf Uhr stand Laurie am Kai und beobachtete, wie das Schiff sich langsam vom Dock fortbewegte. Hoch oben über seinem Kopf an Deck der ersten Klasse standen seine Eltern. Er hob seine Hand nicht, bis sein Vater die seine hob, dann winkte er zurück. Seine Mutter winkte nicht, bis das Schiff schon ziemlich weit weg war. Und dann war es nur eine kleine, kaum vernehmbare Bewegung ihrer Hand. Doch sie verriet ihm selbst aus dieser Entfernung ihre Sorge – und ihren Ärger. Ihre letzten Worte, die sie zu ihm sagte, waren: »Du wirst zu deinem Onkel und deiner Tante gehen, nicht wahr, Laurie? Du gehst sofort zu ihnen, sie erwarten dich.«

Und er hatte gesagt: »Ja, ja, natürlich.« Doch er wußte, daß er nicht die geringste Absicht hatte, zu ihnen zu gehen.

Sie hatte sich nach vorne gebeugt, und er hatte sie geküßt und ihr zugelächelt: »So, und jetzt vergiß alles und hab eine gute Zeit!«

Er hatte sie in dem kleinen Salon verlassen, der voller

Blumen war. Sein Vater begleitete ihn übers Deck zum Fallreep. Dort hatten sie einen Augenblick gestanden und sich angeblickt. Er hatte ihn ebenfalls angelächelt und wollte gerade dasselbe zu ihm sagen, was er zu seiner Mutter gesagt hatte: ›Und jetzt vergiß alles und hab eine gute Zeit.‹ Doch da war ihm sein Vater zuvorgekommen und hatte zögernd gesagt: »Ich möchte dir etwas sagen, Laurie, aber wir haben nicht lange Zeit. Und sei bitte nicht gekränkt.« John hatte einen Augenblick zu Boden geblickt, bevor er ihn wieder angesehen hatte, und war dann stockend fortgefahren: »Ich war zufällig gestern abend auf der Veranda, als du mit deiner Mutter gesprochen hast.«

Laurie hatte seine Augen geschlossen und sich auf die Lippen gebissen, was bedeutete, daß er versuchte, Geduld zu beweisen. Doch seine Stimme hatte trotzdem gereizt geklungen, als er gesagt hatte: »Ich bitte dich, Vater, ich kann dir versichern …«

Doch John war ihm ins Wort gefallen: »Nein, Laurie. Nein. Du brauchst dich nicht zu rechtfertigen, aber hör mir einen Moment zu. Ich will dir nur dies eine sagen: Folge deinem Herzen. Tu, was du tun willst. Auf gar keinen Fall sollst du dich für irgend jemand opfern, nicht für deine Mutter und nicht für mich. Letztlich wird es dir niemand danken, und ich habe dir schon genügend geschadet.« Sein Blick hatte sein verfärbtes Gesicht gestreift.

»Vater, bitte, hör mir doch nur einen Moment zu!« Er hatte, die Ellbogen fest an sich gepreßt, dagestanden, die Hände abwehrend nach vorn gestreckt, doch John kümmerte sich nicht darum und fuhr fort: »Ich weiß, wie dir zumute ist. Ich weiß genau, in welcher Klemme du steckst … Ich hab ja selbst dringesteckt, daher weiß ich es genau. Um eines bitte ich dich: Bring ihr eine Nachricht von mir, ja? Sage ihr … sage ihr, daß sie das Glück nehmen soll, daß sie es mit beiden Händen ergreifen soll. Sag ihr, daß ich für sie froh bin, ja? Willst du ihr das sagen?«

Er hatte nichts gesagt, als er dem eindringlichen Blick

seines Vaters begegnete. Es hatte keinen Zweck, es hatte gar keinen Zweck, etwas zu erwidern, was es auch sei. Sollte er doch denken, was er wollte. Erst die Zeit würde beweisen, daß er nicht recht hatte. Doch inzwischen würden sich die beiden hundeelend fühlen. Nun gut, er hatte wenigstens versucht, sie von diesem unsinnigen Gedanken wegzubringen. Nichts würde sie davon überzeugen können, daß sie sich irrten, was auch immer er vorbringen würde. Es gehörte eben zu diesen unbegreiflichen Dingen, die im Leben geschahen. Nur weil er ihren Vornamen ausgesprochen hatte, wurde aus einer Vermutung Wahrheit. Er streckte seine Hand aus, und John nahm sie und hielt sie einen Augenblick fest.

»Mach's gut«, sagte er.

»Keine Sorge, es wird schon alles gutgehn«, sagte John, als er ihn anblickte. »Auf Wiedersehen, Laurie.«

»Auf Wiedersehen, Vater. Auf Wiedersehen.«

Er hatte sich abgewandt, doch dann berührte Johns Hand noch einmal seinen Arm. »Du wirst mir schreiben und mich auf dem laufenden halten, ja?«

Pflichtbewußt hatte Laurie genickt und war dann mit schnellen Schritten das Fallreep hinab- und auf den Kai hinausgelaufen.

Ihre Gesichter wurden jetzt immer kleiner. Sein Vater winkte die ganze Zeit, seine Mutter ab und zu. Bald waren sie so weit weg, daß es keinen Sinn mehr hatte, dazustehen. Er drehte sich langsam um, ging zu seinem Wagen und fuhr nach Hause.

Als er in die Halle trat, kam ihm Mrs. Stringer aus der Küche entgegen und sagte: »So, sind sie nun fort, Mr. Laurie?«

»Ja, Stringy.«

»Haben sie ein bequemes Zimmer?«

»Ja, wunderbar, fast so groß wie die Wohnhalle. Gar kein Unterschied zu hier.«

»Sie machen Spaß!«

»Nein, wirklich nicht, es ist so. Badezimmer, Dusche, alles, was dazugehört, und das Ganze voll von Blumen.«

»Oh, wie schön. Ich hoffe, es wird ihnen beiden guttun. Ja, und nun ist Ihr Lunch bereit, im Frühstückszimmer, Mr. Laurie. Ich hab alles für Sie auf dem Bett bereitgelegt zum Packen.«

Während sie sprach, beugte er sich vor und schaute sich in dem ovalen Spiegel an. Selbst nach einem Monat war sein Gesicht noch verunstaltet, und er zweifelte, ob er jemals wieder normal aussehen würde. Er berührte seine linke Augenbraue und sagte dabei in den Spiegel zu Mrs. Stringer: »Ich werde morgen nicht fahren, Stringy.«

»Aber nicht doch, Mr. Laurie. Es ist doch alles schon vorbereitet. Ihr Onkel erwartet Sie, und Madam hat noch zehn Minuten vor ihrer Abfahrt mit Ihrer Tante telefoniert und gesagt, wann Sie kommen werden.«

»Ich werde sie gleich anrufen, Stringy.«

»Aber warum denn, Mr. Laurie?«

»Ich werde es Ihnen gleich erklären.« Er nickte ihr zu, setzte sich auf den goldfarbenen Rohrstuhl neben das Telefon und nahm den Hörer ab.

»Hallo«, sagte er nach einer Weile, »Onkel Ron?«

»Ja, hallo Laurie.«

»Sie sind gut fortgekommen«, berichtete er. »Wundervolle Kabine … Die werden wochenlang nichts als Feste feiern.«

Die herzliche Stimme am anderen Ende des Drahtes fragte nun: »Und wann fährst du ab? Wir warten schon alle auf dich. Die Mädchen haben dich schon für die nächsten drei Wochen ausgebucht. Da kannst du dich auf etwas gefaßt machen.«

»Onkel?«

»Ja, Laurie?«

»Onkel, es tut mir leid, aber ich werde nicht kommen können.«

»Wie bitte? Hast du gesagt, daß du nicht kommen kannst? Was ist denn los? Es geht dir doch nicht wieder schlechter, oder? Ann hat doch heute morgen erst mit Susan telefoniert und ihr gesagt, daß du noch am Vormittag aufbrichst. Was ist denn los? Was ist geschehen?«

»Ja, so ist es eben, Onkel. Ich … Ich muß ins Krankenhaus. Ich glaube, ich werde auf einem Auge nicht mehr sehen können.«

»Um Gottes willen! Aber, deine Mutter … weshalb …«

»Sie hat es nicht gewußt. Sie haben es beide nicht gewußt. Ich habe es ihnen nicht gesagt. Sie wären sicher nicht abgereist, und es war ja schon alles gebucht. Und Vater mußte unbedingt fort, das hatte er nötig.«

»Aber ein Auge! Ist das denn schon sicher?«

»Ja, man nimmt es an. Und es spielt auch keine Rolle, denn ich habe sowieso kaum etwas damit gesehen, seit ich … seit ich verletzt wurde. Es war wahrscheinlich ein Schlag auf die Stirn, der das bewirkt hat.«

»Oh, mein Junge, das ist ja schrecklich. Möchtest du vielleicht, daß Susan zu dir kommt und sich etwas um dich kümmert?«

»Nein, nein. Ich bin ja im Krankenhaus, und ich weiß nicht, wie lange das dauert.«

»Mein Gott, das ist wirklich ein Schock. Ich weiß nicht, was Susan dazu sagen wird, sie ist im Augenblick nicht da. Oh, das tut mir sehr leid, Laurie. Weißt du was? Ich glaube, du hättest es deinem Vater sagen sollen.«

»Es hätte ja auch nichts daran geändert, und ich wollte ihm im Augenblick nicht noch mehr Kummer machen.«

»Nein, nein, das verstehe ich ja. Aber, o mein Gott, Junge, das tut mir furchtbar leid für dich … Doch wenn es vorbei ist, willst du dann nicht zu uns kommen?«

»Doch, natürlich, das werde ich sehr gern tun.«

»Und du wirst uns Nachricht geben?«

»Ja, das will ich, Onkel.«

»Aber was ist, wenn ihr in dieses neue Haus zieht? Wann wird das sein?«

»Oh, sicher erst in drei Wochen, und Stringy wird sich um alles kümmern. Sie wird packen und dafür sorgen, daß alles dort in Ordnung kommt. Wenn die Eltern zurückkommen, wird sie alles tipptopp in Ordnung haben. Inzwischen wird sie prächtig für mich sorgen.«

»Laurie, ich weiß nicht, was ich sagen soll. Du hast mir den Wind völlig aus den Segeln genommen.«

»Aber nein, du darfst das nicht so sehen, Onkel. Ich hab ja sogar noch Glück gehabt. Es hätten ja auch beide Augen sein können.«

»Ja, vielleicht sollte man das so sehen. Trotzdem ist es ein Unglück. Ich werde deiner Tante sagen, daß sie dich anruft, sobald sie wieder da ist, ja?«

»Gut, Onkel.«

»Auf Wiedersehen, Junge.«

»Auf Wiedersehen.«

Als er den Hörer auflegte, hörte er von der Küchentür her ein leises Geräusch. Er drehte sich um und sah dort Mrs. Stringer stehen, die beide Hände vors Gesicht geschlagen hatte und leicht schwankte.

»Oh, Mr. Laurie, Mr. Laurie.«

»Aber, aber, es ist ja schon alles gut.«

»Daß Sie es ihnen nicht gesagt haben und sie einfach haben fortfahren lassen!«

»Es ist doch so viel besser, oder?« Er legte einen Arm um sie und führte sie wieder zurück in die Küche. »Aber, aber. Jetzt fangen Sie doch nicht an zu heulen!«

»Oh, Mr. Laurie.«

»Jetzt passen Sie mal auf«, sagte er. »Ich habe Hunger und möchte etwas essen. Los, kommen Sie.« Er schob sie sanft auf den Herd zu. »Geben Sie mir die Schüsseln, ich werde sie hereintragen.«

Als sie ihm die Gemüseschüssel gab, blickte sie ihn an und stammelte wieder: »Oh, Mr. Laurie. Oh, Mr. Laurie.«

Während er allein beim Essen saß, überlegte er, daß es merkwürdig war, was Teilnahme alles bewirken konnte. Sie drang in die weichen Stellen ein, die ängstlichen Stellen, und von denen hatte er im Augenblick mehr als genug. Die einzige Möglichkeit, um mit dieser Angelegenheit fertig zu werden, war, sie als etwas Unangenehmes, jedoch Notwendiges zu behandeln, etwas, was getan werden mußte, als ob man einen Zahn zu ziehen hatte. Zwei Dinge waren es, vor denen er sich hüten mußte: Mitleid von anderen und Groll mit derjenigen, die seinen Zustand bewirkt hatte.

Es war merkwürdig mit den kleinen Puzzlesteinen, die dazu führten, ein Auge zu verlieren. So mußte man es ansehen – ganz philosophisch, als ob es sein mußte und als ob nichts es hätte verhindern können. Das war die einzige Möglichkeit, um damit fertig zu werden.

Als er mit seinem Essen fertig war, hörte er die Türglocke und dann Stringy, die durch die Halle ging. Dann ertönte ihre Stimme, hoch und ärgerlich: »Die Familie ist fort, Mr. Wilcox. Es ist niemand da, sie sind alle fort.«

»Alle, außer einem, Mrs. Stringer. Und ich wäre Ihnen dankbar, wenn Sie mir aus dem Weg gehen würden.«

Laurie stand auf, ging an die Tür des Frühstückszimmers und sagte von dort aus gelassen: »Schon gut, Stringy. Lassen Sie Mr. Wilcox herein.«

James Wilcox kam herein, sein Schritt war langsam und schwer wie der eines Mannes doppelter Größe. Er wandte seinen Blick nicht von Laurie, selbst als er an ihm vorbeiging und ins Zimmer trat. Dort fixierte er ihn weiter, als ob er zufrieden mit dem war, was er sah.

Während eines langen, gespannten Augenblicks, währenddem Laurie den Blick des alten Mannes erwiderte, sprach keiner von ihnen. Dann räusperte sich James Wilcox und sagte: »Du wußtest, daß du mir nicht ungestraft davonkommen würdest, nicht wahr?«

»Ich habe Sie erwartet.«

»Dann bist du nicht enttäuscht, oder? Ich habe mir gedacht, ich werde warten, bis sie fort sind, damit du dich nicht hinter irgendwelchen Rocksäumen verstecken kannst.«

Während Laurie die Zähne zusammenbiß, fuhr Wilcox fort: »Ich mache vor allem sie verantwortlich, denn sie hat dich verhätschelt, seit du geboren bist, und hat dich gesäugt, bis du deine langen Hosen bekommen hast ...«

»Ich warne Sie, und passen Sie auf, ich werde mir nichts mehr von Ihnen gefallen lassen. Noch ein weiteres unverschämtes Wort, und ich werde Sie beim Kragen nehmen und aus dem Haus werfen ... Ich meine es ernst.«

»Das würde ich gern mal erleben, junger Mann. Wie deine übrige Sippe hast du nämlich keinen Mumm.« Er zog an seiner Weste und holte tief Atem. »Also, ich bin hierhergekommen, um dir zu sagen, was ich von dir halte, und um dir zwei Neuigkeiten mitzuteilen, die du dir merken solltest ... Erstens, daß meine Tochter ihre Verlobung mit dir gelöst hat. Du verstehst mich: SIE HAT IHRE VERLOBUNG MIT DIR GELÖST! Wegen deines Verhältnisses mit dieser Thorpe ...«

»Oh ... O nein, das darf nicht sein.« Lauries Gesicht lief tiefrot an. »Sie haben diese Geschichte in Umlauf gesetzt, und ich werde Sie vor Gericht bringen, ehe Sie sich's versehen. Und diesmal werden Sie auf der anderen Seite, auf der Anklagebank sitzen.«

»Versuch es doch, versuch es doch – wir werden schon sehen, wer gewinnt.« Der Kopf von Mr. Wilcox wackelte, als ob er von Drähten gezogen würde. »Inzwischen ist es allgemein bekannt, daß dein Vater diese Frau seit Monaten besucht hat, und jetzt weiß auch jeder, daß du sie deinerseits auch besucht hast. Es ist ein öffentlicher Skandal. Und meine Tochter, die es herausbekommen hat, hat es nicht nötig, bloßgestellt zu werden. Das ist die richtige Geschichte. Wenn du versuchst, sie anders zu erzählen, hier in dieser Stadt, dann wirst du schon merken, wie weit du damit kommst. Außerdem ist auch allgemein bekannt, daß einer von den Liebhabern dieser sauberen Mrs. Thorpe dich zusammengeschlagen und vor ihre Tür gesetzt hat.«

Laurie konnte sich gerade noch zurückhalten, Wilcox an die Kehle zu springen. Wütend zischte er ihn an: »Kein Liebhaber hat mich zusammengeschlagen. Es waren Boltons Schläger, die das getan haben, und Sie wissen auch weshalb ... Oder vielleicht nicht?« Er streckte dem nun doch erschrockenen Mr. Wilcox seine Faust entgegen. »Er hat mich zusammenschlagen lassen, weil ich sein kleines Spielchen aufgedeckt habe. Ich habe seine Steuerbelege nachgeprüft und habe festgestellt, daß er kleine Gaunereien betreibt. Und Sie wissen ganz genau, daß er das schon seit Jahren macht. Er hat gesagt, daß er den kleinen Thorpe niemals an einem Sonnabend vormittag beschäftigt hat, doch er hat in seinen Büchern angegeben, daß er dreißig Schilling für zwei Jungen ausgegeben hat, die er seit Jahren am Sonnabend vormittag beschäftigt. Ich habe ihn mit diesen Tatsachen konfrontiert und ihn gezwungen, die Wahrheit zu sagen. Ich habe ihn gezwungen, zur Polizei zu gehen und den kleinen Thorpe zu entlasten. Das sind die Neuigkeiten, die ich für Sie habe!«

»Du! ... Du bist an meine Akten gegangen und hast ...?« Auf den Lippen von Mr. Wilcox bildeten sich Schaumbläschen.

»Ja, ich habe mir Ihre Akten angesehen.«

»Du ... Du hast die Stirn, hier zu stehen und mir zu erklären ...«

»Ja, ich habe die Stirn, Ihnen das zu erklären. Und wenn Sie nichts zu verbergen hätten, wäre es Ihnen auch gleich, wer sich Ihre Akten angesehen hat.«

»Die Geschäfte meiner Klienten sind Privatsache, das wirst du ja wissen.«

»Doch Sie haben eine Abteilung, die ganz besonders

privat ist, oder?« Er gönnte sich eine kurze Pause, bevor er fortfuhr: »Daher warne ich Sie jetzt! Sie werden sofort dieses Märchen von dem Liebhaber aufgeben, oder ich werde etwas tun, was ich in der Nacht, als ich dies einstecken mußte, beinahe getan hätte.« Er deutete auf sein Gesicht.

Mr. Wilcox schluckte heftig. Seine Stimme bewies, daß er äußerst nervös war. »Du hast keinen Beweis, daß es Mr. Bolton war, der das ... der das angestiftet hat.«

»Ich habe die Beweise, die ich brauche.«

»So, und weshalb hast du sie dann nicht benützt? Ich nehme kaum an, daß du eine Trumpfkarte in der Hand hast und sie nicht ausspielst.«

Laurie starrte in das gemeine kleine Gesicht und trat dann einen Schritt zurück, als ob ihm die Nähe dieses Mannes widerwärtig sei, was ja auch der Fall war. Langsam sagte er: »Ja, so müssen Sie natürlich denken, weil Sie so gehandelt hätten, nicht wahr? Nun, so werde ich Ihnen jetzt sagen, weshalb ich meinen Trumpf nicht ausgespielt habe. Wenn ich nämlich Bolton beschuldigt hätte, wäre ich dazu gezwungen gewesen, den Grund für diese Handlung zu nennen. Und das hätte ich nicht gekonnt, ohne zur Sprache zu bringen, wie der kleine Thorpe entlastet wurde, und dadurch wären Sie mit einbezogen worden. Komisch, nicht wahr, daß ich Sie überhaupt berücksichtige?«

»Ich hab von deiner Seite keine Rücksicht nötig, junger Mann. Meine Angelegenheiten können vor jeder Prüfung bestehen.« Mr. Wilcox nahm jetzt wieder eine drohende Haltung ein.

»Zweifellos, zweifellos. Sie wären in der Lage gewesen zu beweisen, daß Sie von den kleinen Machenschaften nichts wußten, doch Sie wissen, und ich weiß es, daß die Finanzbeamten Ihrer Majestät nur den kleinsten Hinweis zu bekommen brauchen, daß Sie hinsichtlich der Geschäftsbücher Ihrer Klienten recht lax sein können, und schon ist es mit Ihnen geschehen. Sie werden Sie bis zum Tag Ihres Ruhestands wie einen Habicht überwachen.« Laurie wischte sich mit der Hand über die Augen und schüttelte den Kopf. »Es ist doch wirklich komisch. Sosehr ich Sie auch verabscheue und es Ihnen auch ruhig ins Gesicht sage, so wenig wollte ich Ihnen das antun.«

Mr. Wilcox wischte sich auch übers Gesicht, doch er tat es mit einem großen weißen Taschentuch, und als er fertig war, begann er zu lächeln, ein verkniffenes, zynisches Lächeln. Das Lächeln war so breit, daß man seine regelmäßigen Zähne sah, und er sagte: »Wirklich eine außerordentlich noble Art, es auszudrücken. Doch es hätte den Tatsachen eher entsprochen, wenn du gesagt hättest, daß du dich zurückgehalten hast, weil dein Gewissen dich geplagt hat. Dein Gewissen hinsichtlich der Behandlung von Val und deiner Verbindung mit dieser Frau.«

»Nun, ich kann Ihnen noch einmal versichern, daß ich mit ... dieser Frau, wie Sie sie nennen, in keinerlei Verbindung stand.« Auch Lauries Haltung wurde jetzt drohend. »Doch wenn ich in der Nacht, als ich die Prügel bezog, so viel gewußt hätte wie heute«, sagte er und berührte dabei seine Wange, »dann hätte ich nicht gezögert, die Angelegenheit der Polizei zu übergeben ... Jedoch, wie ich schon bemerkt habe, es ist selten zu spät. Überlegen Sie sich das.«

Er erhob warnend seinen Zeigefinger. »Sowie Sie beginnen, irgendwelche Gerüchte von Liebhabern in die Welt zu setzen und einer Affäre, die ich mit Mrs. Thorpe gehabt haben soll, werde ich die ganze Angelegenheit zu Gehör bringen ... Also halten Sie sich zurück.« Seine Stimme wurde leiser. »Sie haben jetzt gesagt, was Sie sagen wollten, und haben sich nach Ihrer Ansicht wie ein Mann benommen. Wie der kleine gemeine Mann, der Sie sind. Und nun gehen Sie bitte!«

James Wilcox preßte wütend die Lippen zusammen. Sein beleibter Körper bebte, und er zog mit beiden Händen an den Enden seiner Weste. Er wollte gehen, doch nicht, bevor er noch einen Schreckschuß loslassen konnte. »Du bist in dieser Stadt erledigt, ich hoffe, das ist dir klar?« Dann drehte er sich mit einem Ruck um und ging zur Tür. Laurie folgte ihm und stand hinter ihm, während er mit dem Riegel der Eingangstüre hantierte. Als er ihn endlich geöffnet hatte, wandte sich Wilcox noch einmal zu ihm um, nickte und sagte leise: »Nun, wer das auch immer getan haben mag, hat gute Arbeit geleistet und dich übel zugerichtet. Und jetzt sage ich dir offen ins Gesicht, daß ich wünschte, ich hätte meine Hand dabei im Spiel gehabt.«

Laurie blieb gelassen, und seine Stimme war täuschend ruhig, als er antwortete: »Vielen Dank, Euer Gnaden. Ich bin davon überzeugt, daß ich in dem Fall auf beiden Augen blind geworden wäre, statt nur auf einem.«

In dem Moment, bevor er vor Wilcox die Türe zuknallte, sah er nicht nur Überraschung, sondern auch Erschrecken in dessen Gesicht.

Als er wieder im Frühstückszimmer ankam, bebte er am ganzen Körper, und ihm war leicht übel. Einen Moment stand er da und preßte eine Hand vor die Stirn. Er ging ins Eßzimmer und goß sich einen starken Drink ein … Ihr Liebhaber! Er wußte, daß all seine drohenden Reden bezüglich seiner Maßnahmen, die er ergreifen würde, wenn Wilcox diese Gerüchte verbreitete, völlig zwecklos waren, denn sie waren schon längst im Umlauf. Val würde sich dieser Sache mit Vehemenz längst angenommen haben, denn es war ihre einzige Möglichkeit, die sogenannte Ehre zu retten. Er wunderte sich allerdings, daß der alte Wilcox extra gekommen war, um es ihm mitzuteilen. Doch im Grunde genommen war er nur aufgetaucht, um den starken Mann zu spielen, den erbosten Vater, der seine Tochter rächen mußte.

Sein Vater hatte da etwas in Gang gebracht, das er eigentlich nicht verantworten konnte. Sein alter Zorn gegen ihn stieg wieder hoch und verdrängte seine toleranteren Gefühle, die er während der letzten Wochen gehegt hatte. Er ging wieder zurück in die Wohnhalle, stellte sich vor den Kamin und schüttete seinen Drink mit einem Schluck hinunter. Dann schleuderte er das Glas wütend in die leere Feuerstelle.

Am selben Abend ging Laurie zu seinem Arzt, der anordnete, daß er gegen Ende der folgenden Woche ins Krankenhaus müsse. Er hatte den Bericht des Facharztes, dem er leider nichts hinzufügen könne. In der Zwischenzeit gab er ihm ein Rezept für weitere Tropfen.

Während er neben einem Fach für Babynahrung stand und darauf wartete, daß seine Tropfen zubereitet wurden, sah er auf einmal Cissie, die die Apotheke betrat. Und als er so auf ihren Rücken blickte, spürte er auf einmal eine jagende, rasende Empfindung in sich, die vielleicht Angst war. Wenn links neben ihm eine Tür gewesen wäre, hätte er sich davongestohlen; doch jede Bewegung, die er machte, würde sie aufmerksam machen, und daher blieb er regungslos stehen.

Unter einem Plastikregenmantel trug sie ein braunes Kostüm; sie hatte keinen Hut auf, und ihr langes Haar hing in nassen Strähnen über ihre Schultern, was ihn sehr irritierte. Er hörte, wie der Verkäufer zu ihr sagte: »Wollen Sie sich bitte solange hinsetzen, es wird eine Weile dauern.« Als sie sich zu den Sitzen umdrehte, stand sie direkt vor ihm, und als sich sein Gesicht rötete, bemerkte er, daß ihres sich erhellte. Einen Augenblick sah er, wie ihre Augen aufleuchteten, als ob sie jemand sehe, den sie niemals mehr zu sehen erwartet hätte.

»Wie geht es Ihnen?« Sie stand dicht neben ihm und blickte ihm ins Gesicht, und ihre Augen, die über sein Gesicht gewandert waren, blieben an der erweiterten Pupille seines linken Auges hängen.

»Gut«, sagte er, »danke.«

»Wirklich?« Ihr Gesicht wurde auf einmal ernst. »Sie sind doch nicht ... ich meine, es hat doch nicht ...?«

»Oh, das.« Er berührte seine Wangen, »das wird nach einer Weile wieder in Ordnung sein.« Während er sie weiter ansah, dachte er, daß sie niemals würde ermessen können, in welche Schwierigkeiten sie ihn gebracht hatte. Trotzdem, obwohl er sie kaum kannte, nahm er an, daß sie zu den Menschen gehörte, die andere Menschen niemals wissentlich in Schwierigkeiten brachten. Er glaubte jetzt, was sein Vater ihm von Anfang an gesagt hatte: sie war gut. Sie hatte sich umgedreht und stand so, daß sie den Ladentisch überblicken konnte. Sie sagte: »Pat liegt erkältet im Bett.«

»Oh, das tut mir leid«, sagte er. Und dann: »Die andere Angelegenheit ist in Ordnung, oder?«

»Oh, ja, ja.« Sie wandte schnell den Kopf zu ihm und nickte ein paarmal. »Als Barry Rice erfuhr, daß Pat beweisen konnte, daß er damals den ganzen Morgen über gearbeitet hat, da hat er schließlich die Wahrheit gesagt. Er hat auch die Namen der beiden anderen Jungen genannt ... Doch ich nehme an, Sie wissen das alles. Mr. Ransome hat es Ihnen doch sicherlich schon erzählt?«

»Ihre Tropfen, Sir.« Der Apotheker gab Laurie eine kleine eingewickelte Flasche, und er bedankte sich, steckte die Flasche ein und blickte Cissie an, um sich von ihr zu verabschieden.

Sie hatte die Flasche aufmerksam betrachtet, blickte nun in sein linkes Auge und sagte leise: »Stimmt da etwas nicht, mit Ihrem Auge?«

»Nein, nein.« Er schüttelte den Kopf. »Jedenfalls nichts, was nicht wieder in Ordnung kommen könnte.«

»Sind Sie sicher?« Ihre Stimme klang ängstlich, und er nickte wieder. »Ja, ganz sicher. Gute Nacht.« Sein Ton war übertrieben und abweisend.

»Gute Nacht.«

Draußen regnete es heftig, und er stellte sich einen Augenblick unter den Schutz der Ladentür. Dann rannte er in Riesensätzen zu seinem Wagen, den er am Randstein geparkt hatte. Als er im Inneren saß, steckte er zwar den Zündschlüssel ein und drückte auf die Startautomatik, doch dann lehnte er sich zurück und machte keine Anstalten, den Gang einzulegen. ›Sei doch nicht so ein verdammter Narr und mach schon.‹ Es war, als ob die Stimme vom Rücksitz kam, und sein Kopf senkte sich unter ihrem verächtlichen Ton. ›Mach schon‹, sagte sie wieder. ›Um Himmels willen, Mann, sei doch vernünftig und beweise ihnen, daß sie nicht recht haben.‹

Als er seine Hand nach dem Schalthebel ausstreckte, kam sie aus der Apotheke heraus. Sie war auf seiner rechten Seite, und er konnte sie sehen, ohne seinen Kopf wenden zu müssen. Er kurbelte das Fenster hinunter und rief ihr zu: »Steigen Sie ein.« In seinem Ton war jetzt Ungeduld, als ob er zu seiner Frau sprechen würde, die getrödelt hatte.

»Wie bitte?« Sie lief zu ihm, beugte sich hinab, bis ihr Gesicht auf gleicher Höhe mit dem seinen war. Der Regen hatte ihr Haar wieder genäßt und tropfte auf seine Schulter. »Steigen Sie ein«, sagte er. »Ich werde Sie nach Hause fahren.«

»Oh, nein. Nein, vielen Dank, ich kann den Bus nehmen.« Sie trat einen Schritt zurück und richtete sich auf, doch er beugte sich übers Lenkrad, blickte zu ihr hoch und sagte noch einmal: »Seien Sie doch nicht so dumm. Los, steigen Sie ein.« Er beugte sich zur anderen Seite und öffnete die Tür. Als er sich wieder zurücksetzte, stand sie immer noch da, doch dann beugte sie sich wieder zu ihm hinunter und sagte ablehnend: »Das wäre nicht gut für Sie, es wäre dumm, das wissen Sie doch … Trotzdem, vielen Dank.«

»Das ist doch albern. Los, keinen Widerspruch, steigen Sie ein. Sie werden sonst nur vollkommen naß.«

Er sah, wie sie den Kopf zur Seite wandte, auf die Straße blickte und dann langsam wieder den Kopf zu ihm umwandte. »Sie wissen hoffentlich, was Sie tun, ja?« sagte sie.

»Ja, ich weiß, was ich tue. Steigen Sie schon ein.«

Als sie neben ihm saß, sagte er nichts, doch als er merkte, daß sie die Tür nicht richtig zubekam, beugte er sich über sie und schnappte den Griff zu. Während er das tat, merkte er, daß sie sich fest gegen den Sitz preßte, damit er sie nur ja nicht berührte, und er hatte die beste Lust, ihr entgegenzuschleudern: ›Keine Sorge. Sie haben nichts dergleichen von mir zu befürchten!‹

Sie waren eine Weile gefahren, als sie zögernd fragte: »Wie geht es Ihrem Vater?«

»Als ich ihn heute morgen gesehen habe, war er in bester Verfassung. Sie sind mit dem Schiff fortgefahren und werden drei Monate Urlaub machen, fast alles auf See.«

»Oh, das freut mich. Das wird ihm sehr guttun.« Dann fügte sie hinzu, als ob sie höfliche Konversation veranstalten wollte: »Sie sollten selbst auch Urlaub machen. Ich glaube, Sie haben es nötig.«

»Ja«, sagte er und drehte das Lenkrad, während er um eine Straßenecke fuhr. »Ich glaube auch, daß mir eine Abwechslung guttäte. Ich werde bald nach Oxford zu einem Onkel gehen und glaube nicht, daß ich noch einmal hierher zurückkomme.«

»Sie ... Sie haben Ihren Job aufgegeben?« Ihre Stimme klang überrascht.

»Oh, ja. Ich habe meinen Job endgültig aufgegeben.«

Sie hatte ihr Gesicht ganz ihm zugewandt, und ihre Worte kamen stockend. »Aber ... aber, ich habe gedacht, Sie ... Sie würden bald heiraten.«

Noch einmal drehte er das Lenkrad mit Schwung herum. »Ja, ich habe es vorgehabt, aber ich werde es nicht tun.«

Das Gesicht immer noch ihm zugewandt, fragte sie in ängstlichem Ton: »Hat das alles … ich … hat das alles etwa mit mir zu tun? Mit uns?«

»Nein, keineswegs.« Er blickte schnell zu ihr hinüber und fragte unwillig: »Wie kommen Sie denn darauf? Weshalb sollte es etwas mit Ihnen zu tun haben?«

Selbst der kurze Blick, den er ihr zuwarf, genügte, um zu sehen, daß ihr die Röte ins Gesicht stieg, und er fügte hinzu: »Ich wollte fragen, wieso Sie etwas damit zu tun haben könnten.«

»Ich weiß es doch, ich weiß die Wahrheit. Aber die Menschen reden doch … sie sagen …«

»Nun, was sagen sie? Was können sie in diesem Fall schon sagen?«

»Ich weiß, ich weiß.« Ihre Stimme klang hoch und erregt. »Doch manche Menschen sind eben böse. Sie nehmen einem noch den Namen weg, selbst wenn es das letzte ist, was man überhaupt noch hat. Sie sind nicht zufrieden, bis sie einen völlig erledigt haben.« Sie brach ab. Dann senkte sie den Kopf und sagte: »So habe ich es nicht gemeint. Ich habe nicht das von neulich gemeint oder irgend etwas, was Sie gesagt haben.«

»Ich könnte es Ihnen nicht verübeln.«

Er stoppte jetzt seinen Wagen direkt vor ihrem Haus. Sofort begann sie wieder an dem Griff zu hantieren, und wieder mußte er sich über sie lehnen, um die Tür zu öffnen. Kaum hatte er den Griff losgelassen, da stand sie schon auf der Straße. Sie blickte ihn an, und er bemerkte, daß sie bekümmert aussah. »Ich hoffe, Sie kommen zurecht«, sagte sie.

Er antwortete nicht. Seine Hand am Lenkrad, blickte er sie an, während sie die Tür zuschlug. Wieder tat sie es nicht fest genug, und wieder mußte er sich zur Seite beugen, um sie zuzuziehen. Als er den Wagen startete, sah er, wie sie ins Haus trat und sich dabei nicht mehr umdrehte.

Am nächsten Tag half er Mrs. Stringer beim Packen. Vom frühen Morgen bis nach dem Tee am Nachmittag füllten sie Unmengen von Umzugskartons. Dann aß er in seinem Zimmer, das schon fast unbewohnt aussah, und später fuhr er Mrs. Stringer nach Hause. Es war acht Uhr, als er zurückkehrte, und bis elf Uhr nachts erschien ihm die Zeit länger als der ganze Tag.

Am nächsten Tag verlief alles nach dem gleichen Muster, und als er Mrs. Stringer abgesetzt hatte und in das leere Haus zurückkam, hatte er eine solche Sehnsucht nach Gesellschaft, daß er sich überlegte, ob er in den Club gehen sollte. Doch im Grunde wußte er, daß er nicht gehen würde, weil er Angst hatte. Angst vor der Macht von Wilcox' Bosheit, Angst davor, daß jemand ihn meiden könnte, unter dem Vorwand, eine Verabredung mit einer Freundin zu haben oder eine geschäftliche Besprechung. Also setzte er sich hin und versuchte es mit Fernsehen. Während er durch die verschiedenen Programme schaltete, schoß ihm auf einmal der Gedanke durch den Kopf: Wenn ich sie nie mehr sehe, werde ich sie nie vergessen. Da stand er auf, schaltete den Apparat aus und fluchte laut: »Verdammt soll sie sein!«

Es war acht Uhr abends, als er sich in den Wagen setzte und in die Stadt zu dem Apartmenthaus fuhr. Bevor er die Treppe hinaufstieg, warf er einen Blick auf die Namensschilder in der Eingangshalle: Mrs. Cecilia Thorpe. Er ging absichtlich geräuschvoll die Treppe hinauf, in der vagen Hoffnung, daß ihn jemand aufhalten würde. Zum Beispiel Mrs. Orchard, doch er traf niemanden. Als er auf dem obersten Treppenabsatz angekommen war, läutete er.

Als sie die Tür öffnete, sah er, daß sie erschrocken war und daß seine Gegenwart sie ängstigte.

Sie fragte vorsichtig: »Ja?«

»Wollen Sie mich nicht hineinlassen?« Seine Stimme war ebenso aggressiv wie sein Aussehen.

Sie schluckte heftig. »Was wollen Sie?«

»Ich möchte mit Ihnen sprechen.«

Sie blickte hinter sich, und er wurde mißtrauisch. Aha! dachte er. Doch sie trat zur Seite, und er ging an ihr vorbei, durch die kleine Diele ins Wohnzimmer. Dort war niemand.

Das elektrische Feuer spielte über den künstlichen Holzscheiten. Auf der Couch lagen einige Zeitschriften, und die Kissen waren zerdrückt. Er blickte sich um, immer noch wartend, jemand anderen zu sehen. Sie merkte sofort, was er sich dachte, und sagte scharf: »Ich bin allein, mit Pat, und der liegt im Bett.«

»Wie kommen Sie darauf, daß ich ...?«

»Oh, ich weiß genau, was Sie gedacht haben. Mißtrauen wird man nicht so schnell los, oder? Verstehen Sie mich bitte, ich möchte nicht mit Ihnen streiten, ich möchte alles vergessen, ich möchte nichts als meinen Frieden. Weshalb sind Sie hierhergekommen?«

»Weil ich einsam bin.« Seine Stimme klang rauh und barsch.

»Einsam? Aber was hat das mit mir zu tun?« Sie runzelte die Stirn. »Weshalb kommen Sie dann zu mir?«

»Weil ich glaube, daß Sie mir etwas schulden.«

»Ihnen etwas schulden?«

»Ja, genau das. Sie schulden mir etwas.«

Sein Verhalten änderte sich. Er warf seinen Hut auf einen Stuhl und knöpfte sich seinen Regenmantel auf. Leicht belustigt und etwas bitter fuhr er fort: »Ich habe meinen Job verloren, bin von meinen Eltern entfremdet, habe meine zukünftige Frau verloren, und mein Heim ist mir über den Kopf hinweg verkauft worden. Nicht zuletzt ist das Pflaster außerdem hier für mich jetzt so heiß, daß ich die Stadt verlassen muß.«

Sie blickte ihn mit weitaufgerissenen Augen an, und ihr ganzer Körper strahlte nur Abwehr aus. Entrüstet rief sie: »Sie machen mich für all das verantwortlich?«

»Ja. Für all das.« Die eine Seite seines Mundes zog sich hinab.

Sie verschränkte ihre Arme, und in ihrem Blick lagen Schmerz und Abwehr, als sie sagte: »Und Sie erwarten, daß ich deswegen etwas unternehme?«

»Ja, genau das.«

»Und was, wenn ich fragen darf?«

»Oh, das möchte ich Ihnen überlassen.« Er grinste sie einnehmend an.

»Gehen Sie raus!«

»Oh, nicht doch!« Er streckte ihr versöhnlich die Hand entgegen. »Das sollte doch nur Spaß sein. Es tut mir leid.«

»Spaß!« schrie sie. »Sie bringen wohl nicht in Ihr Spatzenhirn rein, daß ich nicht leichtsinnig bin, oder? Es ist Ihnen etwas geschehen, und Sie machen mich dafür verantwortlich. Ich habe Sie zu entlohnen, so zu entlohnen, wie ich nach Ihrer Ansicht die meisten Menschen entlohne.« Sie machte eine heftige Handbewegung. »Sie glauben wohl, Sie kommen einfach hierher und sagen, daß Sie einsam sind, und ich tröste Sie so, wie ich andere auch getröstet habe. Das denken Sie doch, nicht wahr?«

»Hören Sie mal zu. Nur einen Moment! Weshalb müssen wir uns denn immer wieder in die Haare kriegen?«

»Sie nennen das ›in die Haare kriegen‹!? Sie wagen es, so etwas zu sagen, Andeutungen zu machen, und dann nennen Sie es –«

»Hören Sie doch mal zu!« Seine Worte waren ungeduldig. Dann beugte er sich zu ihr vor und fragte etwas ruhiger: »Darf ich mich setzen?«

»Nein, Sie dürfen nicht.«

Er biß sich auf die Lippen. »Also gut, aber es ist schwerer zu sagen, was ich zu sagen habe, wenn ich stehen muß.« Er machte eine Pause und blickte in ihre feindseligen Augen. Dann senkte er den Blick und begann zu sprechen. »Sehen Sie, ich bin in einer fürchterlichen Verfassung. Schon die ganzen letzten Monate. Es hat alles mit Ihnen zu tun, und ich blicke nicht durch, und ich weiß nicht weshalb. Es war wirklich nicht meine Absicht, Sie zu kränken, aber als ich gekommen bin, hab ich gedacht, daß jemand hier ist ... Ich hab das gedacht, weil ich es befürchtet habe, und deshalb bin ich zornig geworden. Überrascht Sie das? Trotzdem, Sie müssen mir glauben, daß ich Sie nicht verärgern wollte. Verstehen Sie, was ich sagen will? Weshalb sollte ich Sie verärgern wollen, wenn es mein größter Wunsch ist ... daß Sie mich gern haben?« Die letzten Worte waren nur noch ein Flüstern, und in dem Schweigen, das dann folgte, sah er, wie sie ihre Hand an den Mund preßte.

Er sagte noch einmal: »Kann ich mich bitte hinsetzen? Ich bin ein bißchen wacklig auf den Beinen.«

Als sie weder nickte noch mit dem Kopf schüttelte, ging er zur Couch und setzte sich auf den äußersten Rand. Dann blickte er sie an und sagte sanft und freundlich: »Kommen Sie doch bitte. Setzen Sie sich hin und lassen Sie mich erklären.«

Wie hypnotisiert ging Cissie ebenfalls zur Couch, setzte sich jedoch ans andere Ende, möglichst weit weg von ihm.

Seine Stimme war immer noch leise: »Ich bin drei Wochen im Haus geblieben, ohne hinauszugehen. Jede einzelne Minute, Tag und Nacht, habe ich an Sie gedacht, und ich habe nicht gewußt weshalb. Ich habe mir eingeredet, daß es eine Art Delirium sei und daß es vorbeigehen würde, doch es ging nicht vorbei. Dann habe ich versucht, es durchzudenken. Die paar Male, die wir uns sahen, haben wir gestritten. Im Grunde hatten Sie eine Affäre mit meinem Vater ... Bitte, bitte.« Er hob die Hand hoch. »Hören Sie mich erst an. Dann, als die Tage verstrichen, wurde mir klar, weshalb Sie mich anziehen, und es hat mir gar nicht behagt. Ich habe sehr viel von meinem Vater in mir. Die Dinge, die ihn anzogen, gefielen auch mir.«

Er fuhr sich über eine Augenbraue und sprach dann weiter. »Mein ganzes Leben lang, bis zu der Zeit, als er krank wurde, habe ich den Gedanken zurückgewiesen, daß irgend etwas von ihm in mir sein könnte, irgendein Charakterzug; und dann, als ich still liegen mußte und Zeit zum Denken hatte, habe ich entdeckt, daß ich die Sorte Menschen, die er gern hat, auch gern habe. Ich wollte die gleichen Sachen, die gleichen Antworten. Das erste, was er über Sie zu mir sagte, war, daß Sie gut und freundlich sind. Ich wußte dann, daß ich jemand brauchte, der freundlich war, warmherzig und freundlich. Das ist die Sorte Mensch, die ich brauchte. Ich mußte es auch schon gewußt haben, bevor ich Sie kennengelernt habe, denn das war einer der Gründe, weshalb ich meine Verlobte aufgegeben habe. Sie ist kein freundlicher Mensch, und ich wußte, daß man durch das Leben meist nicht freundlicher wird, man muß schon so geboren sein.«

Er sah nun auf ihren gesenkten Kopf, und seine Stimme wurde schroff, als er fortfuhr: »Ich hatte den Gedanken, Sie zu sehen, aufgegeben; ich hatte das Gefühl, daß Sie während unserer kurzen Bekanntschaft genug Verhängnis in mein Leben gebracht hatten, genug, um bis ans Ende meiner Tage daran zu denken; und dann habe ich vor ein paar Tagen erfahren, daß wir unwiderruflich aneinander gebunden sind, wenigstens hier in dieser Stadt. Überrascht es Sie, daß wir angeblich eine Affäre haben sollen? Daß dies der Grund wäre, daß ich verprügelt worden bin, nämlich von einem Ihrer Liebhaber?«

Ihr Kopf zuckte hoch, und sie blickte ihn entsetzt an. »Ja, das ist eine Tatsache.« Er nickte nachdrücklich. »So sehr, daß selbst meine Eltern daran glauben.«

»Ihr Vater?«

»Er vor allem, möchte ich sagen. Er hat mir wenige Minuten vor seiner Abreise eine Nachricht für Sie gegeben. Er hat gesagt, daß Sie das Glück ergreifen sollen, daß Sie es mit beiden Händen ergreifen sollen. Er hat gesagt, ich soll Ihnen sagen, daß er für Sie froh ist. O ja, er hat es geglaubt.«

Wieder hatte sie die Hand über den Mund gepreßt und stammelte: »Die Menschen sind grausam, furchtbar grausam. Ich meine nicht Ihren Vater, sondern das, was die Leute sagen. Und jetzt«, ihre Stimme schnappte über, »und jetzt glauben alle, daß sie recht haben ... da Sie hierhergekommen sind. Sie haben Sie gesehen und ...«

»Spielt das denn eine so große Rolle?«

»Ja. Ja, das tut es.« Ihre Stimme war heftig. »Ich will nicht, daß man so von mir denkt. Mein ganzes Leben lang hatte ich damit zu kämpfen. Die Leute halten mich für leichtsinnig, aber ich bin es von Grund auf nicht.« Sie blickte ihn herausfordernd an. »Ich hätte schon oft heiraten können, doch ich wollte nicht.«

»Und weswegen nicht?«

»Ich habe mir geschworen, nie wieder zu heiraten.«

Es entstand eine lange Pause, bevor er fragte: »Waren Sie denn so glücklich mit ihm, daß Sie den Gedanken nicht ertragen konnten, jemand an seine Stelle zu setzen?«

»Glücklich? Glücklich, sagen Sie?« Sie lachte verächtlich. »Ich war ganze siebzehn, als ich geheiratet habe. Er war zwölf Jahre älter als ich, und ich hatte drei ekelhafte, dreckige Jahre mit ihm. Ekelhaft und dreckig in jeder nur möglichen Weise. Es gibt so viele Möglichkeiten für einen Mann, sich als widerwärtig zu beweisen, vom Essen bis zum Schlafen. Ich war zu jung, als ich heiratete, doch ich war voller Leben, und ich war in diesen drei Jahren tot. Als er dann getötet wurde – er wurde getötet, als sein Lastwagen über die Brücke der Neustadt schleuderte –, da wurde ich wieder lebendig. Von jenem Tag an war ich begnadigt. Es war, als ob Gott mir noch mal eine Chance gegeben hätte. Ich hatte Pat. Er war nur einige Monate alt, und er war alles, was ich wollte. Und ich habe mir damals geschworen: niemals, niemals wieder! Und dann habe ich

Ihren Vater kennengelernt ... Er war so lieb und gut, so gut ...«

»Nicht! Nicht!« Er stand schnell auf, ging auf den Kamin zu und starrte in das elektrische Feuer.

»Nun, Sie haben Ihr Herz ausgeschüttet – weshalb nicht auch ich?«

»Weil ich es nicht ertragen kann, wenn Sie es sagen. Das gehört auch zu den Dingen, mit denen ich zu kämpfen hatte. Daß er so« – er vertauschte das Wort »fad« mit »mild« – »so milde ist und doch die Macht hat, Sie zu fesseln.«

Er drehte sich um und kam zur Couch zurück. Diesmal setzte er sich näher an Sie heran. »Sagen Sie mir bitte: Habe ich Sie in der Nacht, als Sie und meine Mutter mich nach Hause gebracht haben, ›Cecilia‹ genannt?«

Sie machte eine zustimmende Bewegung mit dem Kopf und sagte: »Ja.«

»Meine Mutter hat mir erzählt, daß ich es getan habe. Aber ich wollte es nicht glauben. Ich wußte noch nicht einmal, daß ich Ihren Namen kannte.«

»Es hat noch niemand zu mir Cecilia gesagt, Cissie ist etwas gewöhnlich, ich weiß. Doch ich bin für alle immer nur Cissie gewesen. Cecilia ist so steif, und das bin ich nicht.«

»Ich habe meiner Mutter erklärt, daß ich noch nicht einmal Ihren Namen kenne, und sie wurde wütend. Das schien mich in ihren Augen für alle Zeit als Lügner abzustempeln, doch ich habe mich wirklich nicht daran erinnert, daß ich Sie bei Ihrem Vornamen genannt habe. Das ist nur ein Beweis dafür, daß Sie mich schon getroffen hatten, bevor Sie mich in Whisky ertränkten.« Er lächelte sie nun an, doch sie wandte ihr Gesicht von ihm ab und sagte: »Bitte reden Sie nicht weiter, weil ... weil ich mich mit niemandem mehr einlassen will.«

»Doch, mit meinem Vater hätten Sie es getan!« Er sagte es leise, jedoch ohne Häßlichkeit.

Trotzdem sprang sie auf und blickte auf ihn nieder. »Lassen Sie das bitte. Das ist vorbei, doch trotzdem werde ich ihn immer noch gern haben. Ich werde ihn gern haben, solang ich lebe. Denn er gehört zu den wunderbaren Dingen meines Lebens, und als das möchte ich es immer in Erinnerung haben, als etwas Wunderbares.«

»Es könnten Ihnen auch andere wunderbare Dinge begegnen, wenn Sie es zulassen würden.«

»Wenn ich es zulassen würde.« Ihre schmale Gestalt neigte sich ihm zu. »Wir wollen das doch einmal ohne alle Umschweife ganz deutlich beim Namen nennen: Sie sind allein und wollen eine Affäre beginnen ... Nun, Sie sind bei mir leider an die falsche Adresse geraten.«

»Ich will keine Affäre.« Er stand auf und blickte sie an. »Wer spricht denn von einer Affäre?«

»Worüber hätten Sie denn sonst sprechen wollen? Wir haben uns doch bisher nicht mehr als ein halbes dutzendmal gesehen. Wir wissen nichts voneinander, nur, daß wir jedesmal wie Katze und Hund aufeinander losgehen. Ich habe noch nie mit jemand so viel gestritten und gekämpft wie mit Ihnen ... nein, noch nicht einmal mit meinem Mann, denn der hat Worte nicht benützt.«

In die bedeutungsvolle Pause hinein, die nun folgte, sagte er: »Ich möchte Sie bitten, mich zu heiraten.«

Sie war nicht mehr überrascht als er selbst, als er diese Worte hörte. Das war nun wirklich ein echter Frühstart. Er hatte das gar nicht sagen wollen ... wenigstens jetzt noch nicht. Er war ja gerade erst aus einer Falle entkommen, wenn man das so ausdrücken wollte. Doch dies hier war anders. In dieser Falle war kein Köder aus Sex, Geld, Beförderung oder auch Familienbanden. Was war es denn dann, was ihn anzog? Sie. Ganz einfach sie selbst. Alles an ihr. Er wollte, daß sie zu ihm gehörte. Daß er sie immer in seiner Nähe hatte. Dieses Licht in ihren Augen sehen, das ihm sagen würde, daß sie ihn haben wollte, daß ihr etwas an ihm lag, wie damals in der Nacht, als sie ihn gefunden hatte. Er wollte sie heiraten. Ja, er wollte sie tatsächlich heiraten. Als ob ihm eine Erleuchtung gekommen war, ergriff ihn eine große Welle warmer Empfindungen, und er sagte leise: »Sagen Sie doch etwas.«

Langsam setzte sie sich auf die Couch, ohne ihre Augen von ihm abzuwenden. »Sie sind verrückt«, sagte sie.

»Weshalb? Sagen Sie mir weshalb.« Er beugte sich zu ihr nieder.

»Oh«, sagte sie und rutschte unruhig hin und her, »da gibt es eine Menge Gründe. Doch der Hauptgrund ist, daß so etwas niemals gutgehen würde ... Sie in Ihrer Stellung!«

»Ich habe keine Stellung. Ich gehöre zu den Arbeitslosen und werde es wahrscheinlich weiter sein. Außerdem, Sie sollten wirklich nicht so gering von sich denken. Von Ihrem Namen und allem anderen. Sie tun es doch immer wieder. Es gibt zwischen uns keinen Unterschied.«

»Nein?« Sie hob ihre Augenbrauen. »Sagen Sie das doch mal Ihrer Mutter! Ich bin auf der sozialen Rangstufe in ihren Augen so weit wie eine Küchenmagd. Und was meinen Namen betrifft, so würde sie ihn sogar noch nicht einmal ihrer Katze zum Fraß vorwerfen ...«

»Das ist doch blanker Unsinn. Es geht meine Mutter im übrigen sowieso nichts an, denn ich weiß jetzt, daß ich niemals mehr zu Hause leben werde, ganz gleich, was geschieht. Die Bande zwischen ihr und mir sind endgültig zerrissen. Daher können wir den ganzen sozialen Status vollkommen vergessen, der ja nur in ihren Gedanken existiert ... Wir wollen das wirklich alles vergessen und uns jetzt nur auf uns selbst konzentrieren.«

Sie wandte jetzt die Augen von ihm ab und fuhr sich mit beiden Händen durch die Haare.

Er setzte sich langsam wieder auf die Couch, so daß seine Knie ihre Knie fast berührten. Er sah ihr zu, wie sie ihre Haare immer wieder durch die Finger gleiten ließ. Und als sie aufhörte, sah sie zu ihm auf und sagte mit ruhiger Stimme: »Ich könnte es nicht tun. Ich … ich müßte jemand sehr gern haben, um ihn heiraten zu können.«

Er konnte ihr Gesicht nur mit einem Auge sehen, doch in diesem Augenblick sah sie für ihn aus wie eine Gemme – weich, sanft und sehr zart. Er fragte ruhig: »Könnten Sie mich gern haben?«

Sie senkte den Blick, so daß ihre Wimpern auf den Wangen Schatten warfen, und sie flüsterte: »O ja, ich könnte Sie sicher gern haben. Ich … Mir fällt es gar nicht schwer, Menschen gern zu haben … Nur das Lieben, das ist es, was schwierig ist.«

»Also gut, dann fangen wir doch ganz von vorne an. Ich bin für den Anfang mit dem Gernhaben durchaus zufrieden.«

»Es würde nicht gutgehen. Sie wissen es auch ganz genau.«

»Ich sehe nicht ein, weshalb es nicht gutgehen sollte.« Er lächelte schmerzlich und traurig. »Wir könnten uns über Musik unterhalten – Pat hat mir gesagt, daß Sie so schön spielen – oder auch über alte Möbel, denn darüber wissen Sie ja wirklich Bescheid, oder über das letzte Buch. Oder wir könnten … Oh, Cecilia, weinen Sie doch nicht, bitte. Es tut mir leid. Ich habe es doch nicht so gemeint. Was habe ich denn getan?« Er stand auf, ging zu ihr, legte seine Hände auf ihre bebenden Schultern und bat sie noch einmal: »Bitte, weinen Sie doch nicht. Es tut mir so leid.« Seine Arme legten sich jetzt sanft um sie, und er drückte sie ganz kurz an sich. Ebenso kurz lehnte sie sich gegen ihn, und während sie es tat, begrub er sein Gesicht in ihrem zerzausten Haar. Dann war es vorbei. Durch einen Ruck, der ihn beinahe zu Boden geworfen hätte, war der Abstand wieder da, und sie stand einige Meter vor ihm. Tränen strömten ihr übers Gesicht, und sie schüttelte heftig den Kopf und schrie: »Nein! Nein! Nein!«

»Schon gut, schon gut«, beruhigte er sie. »Sie sollen doch nicht unglücklich sein. Ich gehe ja schon.« Er ging langsam auf den Stuhl zu, nahm seinen Hut in die zitternde Hand. Dann drehte er sich noch einmal zu ihr um und fragte ruhig: »Darf ich noch einmal wiederkommen?« Doch sofort sagte sie, wobei sie wieder heftig den Kopf schüttelte: »Nein. Nein. Kommen Sie nicht wieder hierher … nie mehr. Ich möchte Sie nicht sehen, verstehen Sie das bitte … Ich habe schon genügend Schwierigkeiten gehabt. Kommen Sie nicht wieder. Ich bitte Sie darum.«

Als er die Wohnung verließ und die Tür hinter sich schloß, redete sie immer noch.

Er startete sofort den Wagen und fuhr schnell durch die Stadt. Als er nach Hause kam, sah er vor der Einfahrt der Wilcox ihren Wagen stehen und hätte aus reiner Gewohnheit beinahe auf die Hupe gedrückt.

Er legte Hut und Mantel ab und warf dann einen Blick in den Garderobenspiegel. Er stand aufrecht und betrachtete sich genau. Sie hatte ihn von sich gestoßen, als sei er ein Reptil, als ob er sie körperlich abstieß. Doch er war ein Mann, und er sah wie ein Mann aus, während sein Vater zu massig und schlapp aussah … Er wandte sich schnell vom Spiegel ab und ging in die Wohnhalle. Dort erklangen die Worte in ihm wie ein Echo: ›Es war, als ob Gott mir noch einmal eine Chance gegeben hätte, und ich habe mir geschworen, nie wieder, nie wieder, nie wieder … Und dann habe ich Ihren Vater getroffen. Er war so lieb und so gut …‹ Nur deshalb hätte sie ihn genommen und hätte gewußt, daß er ihr niemals etwas anderes geben konnte, nichts, und sie wäre damit zufrieden gewesen, weil es von ihm kam.

Er mußte wieder an die Mädchen denken, die er vor Val gehabt hatte. Wie sie sich über ihn gestürzt hatten und wie er ihrer müde geworden war, ebenso wie er Vals müde geworden war. Vielleicht hätte sich all das wiederholt, wenn es heute nacht so gegangen wäre, wie er es sich gewünscht hatte. Unwillkürlich streckte er seine Arme weit von sich, als ob er diesen Gedanken von sich weisen wollte. Dann begann er, im Zimmer auf und ab zu wandern. Sie war anders als alle andern, die er bisher gekannt hatte. Und das Wesentliche war, daß sie kein Mädchen, sondern eine echte Frau war. Sie war älter als er, das konnte er sich an Pats Alter ausrechnen. Wahrscheinlich war sie drei, vier Jahre älter. Doch wenn schon. Das, was er für sie empfand, war etwas anderes, etwas ganz Neues, was er zuvor noch niemals erlebt hatte. Wenn es Liebe war, dann war es keine blinde Liebe, denn es gab manches an ihr, was ihn ärgerte, was ihn störte. Zum Beispiel ihr lächerlicher Name, Cissie. Und dieses Haar, das wie ein Schlepptau an ihrem Kopf herabhing. Und wie sie sich anzog! Ohne den geringsten Geschmack. So hohe Hacken und der Rock bis hinauf zum Knie. Das wäre für andere nicht schlecht gewesen, doch sie war zu groß dafür. Hatte sein Vater das vielleicht gewollt? Verdammt noch mal, schon wieder sein Vater. Er war an allem schuld, und seinetwegen würde er auf einem Auge blind werden. ›Sie ist eine gute Frau. Sie hat Sorge um ihren Jungen. Geh mal zu diesem Bolton und nimm ihn dir vor.‹ Und das Resultat: nur noch das halbe Augenlicht und eine tiefe Sehnsucht, Mrs. Cecilia Thorpe zu berühren, zu halten und zu besitzen.

Mußte das jeder Mann erfahren, der sie kennenlernte? Nein, sicherlich nicht in dieser Stärke, das war nicht möglich. Nur zwei Männer gab es, die so auf sie reagierten. Er und sein Vater.

2. Die Suche

Nach annähernd zwei Wochen voller Regen und heftiger Stürme, was die Leute prophezeien ließ: »Wir werden bald Winter haben, dabei hat der Herbst gerade erst begonnen«, kehrte der Sommer zurück. Drei Tage lang schien die Sonne. Die Frauen holten wieder die ärmellosen Kleider aus dem Schrank. Die Lederjacken der jungen Männer waren wieder aufgeknöpft, und manche trugen die bloße Brust zur Schau. Es war heißer als während des ganzen Sommers, ja sogar heißer, als es seit Jahren gewesen war.

Cissie hatte einen Gang in die Stadt zu Holloway's neuem Büro gemacht. Da es so ein schöner Tag war, wollte sie hin und zurück zu Fuß gehen, doch noch bevor sie am Haupteingang war, bedauerte sie, nicht doch den Bus genommen zu haben, denn sie merkte, daß sich an einem Fuß eine dicke Blase bildete.

Als sie in den Hof kam, humpelte sie, und sobald sie in die kleine Halle gekommen war, von der aus die Treppe zu ihrem Bürozimmer führte, schlüpfte sie aus beiden Schuhen heraus und ging die Holzstufen auf Strümpfen hinauf.

Die Türe zu ihrem Zimmer stand offen, ebenso das Fenster, und sie ließ sich erleichtert auf den Stuhl sinken, lehnte den Kopf zurück und seufzte.

Vom anderen Bürozimmer aus kam das Klappern der Schreibmaschinen, denn dort arbeiteten drei Stenotypistinnen. Ihr geschultes Ohr sagte ihr jedoch, daß nur zwei Schreibmaschinen benutzt wurden und plötzlich nur noch eine. Sie hörte, wie die Mädchen zu schwatzen begannen, und nun schwieg auch die dritte Maschine. Sie hörte die Stimme von Susan, die sagte: »Sicher ist sie auch deswegen so blaß in letzter Zeit. Es ist ja für sie gar nicht typisch, so gereizt zu sein.«

Dann kam die Stimme von Jean: »Ich bin jetzt sechs Jahre hier, doch so, wie sie sich in den letzten Wochen aufgeführt hat, habe ich sie noch nie erlebt.«

Dann war wieder die Stimme von Susan zu hören, leise und unzusammenhängend: »Nun, ich glaube, es ist sicher kein Spaß, mit jemand zu tun zu haben, der blind ist. Aber, das ist ja wohl auch die gerechte Strafe dafür, daß er sich bei der Wilcox so schlecht benommen hat. Und dann hatte sie den Kummer mit Pat, und obwohl er noch mal davongekommen ist, hat sie sich doch furchtbar geängstigt. Erinnert ihr euch noch daran?«

Cissie stand jetzt vor der hölzernen Trennwand und der Mattscheibentür, die die beiden Bürozimmer trennte. Nach kurzem Zögern ging sie darauf zu, öffnete die Tür und stand den drei Mädchen gegenüber.

Erschrocken blickten sie Cissie an.

»Ihr habt über mich gesprochen, ja?« sagte sie.

»Oh, Mrs. Thorpe, wir haben es doch nicht so gemeint … wir …«

»Darauf kommt es jetzt gar nicht an.« Sie machte eine abwehrende Geste. »Ihr habt doch über mich gesprochen, nicht wahr?«

Sie blickten einander an, und dann war es Susan, die schüchtern sagte: »Ja. Ja, das haben wir getan.«

»Über … über jemand, der blind ist?«

»Ja, aber wir haben es nicht so gemeint, Mrs. …«

Wieder winkte sie ab. »Das spielt keine Rolle. Ich möchte nur wissen, ob ihr von Mr. Emmerson gesprochen habt, der blind sein soll?«

»Ja.« Susan verzog ihr Gesicht, als sie antwortete. »Wir dachten, Sie … na ja.« Wieder blickten die Mädchen einander an.

»Jean.« Cissie beugte sich über den mittleren Schreibtisch und wandte sich direkt an das älteste der Mädchen. »Was ... was weißt du über Mr. Emmerson?«

»Ach, Mrs. Thorpe, ich habe es nur gehört. Und ich habe gedacht, Sie wissen es, und deswegen habe ich mir ... ja, Sie waren in letzter Zeit immer etwas aufgeregt. Und wir haben uns nur darüber unterhalten ...«

»Schon gut, schon gut.« Ihre Stimme war beherrscht und ruhig, als ob sie mit einem Kind spräche. »Das spielt jetzt auch gar keine Rolle, doch ich muß jetzt wissen, was du erfahren hast.«

»Nur, daß er ins Krankenhaus mußte, weil er blind wird.« Cissie richtete sich auf und starrte Jean fassungslos an. Dann drehte sie sich langsam um und verließ das Zimmer. »Oh, mein Gott. Nein.« Cissie hatte sich an ihren Schreibtisch gesetzt, die Ellbogen aufgestützt und die Hände gegen ihre Wangen gepreßt. Weshalb hatte er ihr das nicht gesagt? Er mußte es gewußt haben. In jener Nacht mußte er es gewußt haben, sonst wäre er nicht gekommen. Er hatte gesagt, daß er sich einsam fühlte. Ja, er mußte sich einsam fühlen ... und verängstigt. Doch, wenn er es ihr gesagt hätte, wäre sie dann anders gewesen, hätte sie anders reagiert? Während sie versuchte, eine Antwort zu finden, dachte sie: Wenn er nur nicht das von den Musikgesprächen gesagt hätte, von den Möbeln und den Büchern, und auch das von seinem Vater. Aber blind! Oh, mein Gott! Bolton ... der sollte ins Gefängnis, ja, dort gehörte er hin. Doch es ist meine Schuld, in erster Linie ist es meine Schuld.

Oh ... Sie streckte ihre Hand aus, griff nach dem Telefon und wählte seine Nummer. Doch sie erreichte nur das Amt, das ihr mitteilte, daß diese Nummer nicht mehr in Gebrauch war.

Sie eilte zu dem Verbandskasten, der draußen im Gang angebracht war, nahm ein Heftpflaster heraus und klebte es über ihre Blase. Dann zog sie ihre Schuhe an, öffnete die Verbindungstür zum anderen Zimmer und sagte zu

Jean: »Bitte nehmen Sie die Gespräche für mich an, Jean, ja? Und falls Mr. Holloway kommen sollte, so sagen Sie ihm, daß ich nach Hause gehen mußte, doch ich werde morgen wieder da sein.«

»Schon gut, Mrs. Thorpe.«

»Oh, und falls er nach dem Williams-Vertrag fragt, so ist er in meiner Schreibtischschublade. Ich habe ihn gerade vom anderen Büro geholt. Aber, ich glaube, daß er heute gar nicht mehr auftauchen wird. Nur, daß er für alle Fälle Bescheid weiß.«

»Schon gut, Mrs. Thorpe, ich werde mich darum kümmern. Keine Sorge.«

Nachdem die Tür sich hinter Cissie geschlossen hatte, lauschten die drei Mädchen ihren Schritten nach, die auf der Treppe verklangen, und es war die jüngste der drei, die dann schließlich atemlos sagte: »Nein, so was, soll man das für möglich halten! Und ich habe gedacht, daß sie mit ihm zusammenlebt. Alle Leute behaupten das doch, und deswegen hat ihn ja auch diese Wilcox fallengelassen, und er hat seinen Job verloren. Dabei war das alles erlogen, denn sie hat es ja noch nicht einmal gewußt. Was soll man denn davon halten?«

Jean starrte nachdenklich auf ihre Schreibmaschine und sagte: »Und genauso könnte es eine Lüge sein, daß sie seinen Vater seinetwegen aufgegeben hat. Nein, was doch so alles geklatscht wird!«

Die Lime Avenue sah im warmen Sonnenschein noch viel reservierter und abweisender aus, als sie im Dunkeln gewirkt hatte. Die Häuser hinter den grünen Gartenfronten hatten etwas Hochmütiges an sich. Cissie blickte an ihnen vorbei, ebenso wie man den Anblick der Erste-Klasse-Passagiere meidet, wenn man im Zug die zweite Klasse nimmt. Diese Häuser redeten, ebenso wie Erste-Klasse-Passagiere, nur vom Geld und von ihrer Position. Cissie ließ sich von ihnen nicht beeindrucken, doch sie konnte sie in ihrer Vorstellung nicht von dem kalten, blassen Gesicht der Ann Emmerson trennen.

Als sie zur Nummer 74 kam, starrte sie auf das Schild über dem Tor. Es war wie etwas, was diese Straße entweihte, wie etwas, das sie zur allgemeinen Handelsebene erniedrigte. »Zu verkaufen«, stand da in großen Buchstaben. »Die luxuriös ausgestattete Villa enthält …« Sie las die Beschreibung nicht zu Ende, sondern stieß schnell das Gartentor auf, ging durch die Einfahrt und schaute in die leeren Fenster. Langsam ging sie dann ums ganze Haus herum, dann wieder hinaus auf die Straße, auf einen kleinen Seitenweg und hinaus zur Hauptstraße. Sie hatte, als sie aus dem Bus gestiegen war, eine Telefonzelle gesehen, auf die sie nun zusteuerte.

Er würde in der Augenklinik liegen.

Sie suchte die Nummer im Telefonbuch und hob den Hörer ab. »Können Sie mir sagen, in welcher Abteilung Mr. Emmerson liegt, bitte?«

»Ist er erst vor kurzem eingeliefert worden?«

»Ich weiß es nicht … Nein. Schon vor einiger Zeit, vielleicht vor ein bis zwei Wochen.«

»Einen Augenblick, bitte.«

Während sie wartete, hörte sie das vertraute Geräusch einer Schreibmaschine und das Murmeln von zwei Menschen, die miteinander sprachen.

»Hören Sie noch?«

»Ja?«

»Mr. Emmerson ist nicht mehr hier.«

»Oh!« Sie starrte auf den Hörer, fuhr sich mit der Zunge über die Lippen und fragte dann: »Können Sie mir sagen, wie schwer sein Leiden ist … sein Augenleiden?«

»Es tut mir leid, das kann ich nicht, aber ich kann Ihnen die Schwester geben.«

»Das wäre sehr freundlich von Ihnen.«

Nach einem Augenblick fragte eine Stimme knapp: »Ja?«

»Ich wollte mich nach Mr. Emmerson erkundigen. Doch ich habe gehört, daß er das Krankenhaus bereits verlassen hat. Könnten Sie mir sagen, wie ... wie es um seine Augen steht? Ist ... ist er blind?«

»Nein. Oh, nein. Er wird auf einem Auge blind werden; doch das andere ist ganz in Ordnung.«

Sie atmete erleichtert auf und sagte dann: »Könnten Sie mir seine Adresse geben?«

Am anderen Ende des Drahtes entstand eine Pause, dann sagte die Stimme: »Ja, einen Moment bitte.«

In ihrem Dienstzimmer stand Schwester Price und blickte auf den Hörer, der auf ihrem Schreibtisch lag. Die Bitte um die Adresse eines Patienten war ziemlich ungewöhnlich, doch schließlich war Mr. Emmerson selbst ja auch ziemlich ungewöhnlich gewesen. Es war der erste ihrer Patienten seit langen Jahren, der während seines ganzen Klinikaufenthaltes nicht einen einzigen Besuch hatte, und Menschen mit Augenleiden brauchten Besucher. Mehr als alle anderen brauchten sie den Kontakt mit anderen Menschen. Der letzte, dem es ebenso ging, war ein alter Landstreicher gewesen, und er war in der Klinik gestorben. Sie hatte sich manchmal gedacht, daß es Mr. Emmerson wahrscheinlich ziemlich gleich gewesen wäre, wenn auch er gestorben wäre, obwohl ihm körperlich eigentlich nichts fehlte, bis auf dieses eine Auge. Sie blätterte die letzten Seiten ihres Aufnahmebuchs durch, nahm den Hörer wieder auf und sagte: »Es stehen zwei Adressen da. Bei seiner Aufnahme hat er angegeben: 74 Lime Avenue, Fellburn, und dann, bei seiner Entlassung: Meadow Mere, Hill Lane, Bromford. Haben Sie es sich notiert?«

»Ja, ja.« Cissie wiederholte die Adresse und sagte dann: »Vielen Dank. Ich danke Ihnen vielmals.«

Bromford lag drüben, auf der anderen Seite, ziemlich weit fort von der Innenstadt.

Sie stand jetzt wieder vor der Telefonzelle und fragte

sich, was sie nun tun sollte. Sie konnte sicherlich über das Amt seine Nummer erfahren, da sie ja seinen Namen und seine Adresse hatte. Doch nein, sie würde selbst dorthin fahren. Aber was sollte sie ihm sagen? Unschlüssig ging sie die Straße hinunter, auf die Bushaltestelle zu. Sie würde schon wissen, was sie ihm sagen würde, wenn sie vor ihm stand. Im Augenblick konnte sie nur denken: Gott sei Dank, es ist nur das eine Auge.

Auf dem Marktplatz stieg sie in einen Bus, der nach Bromford fuhr. Eine halbe Stunde später stieg sie in Hill Lane aus, und der Schaffner deutete zu dem steilen gewundenen Weg: »Sie können es gar nicht verfehlen, denn es ist nur ein einziges Haus dort oben.«

Ihre Ferse tat höllisch weh, und sie hätte am liebsten nachgegeben und gehumpelt, doch sie zwang sich dazu, gerade zu gehen. Dann erreichte sie das Ende des Weges und sah das Haus. Es war ein sehr hübsches Haus, klein, niedrig und weiß, mit einer Veranda an beiden Seiten.

Sie zitterte vor Nervosität, und der Schweiß trat ihr auf die Stirn, als sie an der offenen Türe klopfte. Als sie den schweren Schritt eines Mannes auf dem Holzboden links von der Diele hörte, begann ihr Herz heftig zu pochen.

Der Mann, der in die Diele kam, war ein Maler. Er hatte einen Farbkübel in der Hand. »Oh, hallo«, sagte er. »Ich wußte nicht, daß jemand hier ist.«

»Ist Mr. Emmerson da?« Als er den Kopf schüttelte, war sie ausgesprochen erleichtert über diesen Aufschub.

»Oh, nein. Nur Mrs. Stringer ist da. Soll ich sie holen?« Sie zögerte und sagte dann: »Ja, bitte.«

Sie sah, wie er in eine kleine Diele ging, und hörte, wie er mit jemand sprach. Dann trat eine Frau mittleren Alters auf sie zu, die eine lange Kittelschürze trug. Sie hatte graues Haar, ein rundes Gesicht und wirkte mütterlich.

»Ja?« fragte sie und blickte Cissie freundlich an.

»Ich ... ich bin vorbeigekommen, um Mr. Emmerson zu sehen.«

Es war, als ob über die Freundlichkeit ein Schatten huschte. Cissie bemerkte, wie der Mund schmal wurde und die Augen sich zusammenzogen.

»Mr. Emmerson ist nicht hier. Sie sind im Urlaub, im Ausland.«

»Ich meine den jungen Mr. Emmerson.« Sie wußte, daß die Frau sich vollkommen darüber im klaren war, nach welchem Mr. Emmerson sie fragte.

»Oh, leider ist der auch nicht da.«

»Könnten Sie ... könnten Sie mir seine Adresse geben?«

»Nein, das kann ich leider nicht. Wissen Sie, er hat mir nicht gesagt, wohin er wollte.«

Cissie blickte die Frau aufmerksam an. Sie gehörte zur Arbeiterklasse. Wenn man von sozialen Schichten sprechen wollte, so konnte man sagen, daß sie ebenso weit entfernt von ihr war wie sie selbst von Ann Emmerson. Doch diese Frau war eine Verbündete von Ann Emmerson. All ihre Loyalität gehörte ihrer Herrin. Sie mochte zur Arbeiterklasse gehören und deren Sprache sprechen, doch ihre Ansichten, ihre Lebensauffassung, ihre Mißbilligung all derer, die sich nicht in eine bestimmte Norm einfügten, würden ebenso sein wie die von Ann Emmerson.

Cissie wußte dies instinktiv ganz genau, doch sie mußte die harte Schale dieser Frau durchbrechen. Mit leiser Stimme sagte sie: »Es ist ... es ist so wichtig, daß ich ihn sehe. Es ist zu seinem eigenen Besten, glauben Sie mir.«

»Das ist Ansichtssache, Miss. Doch wie ich schon gesagt habe, ich kann es Ihnen nicht sagen, weil ich es selbst nicht weiß.«

Cissie wischte sich den Schweiß von der Stirn und schob dabei ihr langes Haar zur Seite. Sie war erhitzt und müde und fühlte sich am Ende ihrer Kraft, wie ein Kind, das einen langen Weg hinter sich hatte und an einem fremden Haus haltmachte. Sie hätte am liebsten gefragt: Kann ich bitte ein Glas Wasser haben? Doch diese Frau würde sie nicht darum bitten. Sie würde um überhaupt nichts mehr bitten. Sie brachte es fertig, sich hoheitsvoll aufzurichten und zu sagen: »Vielen Dank. Guten Tag.«

»Guten Tag.«

Sie wußte, daß die Frau ihr nachsah, und so ging sie mit betont ruhigem Schritt und aufrechter Haltung ihren Weg zurück. Doch nur, bis man sie vom Haus aus nicht mehr sehen konnte. Dann setzte sie sich auf den Grasstreifen am Straßenrand, in den Schatten einer Hecke, zog ihre Schuhe und Strümpfe aus und rückte das Pflaster auf ihrer Ferse wieder zurecht. Als sie das getan hatte, wischte sie sich mit ihrem Taschentuch übers Gesicht und beschwor sich: ›Laß es sein, laß es bloß sein. Du hast wahrscheinlich noch einen langen Weg vor dir, und weinen nützt überhaupt nichts.‹

Am nächsten Morgen rief sie im Büro von Ratcliffe, Arnold und Baker an und verlangte Mr. Ransome.

»Wie ist Ihr Name, bitte?« fragte die Sekretärin.

»Mrs. Thorpe.«

Es dauerte eine volle Minute, bevor sie die Stimme eines Mannes hörte, die sagte: »Hier Ransome. Guten Morgen, Mrs. Thorpe!«

»Guten Morgen, Mr. Ransome.«

»Was kann ich für Sie tun?«

»Ich wollte Sie fragen, Mr. Ransome, ob Sie mir die Adresse von Mr. Emmerson geben können?«

Es trat eine lange, bedeutungsvolle Pause ein, und dann sagte Mr. Ransome liebenswürdig:

»Das tut mir leid, doch es steht leider nicht in meiner Macht, Mrs. Thorpe. Die beiden sind unterwegs auf einer Kreuzfahrt.«

»Ich meine Mr. Laurence Emmerson, Mr. Ransome.«

»Oh! Oh, Mr. Laurence. Ja, das ist leider ebenso schwierig. Ich fürchte, ich kann Ihnen da nicht helfen, Mrs. Thorpe, denn ich weiß die Adresse von Mr. Laurence nicht.«

Cissie wartete einen Augenblick und sagte dann: »Mr. Ransome, bitte! Wenn Sie die Adresse von Mr. Laurence haben, dann sagen Sie sie mir doch. Es ist sehr wichtig.«

»Glauben Sie mir, Mrs. Thorpe, ich würde sie Ihnen geben, wenn ich sie hätte, doch ich habe sie nicht. Die einzige Möglichkeit, die ich mir vorstellen kann, ist ein Onkel von ihm in Oxford. Dort könnte er sein.«

»Können Sie mir denn diese Adresse geben?«

»O weh, auch die weiß ich nicht.« Mr. Ransome schien leicht nervös. »Der Name ist auch Emmerson, denn es ist der ältere Bruder von Mr. Emmerson, doch mehr kann ich Ihnen auch nicht sagen.«

»Wie heißt denn Mr. Emmerson, ich meine, der in Oxford. Wie heißt er mit Vornamen?«

»Ronald … Ronald, glaube ich.«

»Danke, Mr. Ransome, Sie haben mir sehr geholfen.«

Als das Telefon klickte, legte Arnold den Hörer auf. »Sehr geholfen?« Das war wirklich alles äußerst mysteriös. Er war der Meinung, daß gerade Mrs. Thorpe es sein müßte, die als einzige die Adresse von Laurie hätte. Die ganze Stadt redete doch davon, daß er mit ihr in ihrer Wohnung zusammenlebte. Johns Reise ins Ausland war ja wohl die Folge dieser Tatsache gewesen, viel weniger das Bedürfnis nach Erholung von seiner Krankheit. Er hatte Laurie seit Wochen nicht gesehen. Doch das war nur verständlich, denn man hatte ihn so zusammengeschlagen, daß er sich nicht gern sehen ließ … Das war jetzt wirklich sehr merkwürdig, daß sie nicht wußte, wo er sich aufhielt … Wenn er nicht bei ihr war, wo war er denn dann?

Es war später Vormittag, als Cissie sich mit Ronald Emmersons Nummer in Oxford verbinden ließ. Als eine fröhliche Stimme sie begrüßte, fragte sie sofort: »Ist Mr. Laurence Emmerson bei Ihnen, bitte?«

»Laurie? Nein. Wer spricht dort?« fragte die Stimme.

»Ich bin ... ich bin Mrs. Thorpe.«

»Sind Sie eine Freundin von Laurie?«

»Ja ... ja, ich bin eine Freundin von ihm.«

»Und Sie haben erwartet, daß er hier bei uns ist?«

»Ja ... ja, ich habe mir gedacht, er könnte bei Ihnen sein.«

»Das haben wir auch gedacht, doch er hat dann andere Pläne gemacht. Wir haben ihn hier bei uns erwartet, nachdem er aus dem Krankenhaus gekommen ist, doch dann haben wir einen Brief von ihm erhalten, in dem er schreibt, daß er einen neuen Job hat. Er schrieb aber nicht, was es ist. Doch er wollte von sich hören lassen. Wir sind in ziemlicher Sorge um ihn, denn wir finden, daß sich nach dieser Augengeschichte jemand um ihn kümmern müßte. John und Ann sind doch auf einer Kreuzfahrt unterwegs, und wir haben Ann versprochen, daß wir uns um ihn kümmern. Es ist alles sehr beunruhigend ... Sie sagen, daß Sie eine Freundin von ihm sind, Mrs. Thorpe. Wann haben Sie ihn denn zuletzt gesehen?«

»Oh, kurz bevor er ins Krankenhaus gegangen ist.«

»Ob er in guter Verfassung war, als er herausgekommen ist? Ich meine, in leidlich guter Verfassung, wie man es sein kann, wenn man weiß, daß man auf einem Auge nicht mehr sehen wird? Aber das werden Sie auch nicht wissen.«

Cissie zögerte etwas, bevor sie sagte: »Ehrlich gesagt, ich wußte gar nicht, daß er ins Krankenhaus gegangen ist. Ich habe ihn kurz vorher gesehen, doch er hat es mir nicht gesagt.«

»Der dumme Junge. So ein dummer Junge. Mit seiner Mutter hat er es ebenso gemacht. Sie weiß nichts davon.

Ich selbst bin der Ansicht, daß er in einer schlimmen Krise steckt, einer schlimmen, seelischen Krise, wenn Sie wissen, was ich meine. Als er seine Verlobung gelöst hat, fing es an damit. Wir wollten zur Hochzeit kommen, alles war schon genau festgelegt …«

Die Stimme redete immer weiter. Der Bruder von John Emmerson schien völlig verschieden zu sein von ihm. Er war ein Schwätzer. Sie unterbrach ihn und sagte: »Könnten Sie mir wohl seine Adresse geben, ich meine die Adresse, die auf seinem letzten Brief stand?«

»Oh, das war die von ihrem neuen Haus, Meadow Mere, Bromford Way. Doch er hat geschrieben, daß er dort nicht leben würde, da er ja einen Job hat. Wie ich schon sagte, er hat versprochen, daß er uns dann später schreiben würde, doch er hat es nicht getan.«

»Ich danke Ihnen, Mr. Emmerson.«

»Es tut mir leid, daß ich Ihnen nicht weiterhelfen konnte. Wir sind alle sehr beunruhigt.«

»Ja, das verstehe ich. Vielen Dank. Auf Wiederhören.«

»Auf Wiederhören.«

Cissie saß da und starrte auf ihren Schreibtisch. Es war, als ob er versuchte sich abzusetzen; mit jedem, den er kannte, den Kontakt abzubrechen. Die einzige, von der sie das Gefühl hatte, daß sie ihr helfen könnte, war die Frau dort oben in dem neuen Haus. Doch es würde leichter sein, durch eine Steinmauer hindurchzugehen, als eine Information aus ihr herauszubekommen.

Es war wenige Tage später, als ihr in den Sinn kam, daß er sich vielleicht im Krankenhaus einer ambulanten Behandlung unterziehen müßte. Nachdem sie dort angerufen hatte, setzte sie sich wieder hin und stützte den Kopf auf die Hände. Ja, hatten sie gesagt, er sei gestern in ambulanter Behandlung gewesen. Nein, man würde ihn nicht wieder erwarten … wenigstens nicht in diesem Krankenhaus. Nein, sie wüßten nicht, in welches Krankenhaus er gehen könnte.

Das Wetter wechselte plötzlich, und der Herbst kam mit aller Macht. An manchen Tagen kam die Sonne noch heraus, und es wurde auch hin und wieder warm, doch die Abende waren kalt, und wenn der Nordostwind blies, konnte man schon den Winter ahnen.

An jedem Sonnabend und Sonntag, bei jedem Wetter, machten sich Cissie und Pat auf den Weg nach Bromford Village, unternahmen einen Spaziergang rund um die Kirche und tranken Tee im einzigen Restaurant der Hauptstraße. Dann, auf dem Rückweg über die Straße, die an Hill Lane vorbeiführte, schaute Cissie unentwegt nach einem blauen Rover. Manchmal wagten sie sich auch den kleinen Weg hinauf und sahen das Haus oben liegen.

Pat wußte, nach wem seine Mutter Ausschau hielt. Sie hatte ihm genug erzählt, um ihm klarmachen zu können, daß Mr. Emmerson ihretwegen auf einem Auge nicht mehr sehen konnte. Er hatte nun ebenso wie sie den Wunsch, Mr. Emmerson wiederzusehen, selbst wenn der sie wieder zum Weinen brachte. Sie war schon seit längerer Zeit ganz anders als früher, und er mochte es nicht, daß sie anders war.

An manchen Abenden, bevor es dunkel wurde, ließ sie ihn zu Hause bei seinen Schularbeiten – mit der strikten Anweisung, das Haus nicht zu verlassen – und nahm den Bus nach Bromford.

Ihre Besuche in Bromford wurden so häufig, daß die Leute sich allmählich fragten, was sie dort wollte, denn offenbar besuchte sie ja niemanden. Sie ging nur ganz einfach in die Kirche und dann die Straße hinunter. Die Alten meinten, daß sie vielleicht in die Kirche gehe, um für jemand zu beten, der zu ihr gehörte und der gestorben war. Vielleicht sogar hier auf der Straße, an der Unfallkurve. Zwei Menschen waren dort letztes Jahr verunglückt. Trotzdem fragte sie niemand, nicht einmal Mrs. Bailey in der Imbißstube. Sie war der Ansicht, daß sie die

Angelegenheiten ihrer Kunden nichts angingen. Ihre Aufgabe war es allein, den Tee zu servieren, und die blonde junge Frau trank immer ruhig ihren Tee und gab ein gutes Trinkgeld.

Dann, an einem Sonntag, Ende Oktober, sah Cissie, als sie aus der Imbißstube herauskam, den blauen Rover. Doch am Lenkrad saß John Emmerson und neben ihm seine Frau. Sie waren also zurück.

Nach diesem Tag fuhr sie nicht mehr nach Bromford, denn der Gedanke daran, mit John zusammenzutreffen, verwirrte sie.

Fast einen Monat, nachdem sie John in Bromford gesehen hatte, rief er sie an.

»Mrs. Thorpe.« Seine Stimme, die so ruhig war wie immer, legte sich ihr wie eine Schnur um den Hals, und sie mußte sich räuspern, bevor sie sagen konnte: »Ja, Mrs. Thorpe am Apparat.«

»Hier spricht John Emmerson.«

»Oh, Sie sind es, Mr. Emmerson.« Nach einer kurzen Pause fügte sie hinzu: »Ich hoffe, es geht Ihnen wieder besser.«

»Ja, es geht mir sehr gut, danke.«

»Haben Sie schöne Ferien gehabt?«

»O ja, wunderschöne Ferien. Ich wollte fragen, ob ich Sie sehen kann.«

Oh, nein. Nein! Sie hatte diese Worte nicht laut gesagt. Sie preßte ihre Hand an den Hals und wartete.

»Sind Sie noch da?«

»Ja ... Mr. Emmerson ... Ich – ich glaube, es wäre besser, wenn ...«

»Es handelt sich um nichts Persönliches, Mrs. Thorpe. Verstehen Sie? Nichts Persönliches.« Seine Worte kamen schnell, waren jedoch kaum zu hören.

Sie sagte nichts, und er fuhr fort: »Ich habe erst gestern erfahren – und zwar während eines Gesprächs mit Mr. Ransome –, daß ... daß Sie sich nach Laurie erkundigt haben. Deswegen möchte ich Sie sehen. Ich … ich kann das am Telefon nicht besprechen, verstehen Sie?«

»Ja.« Ihre Stimme war so leise wie seine.

»Würden Sie mich vielleicht irgendwo treffen wollen?«

»Ja.«

»Wo?«

»Oh, ich weiß nicht.« Nicht zu Hause. Nicht zu Hause. Niemals wieder.

»Ich könnte gegen halb sechs über den Markt gehen, sagen wir auf der Seite des Unterrichtsministeriums.«

»Ja, das geht. Ich werde genau um halb sechs dort sein.«

»Also gut. Auf Wiedersehen, Mrs. Thorpe.«

»Auf Wiedersehen, Mr. Emmerson.«

Sie preßte ihre schweißnassen Hände zusammen. Während der letzten Wochen hatte sie sich eingeredet, daß sie nun fügsam sein mußte: wenn etwas sein mußte, dann mußte es sein; wenn es nicht sein konnte, dann konnte es nicht sein. Sie hatte ihr möglichstes getan, um es zu erreichen, doch es sollte offenbar nicht sein, so war es eben. Sie hatte ihre Chance vertan. Jeder bekam einmal eine Chance, und manchmal sogar zwei. Sie hatte zwei Chancen bekommen und die zweite verpfuscht, doch sie konnte sich eigentlich keinen Vorwurf machen, denn diese Chance war ihr so präsentiert worden, daß sie sie gar nicht hatte erkennen können.

Es würde für sie sehr peinlich sein, Mr. Emmerson wiederzusehen. Wie es jetzt stand, würde sie nicht wissen, wie sie ihm vor die Augen treten sollte. Ganz gleich, was bei dieser Begegnung herauskäme – sie würde immer das Gefühl haben, daß sie ihn im Stich gelassen hatte, und dieses Gefühl würde er auch haben, und er würde es ihr sicherlich auch irgendwie zeigen.

Sie sah ihn aus der Richtung des Unterrichtsministeriums auf sich zukommen. Er trug einen grauen Überzieher und einen Trilby und hatte eine Aktenmappe unter dem Arm. Seine Haut sah gesünder aus, brauner, doch der Ausdruck seines Gesichts war wie damals, als sie ihn zum erstenmal gesehen hatte. Er blieb vor ihr stehen, zog seinen Hut, und als sie einander anblickten, waren sie beide verwirrt. Dann sagte er: »Mir wäre es lieber gewesen, wenn wir uns an einem geeigneteren Ort hätten treffen können, doch … Sie verstehen sicher?«

»Ja, es ist schon recht.«

Er sah sie eindringlich an und sagte sanft: »Sie sehen müde aus.«

»Das ist die Kälte. Ich mag kaltes Wetter nicht.« Sie schüttelte sich. »Die Tage werden kürzer, und ich glaube, die Dämmerung ist immer besonders kalt.« Sie blickte über die Dächer der Marktbuden, die in der Mitte des großen Platzes aufgebaut waren. Das dämmrige Licht verwischte die Konturen. Dann blickte sie ihn wieder an. Nachdem er sich kurz geräuspert hatte, sagte er:

»Also … wegen Laurie. Wissen Sie, daß er nur noch auf einem Auge sehen kann?«

»Ja, ich weiß es, und ich fühle mich dafür verantwortlich.«

»Nein. Nein, das brauchen Sie nicht. Die Schuld habe in jedem Fall ich zu tragen. Ich war es ja, der ihn zu Bolton geschickt hat.«

»Ja, aber es war wegen Pat.«

»So etwas passiert eben manchmal. Doch dürfen Sie es nicht sich zuschreiben. Sagen Sie mir: Haben Sie gewußt, daß er ein schlimmes Auge hatte, als Sie ihn zum letztenmal sahen?«

»Nein.« Sie schüttelte den Kopf.

»Und als Sie es dann erfahren haben – wollten Sie ihn dann deswegen sehen?« Die Frage kam leise und sanft.

Als sie ihn durch das dämmrige Licht anblickte, schoben zwei Frauen ihre Kinderwagen an ihnen vorbei, und sie mußten sich kurz an den Straßenrand stellen. Diese Bewegung gab ihr Zeit und Mut, dem Mann, den sie am allerletzten enttäuschen wollte, zu sagen: »Nein, nicht nur.« Sie senkte den Kopf, und in das Schweigen, das sich nun zwischen sie schob, flüsterte sie: »Es tut mir leid.«

»Oh, nicht doch. Das soll Ihnen nicht leid tun, denn wenn es Ihnen leid tut, dann muß auch mir etwas leid tun, was ich sehr hoch einschätze. Ein Stück meines Lebens, an das ich bis ans Ende meiner Tage sehr gern denken werde.«

Sie starrte ihn an. »Bitte, das sollten Sie nicht sagen.«

»Weshalb nicht? Weshalb sollte ich etwas Gutes, das ich erlebt habe, nicht hoch einschätzen? Das Leben besteht doch meist aus eintöniger Routine; weshalb sollte man da die Unterbrechungen nicht willkommen heißen?« Er sprach es unbekümmert aus. »Man muß sich aber darüber klar sein, daß diese Episoden nichts sind als Unterbrechungen, daß sie keine Dauer haben ... Es hätte nicht von Dauer sein können.« Seine Stimme verlor ihre Leichtigkeit. »Ich weiß es jetzt, daß diese Zeit etwas von einem Märchen hatte ... Sie wissen doch, wenn man älter wird, dann besinnt man sich auf die Bücher, die man als Kind gern hatte, und beginnt sie wieder zu lesen. Man taucht wieder in diese Phantasiewelt ein, weil man sich an die schönen Dinge, an die ungewöhnlichen Dinge erinnert, die in dieser Welt geschahen. So war es auch bei mir.«

Wieder blickten sie sich schweigend an. Dann sagte John zögernd: »Ich wollte Sie eigentlich sehen, um Ihnen von Laurie zu erzählen. Es ... es war für uns ein großer Schock, als wir zurückkamen und erfahren mußten, daß er am Auge operiert worden ist. Dann kam noch eine zweite Überraschung hinzu, als wir erfuhren, daß er ein völlig neues Leben begonnen hat. Er hat ein verfallenes Bauernhaus übernommen, mit einem kleinen Stück Land und bearbeitet es selbst. Soviel ich weiß, war es vorher schon ein Kleinlandbesitz mit Schweinen, Hühnern und anderem Geflügel, doch er hat zusätzlich dort eine Art Pflanzenschule eingerichtet.«

Er unterbrach sich, und sie sagte: »Das freut mich, denn es wird ihm guttun, draußen zu arbeiten. Vielleicht ist er nach Ihnen geraten, da Sie ja auf einem Bauernhof geboren sind …« Ihre Stimme stockte.

»Ich weiß nicht, ob es ihm guttun wird. Laurie hat sich verändert. Ich habe das Gefühl, er will keine Menschen mehr um sich haben. Es … es hat seine Mutter sehr aufgeregt. Sie … sie sieht ihn jetzt nur noch ganz selten.«

Noch einmal unterbrach er sich und blickte sie eindringlich an. Mit diesem Blick versuchte er ihr zu sagen, was er schlecht in Worte kleiden konnte, die Ablehnung seines Sohnes durch seine Frau. Einst war ihre enge Verbindung für ihn unerträglich gewesen. Die Ironie der Geschichte war, daß es nicht länger eine Rolle spielte, denn der Schmerz und die Eifersucht waren jetzt auf die Verbindung seines Sohnes mit diesem Mädchen übergegangen. Doch erst als er mit Arnold gesprochen hatte, war ihm aufgegangen, daß die beiden gar nicht zusammenlebten. In seiner Einbildung hatten sie immer zusammengelebt. Das schien ihm nur noch bestätigt zu werden, als ein Brief von Laurie kam, der ihnen in vielen Andeutungen klar machte, daß er ihren Besuch nicht wünschte. Er sagte jetzt: »Möchten Sie seine Adresse haben?«

»Ja. Ja, bitte.«

Er hantierte an seiner Aktentasche. »Es ist ziemlich weit weg, zwischen Rothbury und Alnwick. Am besten fahren Sie mit der Bahn nach Alnwick und dann mit dem Bus zurück nach Rothbury. Der Ort heißt ›Slagbottle Farm‹. Kein besonders schöner Name. Er wird der Umgebung dort auch nicht gerecht. Es ist … es ist zum Teil nämlich sehr schön, halt etwas wild und einsam. Aber ich werde es Ihnen aufzeichnen.« Er klemmte seine Aktenmappe unter den Arm, steckte eine Hand in die Tasche, holte ein Notizbuch heraus, und nachdem er etwas hineingekritzelt hatte, sagte er: »Hier, das wird Ihnen helfen, es zu finden … Ich würde Ihnen raten, früh aufzubrechen, denn die Fahrt mit dem Bus von Alnwick aus dauert ziemlich lang, und der Bus fährt nicht sehr oft, soviel ich weiß ... Ich war nicht auf dem Hof, aber ich weiß, wo er ist. Ich – ich bin an einem Wochenende mal dort hingefahren.« Sein Gesicht war ganz rot, als er mit seiner Beschreibung zu Ende war.

Sie nahm ihm den kleinen Zettel aus der Hand, griff impulsiv nach seiner Hand und sagte: »Danke. Ich habe es immer schon gewußt, und ich werde immer daran denken: Es gibt niemand, der so gut ist wie Sie.«

Seine Finger blieben schlaff und unbeweglich in ihrer Hand liegen. Dann machte er sich frei, klemmte seine Mappe fester unter den Arm, und seine Stimme hatte jetzt einen geschäftsmäßigen, energischen Ton. Es war ein Ton, den sie noch nie bei ihm gehört hatte. »Wenn Sie ihn sehen, so sagen Sie ihm bitte, daß ich in den nächsten Tagen einmal bei ihm vorbeikommen werde. Jetzt muß ich aber gehen.« Er zog seine Schultern hoch. »Auf Wiedersehen, und ... und ich hoffe, Sie werden mit dem Hof dort zufrieden sein.«

Sie bewegte jetzt ihren Kopf in der ihm so vertrauten Weise. Es war ein Gefühl, wie es ein Vater haben konnte, der die drollige Manier seiner Lieblingstochter beobachtet. Ja, dachte er, wie von einer Tochter. Doch wie stellt man sich auf eine Tochter ein, wenn man gar keine Tochter wollte? Nun, in den nächsten Jahren würde er es schon noch lernen. Er würde eine ganze Menge Zeit haben, um es zu lernen. Sein ganzes Leben hatte er bisher seinem Beruf gewidmet.

Im Gericht trat er aus seinem Schatten und wurde zum starken Mann. Wahrscheinlich mußte er dankbar sein, daß er diese Art von Ventil hatte. Andere schwache Männer mußten sich mit Träumen zufriedengeben ... Träume! Jetzt würde auch er bei Träumen seine Zuflucht finden müssen. Für den Rest seines Lebens würde er nur in Träumen mit Cissie zusammensein. Er war ein Narr gewesen, ein geblendeter Narr. Er hätte sie glücklich machen können. Selbst so, wie er beschaffen war, hätte er ihr mehr geben können, als Laurie es jemals vermögen wird. Denn die Jungen nahmen nur, doch er hätte gegeben, und sie hatte das geliebt, was er zu geben bereit war. Sie wollte mehr als puren Sex. Doch auch da hätte er sie befriedigen können, denn es gab ja Wege und Mittel. Während der ganzen sechsundzwanzig Jahre mit Ann hatte er niemals an solche Möglichkeiten gedacht. Es hatte keinen Anreiz gegeben. Schließlich überlegt man sich nicht, wie man eine Eiswand lieben könnte. Doch mit Cissie ... Oh, Cissie ...

»Geht es Ihnen gut?«

»Oh, ja. Ja.«

Er hatte sie so lange angestarrt und den Atem angehalten, daß sie befürchtete, er würde wieder eine Herzattacke bekommen. »Sind Sie ganz sicher?«

»Natürlich. Aber jetzt muß ich wirklich gehen. Auf Wiedersehen.«

Seine Schroffheit verwirrte sie. Sie versuchte zu lächeln, doch es gelang ihr nicht. »Auf Wiedersehen, Mr. Emmerson«, sagte sie. »Ich danke Ihnen. Ich danke Ihnen sehr.«

Als er an ihr vorbeiging, hätte sie in die andere Richtung sehen sollen, doch sie sah ihm nach, bis er in der Dämmerung verschwunden war. Sie hatte den dringenden Wunsch, jetzt hinter ihm herzurennen, ihn beim Arm zu packen und zu sagen: ›Komm mit mir nach Hause, John.‹ Sie wollte, daß dieser todtraurige Ausdruck von seinem Gesicht schwände. Dieser einsame, leere, hungrige Ausdruck, der damals zuerst ihr Mitgefühl erregt hatte. Das alte Gefühl war wieder erwacht, als er dastand und sie anstarrte ... Doch im Krankenhaus hatte er gesagt ... was hatte er gesagt? Nur: ›Ich habe Ihnen nichts zu bieten, Cissie, und Sie sind jung‹. Doch ihr wäre es ganz gleich gewesen, ob er etwas zu bieten hatte oder nicht, denn sie hatte für ein ganzes Leben ausreichend Sex gehabt. Doch wenn das wirklich so war, weswegen hatte sie dann alles auf den Kopf gestellt, um Laurie zu finden?

»Du kannst nicht beide haben.« Sie schrak zusammen, als sie sich das aussprechen hörte. Nicht nur wegen des Inhalts, sondern weil es auf offener Straße so doppelt laut hallte.

3. Der Bauernhof

Sie brach am nächsten Morgen sehr früh auf, fuhr nach Newcastle hinein und nahm von dort den Zug nach Alnwick. Es war genau zwölf Uhr, als sie dort ankam. Sie erfuhr, daß es keinen Bus gab, der an der Slagbottle Farm vorbeikam, doch man sagte ihr, daß man sie in der Nähe einer Straße absetzen könne, die dorthin führte.

Als sie Alnwick verlassen hatte, war sie überrascht und auch etwas erschrocken über die Landschaft, zumal die Wolken sehr tief hingen. Man konnte nur wenige Häuser sehen, nur große Strecken Moorland, das dann in Hügeln endete, die einen sehr öden Eindruck machten. Schließlich erreichten sie ein kleines Dörfchen, umgeben von einem langen Streifen tiefen dunklen Waldes, dahinter erstreckte sich wieder offenes Land. Der Bus hielt, und der Schaffner erklärte ihr: »Hier ist Ihre Haltestelle, Missus. Gehen Sie dort die Straße entlang.« Er deutete auf einen Weg. »Nach der Abzweigung müssen Sie links über den Hügel. Sie können es nicht verpassen.«

»Wann werden Sie wieder zurückkommen?« fragte sie.

»Etwa um halb vier, vielleicht etwas früher oder auch etwas später.«

»Ist das dann der letzte Bus?«

»Nein, es kommt noch mal einer gegen sechs.«

Sie dankte ihm und stieg aus. Wohin sie auch sah, ringsum erstreckte sich nichts anderes als ödes Moorland.

Sie lief über den holprigen Fahrweg hinauf zum Hügel bis zu der Weggabelung. Von dort ging es sanft den Hügel bergab, mit Aussicht auf ein weites Tal. In der Ferne konnte sie den Wald sehen, an dem sie mit dem Bus vorbeigefahren war. Weiter vorne stand niedriges Gehölz. Das Land sah hier weniger öde aus und wirkte auch etwas freundlicher. Und dann sah sie den Hof. Er lag in einer Mulde am Abhang des Hügels. Es war, als ob ein Riese die Erde mit der Hand ausgehoben hätte, um genau diesen Platz für das Haus zu schaffen. Nachdem sie eine Weile hinuntergeblickt hatte, ging sie den Hügel hinab und kam zu einem Zauntor, das sie öffnete und wieder hinter sich schloß. Dann ging sie über einen Fußpfad, der am Rande eines tief gefurchten Feldes entlangführte. Und wieder ging es den Hügel hinauf. Am Ende des Feldes war die Erde umgegraben und zum Pflanzen vorbereitet. Sie stolperte jetzt zwischen Stapeln von Saatkästen hindurch, dann an einem Treibhaus vorbei, das noch nicht ganz fertig gebaut war, und immer wieder schaute sie dabei um sich. Doch sie sah niemand, nicht einmal ein Tier.

Dann lief sie über einen markierten Pfad, der an beiden Seiten von Brombeersträuchern und Unkraut umgeben war und offenbar zum Rest eines Gartens gehörte. So gelangte sie schließlich zur Hintertür des grauen Steinhauses. Sie bemerkte, daß die Verschalung unten an der Tür verfault war und daß die Tür seit Jahren keine Farbe gesehen hatte. Sie erschauerte, doch nicht nur durch die feuchte Kälte, die in den letzten Minuten beißender geworden war, nein, sie schauderte davor, was ihr begegnen würde, wenn sie die Tür öffnete.

Sie streckte die Hand aus und klopfte zweimal leicht. Sie meinte ein Geräusch von innen zu hören, doch als niemand erschien, klopfte sie noch einmal, diesmal lauter. Jetzt wurde die Tür geöffnet, und da stand er, oben auf den drei Stufen, zunächst mit ausdruckslosem Gesicht. Doch dann schoß ihm das Blut in den Kopf.

In ihrem Magen breitete sich ein zuckender Schmerz aus. »Hallo«, brachte sie leise heraus.

Er bewegte sich immer noch nicht. Sie war entsetzt, wie sehr er sich verändert hatte. Er war älter, viel älter, und obgleich sein Gesicht tief gerötet war, wirkte seine Haut doch blaß. Seine Züge hatten merkwürdige Konturen angenommen. Beide Augenlider bewegten sich, doch nur die eine Seite seines Gesichts schien lebendig zu sein.

Ihre Stimme zitterte, als sie freundlich sagte: »Wollen Sie mich nicht hereinbitten? Ich habe – ich habe einen weiten Weg hinter mir.«

Als er einen kurzen Blick über seine Schulter warf, erinnerte sie sich an das letzte Mal, als sie es war, die einen kurzen Blick über die Schulter geworfen hatte. Er hatte damals geglaubt, daß sie nicht allein war. Jetzt überfiel sie die gleiche Angst, so daß ihr fast übel wurde und sie Zweifel überkamen, ob sie recht getan hatte, hierherzukommen. Als er dann beiseite trat und die Türe weit aufmachte, ging sie an ihm vorbei ins Haus hinein.

Sie hatte nicht mehr als drei Schritte in den Raum hinein getan, als sie erschüttert stehenblieb. Es war hier ebenso leer und öde wie draußen die Landschaft. Der Boden bestand aus großen unregelmäßigen Steinquadern. Ein großer offener Kamin, in dem die Reste eines abgebrannten Holzfeuers zu sehen waren, war in der einen Mauer eingelassen, und in der Mitte des Raumes standen ein alter Holztisch und ein Stuhl. Auf dem Tisch lag ein Pappkarton, auf dem ein Laib Brot, etwas Butter und Käse waren, beides in Papier eingewickelt, und am Ende des Tisches lag ein Messer auf einem Teller. Daneben standen eine halbleere Flasche Bier und ein Glas.

Sie wandte den Blick vom Tisch ab und sah Laurie an. Er stand mit dem Rücken zur Tür, die Arme an beiden Seiten herabhängend. Sie wußte nicht, was sie sagen sollte. Sie hatte sich gedacht, daß sie es schon wissen würde, wenn sie ihn erst einmal vor sich hätte, doch ihr fiel nichts ein. Sie hatte nicht erwartet, daß es so schlimm sein würde. Er hatte immer so selbstsicher gewirkt, doch jetzt wirkte er krank und trotzdem aggressiv. Sie zwang sich zu einem Lächeln, als sie sagte: »Es ist ... es ist eine grandiose Landschaft. Ich habe so etwas noch nie gesehen.«

Er schien über ihre Wortwahl überrascht, und sie

merkte, daß er sich erleichtert an diesen Satz klammerte und endlich zu sprechen begann. »Ja«, sagte er, »es ist wunderbar hier.« Er räusperte sich und ging dann steif auf den Tisch zu. »Man fragt sich, warum man überhaupt in der Stadt gewesen ist.«

»Kann ich mich hinsetzen?«

»Ja, ja.« Er deutete zum Stuhl, und dann zeigte seine Hand auf den Tisch. Er lachte rauh. »Ich lebe hier nicht besonders komfortabel, aber ich bin noch nicht richtig eingerichtet, es ist so viel zu tun.«

»Ja.« Sie nickte. »In einem neuen Haus gibt es immer eine Menge zu tun.«

Er scharrte mit seinem Fuß, der in einem dicken, schweren Schuh steckte, über den Steinboden und sein Blick blieb darauf heften. Er hatte sich verändert, in jeder Hinsicht. Er trug schmutzige Cordhosen und eine alte Lederjacke über einem Pullover. Seine Hände waren rauh und die Nägel abgebrochen. Sie erinnerte sich daran, wie sie seine Hände bewundert hatte und seine Art sich anzuziehen. Noch konnte sie nicht verstehen, weshalb er sich so vollkommen verändert hatte. War der Verlust des einen Auges so schwerwiegend, um so etwas zu bewirken?

Seine Stimme schreckte sie auf, und sie blickte ihn an.

»Weshalb sind Sie gekommen?«

»Ich wollte Sie sehen.«

»Weshalb? Wir haben einander nichts zu sagen. Das haben Sie ja das letztemal, als wir uns sahen, sehr deutlich gesagt. Und Sie hatten vollkommen recht. Ich weiß, daß Sie recht hatten. O ja.«

Sie beugte sich ihm zu. »Bitte! Hören Sie. Ich … ich hatte nicht genug Zeit, darüber nachzudenken.«

Die Sekunden dehnten sich in die Länge, bevor er antwortete. »Sie … Sie hätten wahrscheinlich keine Zeit gebraucht, wenn es mein Vater gewesen wäre, oder?«

Jetzt konnte sie auf einmal alles begreifen, sie erkannte den Grund seiner selbstauferlegten Isolierung, seiner Lebensweise, seines ganzen Verfalls, er war mit Händen zu greifen. Das, was ihn zerfraß, war nicht der Verlust des Auges, es war die Eifersucht auf seinen Vater. Und sie würde ein Leben lang dazu brauchen, um das zu bekämpfen.

Sie war selbst davon überzeugt, jetzt die Wahrheit zu sagen, so entschieden klang ihre Stimme: »Es hatte nichts mit Ihrem Vater zu tun. Er hat dabei überhaupt keine Rolle gespielt, jedenfalls nicht in dieser Weise. Ich war wütend auf Sie, deswegen habe ich das damals gesagt … und, und ich habe Ihnen nicht geglaubt, daß Sie mich heiraten wollten.«

Wieder verging eine Weile, bevor er sprach. »Wenn mein Vater frei gewesen wäre und Sie zwischen uns zu wählen gehabt hätten, dann hätten Sie ihn wohl genommen, nicht wahr?«

»Nein! Nein! Das hätte ich nicht getan.« Sie schüttelte heftig den Kopf. »Er ist über zwanzig Jahre älter als ich, eine andere Generation. Er … er könnte mein Vater sein.« Irgendwo in ihrem Innern bat sie John um Verzeihung, bat ihn, sie zu verstehen.

»Ihre Melodie hat sich geändert.«

»Ich bitte Sie, seien Sie doch vernünftig. Denken Sie doch nur mal eine Minute nach … Ich habe Sie nicht gekannt, als ich Ihren Vater kennenlernte. Wenn ich Sie zuerst kennengelernt hätte …«

»Er will Sie immer noch.«

»Nein, das stimmt nicht. Er will es nicht.« Sie schrie ihn jetzt an, als ob er schwerhörig wäre. »Er hat mich geschickt … Ach, bitte.« Sie sprang auf, schlug die Hände vors Gesicht und flehte ihn an: »Wir wollen doch nicht schon wieder anfangen uns zu streiten … Bitte.«

»Er hat Sie geschickt?« Seine Lippen bewegten sich kaum, als er es sagte. »Sie haben ihn gesehen?«

»Nein. Nein.« Sie schloß die Augen. »Er hat mich gestern angerufen und mir gesagt, wo Sie sind.« Sie fühlte, daß es in diesem Augenblick besser war, nicht zu sagen, daß sie John gesehen hatte. »Er hat erst am Tag zuvor erfahren, daß ich nach Ihnen gesucht habe, und das habe ich, monatelang, bald, sehr bald nach dieser Nacht. Ich, ich bin zum Krankenhaus gegangen, dann zu Ihrem früheren Haus, dann zum neuen Haus. Die Frau dort wollte mir nicht sagen, wo Sie sind. Ich habe mich mit Ihrem Onkel in Oxford in Verbindung gesetzt. Ich ... ich bin an jedem Wochenende und manchmal auch unter der Woche am Abend nach Bromford gefahren und habe gehofft, daß ich Sie sehen würde, daß ich wenigstens Ihren Wagen sehen würde, und als ich ihn dann gesehen habe und Ihr Vater und Ihre Mutter darin saßen, bin ich nicht mehr hingefahren. Ich habe Mr. Ransome angerufen und ihn gebeten, mir zu sagen, wo Sie sind. Er hat gesagt, daß er es nicht weiß, und dann muß er Ihrem Vater erzählt haben, daß ich nach Ihnen gesucht habe, und« – sie streckte die Hände nach ihm aus – »und hier bin ich.«

Als sie aufhörte zu sprechen, merkte sie, daß sie schwach wurde. Sie wandte sich ab, griff nach der Stuhllehne und setzte sich wieder.

Er betrachtete sie eindringlich, ging aber nicht zu ihr.

»Könnte ich wohl einen Schluck Wasser haben?«

Ohne ein Wort zu sagen, ging er aus dem Zimmer, die Schuhe klapperten auf dem Steinboden, und nach einer Minute kam er zurück, eine Tasse in der Hand. Er reichte sie ihr nicht, sondern stellte sie auf den Tisch neben sie. Sie nahm sie und trank sie fast ganz aus. Dann tupfte sie sich mit ihrem Taschentuch den Mund ab und sagte: »Es war ein langer Weg hierher.«

»Möchten Sie ... möchten Sie ein Glas Bier haben und etwas Brot und Käse?«

»Ja, ja, sehr gern, bitte. Ich ... ich habe seit dem Frühstück nichts gegessen. Vielleicht ist mir deswegen auch etwas schwach geworden.«

»Bedienen Sie sich selbst, meine Hände sind nicht besonders sauber.« Barsch schob er ihr den Karton mit dem Brot, der Butter und dem Käse zu. Dann ging er wieder hinaus und kam mit einer Flasche Bier in einer Hand und einer Kiste in der anderen Hand wieder. Er stellte die Flasche vor sie hin und sagte, immer noch schroff: »Ich fürchte, Sie werden die Tasse nehmen müssen, ich habe im Augenblick nicht genügend Gläser.« Dann nahm er die Kiste an das andere Ende des Tisches mit, setzte sich darauf und goß den Rest seines Bieres in das Glas.

Das Essen blieb ihr fast in der Kehle stecken. Ihr war innen und außen kalt, und das Bier half ihr gar nichts. Sie empfand es als unwirklich, in diesem schrecklichen Raum zusammen zu sitzen und zu essen. Und alles unter diesem schrecklichen Schweigen. »Was für eine Art von Landwirtschaft werden Sie denn hier betreiben?« Ihre Stimme klang dünn.

»Ach, von Landwirtschaft kann man da nicht reden, das wäre viel zu großartig. Es sind ja nicht mehr als vier Morgen Land. Nein, ich werde mich nur mit Blumen befassen und meine eigenen Gewächshäuser bauen.« Er deutete mit der Hand in Richtung der Tür, doch er wandte den Blick nicht von seinem Teller. »Ich möchte es mit Orchideen versuchen, da ist Geld drin, und diese Stelle hier ist außerordentlich gut geschützt.«

»Das Haus sieht alt aus«, sie versuchte krampfhaft, das Gespräch in Gang zu halten.

»Ja, es ist auch alt, über dreihundert Jahre. Die haben die Steine aus dem Steinbruch über den Hügel hergeschafft, und in einigen Zimmern sind Balken, die früher einmal zu den alten Holzschiffen auf der Tyne gehörten.« Sein Ton war offiziell, obwohl er schnell sprach. Doch immerhin sprach er.

»Würden Sie mir das wohl alles zeigen?« fragte sie freundlich, und nachdem er sie kurz anblickte, bevor er wieder auf seinen Teller starrte, setzte sie hinzu: »Mein Bus geht nicht vor halb vier Uhr.«

»Halb vier?« Er nickte und fügte dann hinzu: »Ja, die fahren nicht sehr oft.« Dann trank er sein Bier aus und sagte: »So lange werden wir gar nicht brauchen, es gibt nicht viel zu sehen, nur der Rohbau. Ich befasse mich zunächst mit dem, was draußen zu tun ist, vor allem den Gewächshäusern. Die sind am wichtigsten.«

»Ja«, sagte sie. »Sicher sind sie das.«

Er stand von der Kiste auf und ging durch den Raum. Sie ließ ihr Käsebrot auf dem Tisch stehen und folgte ihm schweigend. An der Tür wies er mit dem Arm nach rückwärts und sagte: »Dies ist eigentlich ein Teil der Diele. Die Treppe hat von hier aus hinaufgeführt, doch sie haben sie abgebrochen, um Platz für einen weiteren Raum zu gewinnen. Später werde ich die Trennwand aber abreißen und eine schöne Diele daraus machen.«

Sie standen jetzt am anderen Ende des Raumes. Von dort führte eine flache schwarze Eichentreppe hinauf. An der entgegengesetzten Wand war eine weitere Tür, die sie für die Eingangstür hielt, und daneben war ein Fenster, das vom Boden bis zur Decke reichte und den Blick über das Tal freigab.

»Das könnte hier sehr hübsch werden.« Sie blickte sich um, und er nickte: »Ja, wenn ich erst mal so weit bin, wird es recht gut aussehen.«

»Das ist die Küche«, berichtete er weiter. »Sie ist ein bißchen altmodisch, doch es bleibt genügend Zeit, um das zu ändern. Ich koche im Augenblick mit Propangas, doch später werde ich den alten Herd dort in Gang setzen, der ist noch vollkommen in Ordnung.«

Sie blickte auf das große, schwarze, offene Ungetüm, das fast eine ganze Wand des großen Raumes einnahm und das ebenfalls aus Stein gebaut war. Hier standen nun überhaupt keine Möbel. Die kalte Leere, die ein Bild seiner Einsamkeit war, ließ sie vor Mitleid erschaudern. Sein Vater war auch einsam gewesen, doch es war nicht seine eigene Schuld. Diese Art von Einsamkeit, dieser sich selbst auferlegten Einsamkeit, deutete auf eine kranke Seele.

»Hier unten ist noch ein anderer Raum«, sagte er, als sie ihm aus der Küche heraus folgte. »Doch ich werde ihn nicht viel benutzen, denn er ist schwer zu heizen.« Er öffnete eine Tür, und sie sah in einen langen, wunderbar proportionierten Raum mit alten, abgetretenen Holzdielen, die ungewöhnlich breit waren.

»Es ist ein Jammer, wenn Sie das nicht tun«, sagte sie. »Das ist ein besonders schöner Raum.«

»Ja, ich glaube auch.« Er wandte sich abrupt um und ging zurück in die Diele und die Treppe hinauf. Auf dem Treppenabsatz sagte er: »Hier oben sind fünf Zimmer, geben Sie acht auf Ihren Kopf.«

Sie mußte ihren Kopf einziehen, um in das erste Zimmer zu gelangen. Es hatte ein Dachfenster, und die Wände waren weiß getüncht. Die nächsten drei Zimmer waren größer, doch sonst ähnlich dem ersten. Die fünfte Tür öffnete er nicht, und als sie daran vorbeiliefen, sagte er: »Das ist das gleiche«, und sie nahm an, daß er in diesem Zimmer schlief. Als sie ihm die Treppe hinunterfolgte, ihre Augen auf seinen Hinterkopf gerichtet, dachte sie: Wie schrecklich, hier allein sein zu müssen. Unwillkürlich mußte sie an ihre eigene Wohnung denken und bei dem Vergleich fast laut seufzen.

Als sie wieder unten waren, ging er durch den Raum, durch den sie zuerst ins Haus gekommen war, und sagte: »Da unten ist ein großer Keller. Er ist vollgepfropft mit altem Plunder, doch er wird sich einmal sehr gut als Lagerplatz eignen.«

Sie folgte ihm weiter, und als sie an die andere Seite des Hauses kamen, sah sie zu ihrer Überraschung einen großen Hof mit zwei Ställen und einer strohgedeckten Scheune, die als Garage genutzt wurde. Das Stroh war verfault, und das Dach bestand mehr aus Löchern als aus Ziegeln. In der Scheune stand ein Lieferwagen.

»Sie haben einen Wagen?« sagte sie.

»Ach, das ist nur ein alter Lieferwagen, doch der ist hier oben nötig. Ich bringe einmal in der Woche meine Einkäufe aus Alnwick hierher, und natürlich werde ich noch einen größeren brauchen, wenn ich erst mal soweit bin.«

»Jaja, natürlich.« Sie nickte.

Er ging jetzt an der Scheune vorbei über einen überwucherten Pfad und sagte: »Dies hier war mal eine Art Gemüsegarten.«

»Hat das Haus lange leer gestanden?« fragte sie.

»Nein, es hat nie leer gestanden.« Er sagte es über die Schulter. »Hier hat ein altes Ehepaar gelebt. Der Mann ist gestorben, und sie ist dann in die Stadt gezogen. Für die meisten Leute ist es viel zu weit draußen, aber für mich ist es richtig. Es ist genau das, was ich wollte. Außerdem war es billig. Sie hat zwölfhundert verlangt, nicht mehr. Heutzutage wirklich erstaunlich. Wenn ich das Haus fertig habe, wird es sechsmal soviel wert sein, vom Grundstück ganz zu schweigen.«

Das war nur so dahergesagt. Er wußte es, und sie wußte es auch. Er würde das Haus niemals fertigbekommen, jedenfalls nicht ohne sie. Ohne sie würde er vielleicht durch den Bau der Gewächshäuser ein Ventil für seine kranke Seele haben, doch wenn sie fertig wären, würde er wieder fortziehen. Es könnte ein zeitweiliger Ruheplatz für ihn sein, aber auch ein Heim für sein ganzes Leben. Es hing nur von ihr ab und wie sie ihn innerhalb der nächsten Stunde behandeln würde. Sie konnte nicht einfach zu ihm sagen: »Ich werde Sie heiraten.« Das wäre nicht genug. Sie wußte, daß sie ihm beweisen mußte, wieviel er ihr bedeutete. Sie mußte ihm deutlich machen, daß sie alles für ihn täte, worum er sie bitten würde. Und noch mehr als das: daß er gar nicht erst zu bitten brauchte.

Er sagte jetzt: »Der Mann wurde hier im Haus geboren, und er war vierundachtzig, als er starb, wirklich erstaunlich.«

Sie konnte sich gut vorstellen, daß diese alten Leute hier sehr lange gelebt hatten. So sah es hier auch aus, und so roch es. Sie würde das alles ändern.

Sie achtete einen Augenblick nicht auf den Weg und stolperte prompt über einen Brombeerstrauch. Er drehte sich schnell um, doch berührte sie nicht. Statt dessen blickte er auf ihre Schuhe, und sie spürte, daß er schimpfen wollte. Doch als er sah, daß sie flache Absätze trug, sagte er: »Ich muß die Wege hier noch in Ordnung bringen.«

»Schon gut«, sagte sie. »Ich habe nicht genügend drauf geachtet.«

Als sie zum Gewächshaus kamen, sagte sie: »Sie sind sehr tüchtig, daß Sie das alles alleine schaffen.« Darauf antwortete er wegwerfend: »Oh, da ist nichts dabei, das mache ich halt nach und nach. Das schwierige ist nur, das Baumaterial hierher zu schaffen, den Zement und die anderen Sachen für die Fundamente.«

Sie war überrascht, daß er mit Zement umgehen konnte. Vielleicht hatte er das aber auch erst gelernt, denn da standen zwei geplatzte Säcke mit hartem Zement herum.

»Später werde ich dann den Weg zur Hauptstraße wieder in Ordnung bringen, damit man besser vorwärts kommt.«

Als er ihr voran ins Haus zurückging, blickte er zum Himmel und sagte wie nebenbei: »Ich glaube, es wird einen Regenguß geben.«

Wieder im Haus angekommen, begann sie zu frösteln, denn es schien hier drinnen kälter zu sein als draußen. Er bemerkte es, ging zum Kamin und sagte: »Ich mache das Feuer meist erst am Abend an, doch ich – ich werde es jetzt schon mal in Gang bringen. Würden … würden Sie gern eine Tasse Tee haben?«

»Nein, nein danke.« Sie machte eine Pause und fragte dann: »Ist auf der Hauptstraße wohl eine Telefonzelle?«

»Ja.« Er nickte. »Etwa hundert Meter vom Ende des Fahrweges entfernt.«

»Ich muß mal kurz telefonieren«, sagte sie. »Pat ist bei der Mutter von einem der Büromädchen. Ich muß versuchen, sie zu erreichen. Es wird besser sein, ich mache mich gleich auf den Weg.«

Er wandte sich wieder von ihr ab, dem Kamin zu, und sie sah, wie seine linke Schulter zuckte. Dann drehte er sich schnell wieder zu ihr um und starrte sie an. Seine Verzweiflung war so schrecklich, daß man es kaum mit ansehen konnte, ohne zu ihm zu gehen. Doch die Zeit war noch nicht gekommen. Als sie zur Türe ging, sagte er stockend und mit heiserer Stimme: »Wenn Sie einen Augenblick warten können, werde ich Sie im Lieferwagen dort hinbringen.«

»Danke, das wäre eine große Hilfe.«

Er ging so schnell hinter ihr vorbei, daß er sie beinahe zur Seite gestoßen hätte. Dann sah sie, wie er das Haus entlanglief. Eine Minute später hörte sie schon den Motor anlaufen, und dann schaute er um die Ecke und rief ihr barsch zu: »Sie müssen hier herunter kommen.«

Sie ging schnell auf den Hof zu, wo der Lieferwagen jetzt stand, und er öffnete die Tür für sie, half ihr aber nicht zum hohen Trittbrett hinauf. Und dann saß er hinter dem Lenkrad und legte hastig den Gang ein.

Die Fahrt den holprigen Weg entlang war ein ständiges Rütteln und Schütteln. Zweimal wurde sie gegen seinen Arm geworfen, bis sie herausfand, daß sie sich mit dem Fuß abstützen mußte, um das Gleichgewicht zu bewahren.

Während der Fahrt hatte er nicht gesprochen, doch als sie an der Straße ankamen, knurrte er: »Auf dieser Strecke hier kann man nicht parken, denn die ist zu schmal und außerdem zu kurvenreich. Dort ist die Telefonzelle.« Er deutete zum Ende des Feldes.

Als sie ausgestiegen war, vermied sie es, ihn anzusehen. Sie mußte alle Brücken hinter sich abbrechen, bevor sie den letzten Schritt machte. Sie sagte leise: »Danke.«

Dann ging sie die Straße hinunter und spürte, daß er sie beobachtete. Es war schon eine merkwürdige Sache mit diesem Abbrechen der Brücken. Man hatte immer Angst, auch wenn man sie abbrechen wollte. Sie hatte schon einmal die Brücken abgebrochen – damals, als sie von zu Hause fortgelaufen war und Harry geheiratet hatte. Die Folge von diesem Abbrechen war ihre Abscheu vor Sex, ihre Abscheu selbst vor dem Gedanken an einen körperlichen Kontakt. Doch innerhalb der nächsten paar Minuten würde sie eine weitere Episode des physischen Kontaktes besiegeln, und das noch nicht einmal unter der Sanktion einer Ehe. Sie würde das tun, was man seit Jahren von ihr angenommen hatte, und vielleicht würde sie ihn nie wirklich davon überzeugen können, daß sie es nicht getan hatte. Nun, daran konnte man nichts ändern, doch im Augenblick wußte sie instinktiv, daß es nur einen Weg gab, um ihm zu helfen: sie mußte ihm ohne jeden Vorbehalt ihre Liebe schenken. Deswegen war sie ja auch gekommen, doch sie hätte niemals geglaubt, daß er es so nötig haben würde.

Sie hob den Hörer ab und wählte die Nummer von Jeans Mutter. Ja, sagte Mrs. Watson, Pat gehe es gut und er habe prächtigen Appetit. Aber nein, sie würde gar nichts dagegen haben, ihn über Nacht bei sich zu behalten. Könnte sie selbst auch über Nacht unterkommen? Oh, das sei gut. Diese Landleute seien da manchmal gut zu gebrauchen.

Während Mrs. Watson weiterredete, wurde Cissie von dem entfernten Motorgeräusch des Lieferwagens aufgeschreckt. Sie drehte sich um, den Hörer immer noch am Ohr, und sah, wie der Lieferwagen in der Straße wendete … Sie sagte »Ja, ja«, zu Mrs. Watson und stammelte dann: »Ich muß aufhören. Dort kommt ein Bus.«

Sie warf den Hörer auf die Gabel, bewegte sich aber nur bis zur Tür und sah von dort, wie der Wagen den Hügel hinauf rumpelte. Sie schloß einen Moment die Augen, ging dann mit schweren Schritten auf den Fahrweg zu, und als sie ihn erreicht hatte, sah sie den Bus, wie er ihr aus einiger Entfernung entgegenfuhr. Noch ein paar Minuten, und er würde hier halten. Vielleicht hatte er das gedacht: Der Bus würde gleich kommen, und so hatte es keinen Sinn, die Qual noch zu verlängern. Als der Bus unten an der Straße vorbeifuhr, war sie schon an die fünfhundert Meter auf dem Fahrweg hinaufgegangen.

Bevor sie an der Weggabelung ankam, regnete es bereits heftig. Als sie das Haus erreichte, war sie vollkommen durchnäßt, müde und traurig.

Sie klopfte diesmal nicht, sondern hob den Riegel hoch und stieß die Tür auf. Sie sah, wie sein Kopf von seinen Armen auf dem Tisch hochfuhr. Sein Gesicht sah entsetzlich aus, und jetzt tat sie, was sie schon hätte tun sollen, als sie das erste Mal ins Haus getreten war. Sie lief zu ihm und legte die Arme um ihn.

Das Gesicht an ihrer Brust, zitterte er am ganzen Körper, und sie murmelte: »Schon gut, schon gut. Es ist ja schon alles gut.« Es war, als ob sie zu Pat spräche, bis sie nach einer Weile seinen Kopf hob, sich zu ihm beugte und seinen Mund mit ihren Lippen berührte. Nach langer Zeit zog er sie zu sich hinunter und drückte sie fest an sich. Sie sahen sich an, beide tränenüberströmt. Und dann schluchzte sie: »Ich – ich hatte gerade telefoniert, um zu sagen, daß ich heute nacht nicht zu Hause sein werde.«

Sie sah, wie die Blässe aus seinem Gesicht wich, und mit hoher, brechender Stimme, die zwischen Lachen und Weinen schwankte, stammelte sie: »Wir können morgen in die Stadt fahren, die Wohnung räumen und Pat einsammeln ... Du hast doch gegen Pat nichts einzuwenden?«

Statt einer Antwort hielt er ihr Gesicht fest zwischen den Händen, und nachdem er es sorgsam erforscht hatte, murmelte er: »Oh, Cissie, Cissie.«

Nicht Cecilia, bemerkte sie, sondern Cissie.

»Du wirst mich irgendwann einmal heiraten müssen … ganz gleich wann, nur damit vor Pat alles in Ordnung ist.«

»Oh, Cissie, Cissie.« Er griff mit beiden Händen in ihr Haar, während er immer wieder sagte: »Oh, Cissie, Cissie.«

Sie hob ihre Hände, nahm die seinen und drückte sie an ihr Gesicht.

Es war seltsam. Sie war dabei, jede Vernunft außer acht zu lassen. Sicher passierte das sehr oft, doch sie hatte dem immer widerstanden. Und nicht nur, das wußte sie jetzt, weil sie den Sex verabscheute, sondern auch, weil sie dann das getan hätte, was die Leute von ihr annahmen. So hatte sie ein Leben geführt, das ihrem Aussehen widersprach, nur um ihre Selbstachtung zu wahren. Doch das war nun nicht mehr wichtig. Gar nichts war noch wichtig, außer seinem Seelenfrieden und seinem Glück, und beides konnte sie ihm geben … Ja, das konnte sie, solange sie nicht über seinen Vater sprachen … Und solange sie in dieser verlassenen, abgeschiedenen Welt leben und ihn nicht sehen würde … O John, John, verzeih mir!